WIETE LENK

Zwischen
den Zeiten
leuchtet
der Schnee

WIETE LENK

Zwischen den Zeiten leuchtet der Schnee

ROMAN

*Nicht alle Geschehnisse sind frei erfunden.
Ähnlichkeiten mit lebenden oder toten Personen
sind dennoch rein zufällig.*

Immer informiert

Spannung pur – mit unserem Newsletter informieren wir Sie
regelmäßig über Wissenswertes aus unserer Bücherwelt.

Gefällt mir!

Facebook: @Gmeiner.Verlag
Instagram: @gmeinerverlag
Twitter: @GmeinerVerlag

Besuchen Sie uns im Internet:
www.gmeiner-verlag.de

© 2023 – Gmeiner-Verlag GmbH
Im Ehnried 5, 88605 Meßkirch
Telefon 07575/2095-0
info@gmeiner-verlag.de
Alle Rechte vorbehalten
1. Auflage 2023

Lektorat: Susanne Tachlinski
Herstellung: Julia Franze
Umschlaggestaltung: U.O.R.G. Lutz Eberle, Stuttgart
unter Verwendung eines Bildes von: © Geolina163
CC BY-SA 4.0 <https://creativecommons.org/licenses/by-sa/4.0>,
via Wikimedia Commons
https://commons.wikimedia.org/wiki/File:Museum_sächsisch-böhmisches_
Erzgebirge_Posamenten.jpg
Druck: GGP Media GmbH, Pößneck
Printed in Germany
ISBN 978-3-8392-0522-8

Meinen Großeltern

Und immer sind da Spuren,
und immer ist einer da gewesen,
und immer ist einer noch höher geklettert,
als du es je gekonnt hast, noch viel höher.
Das darf dich nicht entmutigen.
Klettere, steige, steige.
Aber es gibt keine Spitze.
Und es gibt keinen Neuschnee.

Kurt Tucholsky

GROSSVATER ANSELMS TOD

Ich war acht Jahre und einen Tag alt an jenem Januarmorgen 1968, als Großvater Anselm starb. Draußen schneite es. »Du musst dich nicht fürchten«, sagte Großmutter zu mir, nahm Großvaters Joppe und legte sie um mich. Ich fror trotzdem. Frierend stand ich neben dem Bett und sah zu, wie sich Großmutter über das reglose Antlitz beugte, um die Augen des Toten zu schließen. Ich hielt den Atem an. Großvater Anselm lag ruhig da.

»Hoch sollst du leben, Schnaps sollst du geben«, hatten wir zwei noch gestern gesungen. Das heißt, zuerst hatte nur Großvater das Lied mit dem Schnaps gesungen. Dann, nach dem »Dreimal Hoch«, war auch ich eingefallen. Wir hatten gesungen. So laut und rebellisch, dass Großmutter ihr Gesicht verzog und sich die Ohren zuhielt. Großvaters Bass war durch den Gesangsverein gut geschult gewesen.

»Wann werden sie kommen, Ohme?«

Großmutter, die ich meist liebevoll »Ohme« nannte, blickte nicht auf. Noch immer stand sie über den Toten gebeugt. Vor einer Stunde hatte sie telefoniert. Ich war zusammengezuckt, als sie von Großvater als einem Toten sprach. Mit ruhiger Stimme hatte sie Straße und Name genannt. »Der Leichenwagen zur Goethestraße, bei Krüger.« Es war keine Bitte, es war eine Meldung gewesen, die unvermeidlich schien.

»Es schneit«, antwortete Ohme unbestimmt. Ich presste die Stirn an die Fensterscheibe. Alles war weiß. Weit und breit war kein Auto zu sehen. Auf der verschneiten Straße würde der Leichenwagen nur mühsam vorwärtskommen. Für alle Küstenregionen hatte der Radiosprecher schon gestern vor einer Katastrophe gewarnt. Jetzt hatte sie uns erreicht, über Nacht. Von hier bis zur Ostsee war es ein gutes Stück.

Die Kühle der Fensterscheibe legte sich auf meine Stirn. Seit heute Morgen schneite es also. Mantel und Hut des Notarztes, ein Mann mit wulstigen Tränensäcken und schwerem Atem, waren voll Schnee gewesen. Umständlich hatte er sich vor unserer Haustür abgeklopft. Ein Flockengestöber. Beim Gehen hatte er mir in flüchtigem Ton noch alles Gute gewünscht. *Alles Gute?* Sagte man das so, wenn jemand gestorben war? Oder hatte er mir nur im Nachhinein zum Geburtstag gratulieren wollen?

Mit einem Seufzer richtete sich Ohme auf. Die Lider des Toten waren endlich geschlossen. Großvater. Seine klugen, fröhlichen Augen, ihr schalkhaftes Blitzen, wenn er mit dröhnendem Bass einen Witz hervorgebracht oder eine jener erstaunlichen Begebenheiten zum Besten gegeben hatte, von der kein Mensch gewusst hatte, ob sie der Wahrheit entsprach oder nicht. Dass er so mir nichts, dir nichts gestorben war ... Ich fühlte mich müde und schrecklich enttäuscht. Großvater Anselm hatte mich einfach im Stich gelassen.

Hinter meinem Rücken rumorte es. Ich drehte mich um. Großmutters Trauer war einer fieberhaften Geschäftigkeit gewichen. Geräuschvoll räumte sie ihre zahlreichen Pflanzenstöcke beiseite, um das Fenster zu öffnen. Ich war überrascht. In den Wintermonaten achteten meine Großeltern darauf, Fenster und Türen geschlossen zu halten. Meist stopfte Ohme noch Decken und Filzstreifen zwischen die Doppelfenster. Großvaters Tod schien alles durcheinandergebracht zu haben. Ohme knöpfte sich ihre Jacke zu. Die Kälte des Januarmorgens strömte durchs Fenster. Ich wickelte mich fester in Großvaters Joppe und schluckte an meinen Tränen.

»Wir brauchen noch passende Sachen für ihn«, erklärte Großmutter, während sie eine Tür des großen, dreiseitigen Kleiderschanks öffnete. Unentschlossen schob sie die Bügel, auf denen die Anzüge hingen, hin und her. Großvater Anselms Anzüge: ein teurer schwarzer mit glänzendem Futter, ein blauer mit doppelreihigen Messingknöpfen, ein heller Zweiteiler aus Popeline. Ohme wählte den schwarzen Anzug, zog ein Hemd aus dem Sonntagsstapel und suchte die Ärmelhalter heraus. Als sie den neuen Seidenschlips auf das Sonntagshemd legte, zupfte ich an ihrem Rock.

»Ohme, ich glaube …«

Fragend sah sie mich an. Ich hielt ihr die Joppe hin.

»Die hätte er lieber genommen. Und seine Hosenträger.«

»Du Ugelick!« Großmutter schloss die Schranktür und wandte sich um. »Glaub mir. Krawatte und Anzug sind durchaus angemessen.«

Ich senkte den Kopf. *Du Ugelick*, hatte Ohme gesagt. Das sagte sie stets, wenn sie aufgeregt oder verärgert war. Ugelick, was so viel wie Unglück bedeutete.

»Erzgebirgisch«, hatte mir Großvater Anselm einmal erklärt und augenzwinkernd hinzugefügt: »Das ist eine ganz besondere Sprache. Mordsmäßig schwer.«

Meine Unwissenheit, was die Kleiderwahl eines Verstorbenen anging, schien Großmutter zu missfallen. Sie rieb sich in einem fort ihre Handgelenke und schwieg. Gekränkt zog ich mich in Großvaters Joppe zurück. In der Seitentasche steckten noch seine Brille und ein zusammengefaltetes Taschentuch. Das Taschentuch roch nach Tabak und Teer. Ich nahm es und begann, die Brille zu putzen. Blank geputzt legte ich sie auf das Hemd.

»Hol mir ein Handtuch«, bat Ohme.

Ich rannte ins Bad. Außer Atem kam ich zurück. »Ich hab das gute genommen!«

Ich hielt ihr ein hellgrünes Frotteetuch hin, eins, das mit blauen Rosen und roten Drachen bedruckt war; ein chinesisches. Ich hoffte, sie würde meine Wahl loben, und sah sie erwartungsvoll an. Doch Ohme bemerkte mich nicht. Ihre Schultern zuckten, während sie sich an eine der hölzernen Bettkugeln des Ehebetts klammerte. Es war das erste Mal, dass ich sie weinen sah. »Gevatter Tod hat ihn mitgenommen«, flüsterte sie.

Gevatter Tod. Bisweilen hatte ich Ohme und Ohpa von ihm erzählen hören. Das taten sie stets mit respektvollem Ernst. Gleichzeitig konnte man in ihren Worten eine gewisse bange Vertrautheit spüren. Ganz so, als wäre von einem fernen Verwandten die Rede. Einem, der launisch und listig war, dem man nicht trauen konnte. »Ein geriss'ner Gesell, der Gevatter. Man weiß nie genau, was er vorhat«, hatte Großvater Anselm gesagt und sich lang und vernehmlich geschnäuzt.

»Habt ihr ihn schon mal gesehen?«

Nur Ohme hatte genickt. Sie hatte mir von ihrer Schulkameradin erzählt, die zehnjährig an einer Krankheit, die Halsbräune hieß, gestorben war. »Die Halsbräune hat dem

Gevatterchen viele Kinder beschert. Und später, da haben der Krieg und die Spanische Seuche ihm noch viel mehr eingebracht. Nein, keinesfalls nur die Kinder. Auch Frauen und Männer. So viele Menschen, alte und junge. Mir kam es vor wie ein Abzählreim. Der Tod hat seine Opfer abgezählt: Der ja, der nein. Und dann ... im Handumdrehen der nächste Krieg ...«

Ich schluckte. Gevatter Tod. Er hatte seinen Knochenfinger ausgestreckt. *Der ja.* Und Großvater Anselm mitgenommen.

Ich selbst war dem Gevatter noch nie begegnet. Nur dann und wann, wenn ich mit Ohme und Großvater auf den Friedhof in Ohmes Heimatort gefahren war, schien mir seine Gegenwart nahe.

Ich erinnerte mich. Es hatte geknirscht, wenn wir zu dritt über die Kieswege gelaufen waren. Großmutters kurzer, energischer Schritt, Großvaters schwerer. Meist rauchte er eine Zigarre dabei. Ich rauchte ebenfalls. Meine Zigarre bestand aus einem Tannenzapfen. Das war Großvaters Einfall gewesen. Tannenzapfen gab es hier im Gebirge zuhauf. Großmutter fand das nicht schicklich. Beides. Dass Großvater rauchte und ich solch einen Unfug machte. Der heimische Friedhof schien Ohme in eine andere zu verwandeln. Leichtfüßig, wie ein junges Mädchen, eilte Ohme von Grab zu Grab; ein lang ersehnter Familienbesuch. Ich eilte ihr hinterher. »Tante Cäcilie«, sagte Ohme, während sie einen hohen, hellen Marmorstein beklopfte, dessen Inschrift nur mit zusammengekniffenen Augen und großer Mühe zu lesen war. »Sie hat sich den Hals gebrochen.« Am nächsten Grab verharrte Ohme nur kurz. »Mein Bruder Max!«

Mehr sagte sie nicht. Rasch eilte sie weiter. »Wilhelm, sein Sohn.« Großmutter tastete nach ihrem Scheitel. »Er ist gefallen ...«

»Gefallen? Hat er sich auch seinen Hals gebrochen?«

»Abgestürzt, mit seinem Flugzeug abgestürzt.«

»Warum?«

»Wilhelm war Flieger. Im Krieg. Stalingrad.« Jedes Wort war wie ein langer Satz.

»Warum?«

»Ach, Kind«, sagte Großmutter und zog mich zum letzten Grab. »Deine Urgroßeltern.« Sie faltete ihre Hände.

Großvater Anselm, der Ohmes Treiben bis dahin mit einem hörbaren Knurren verfolgt hatte, stand stumm daneben. Er betete nie. »Schluss, Punkt und gut«, sagte er und beendete den Familienbesuch, indem er seine Zigarre vor Wilhelms verwitterter, moosbedeckter Grabtafel austrat.

»Anselm!« Ungewohnt heftig harkte Ohme die vielen kleinen Kienzapfen zusammen, die auf der schweren, schwarz glänzenden Marmorplatte ihrer Eltern lagen.

Ich nahm einen tiefen Zigarrenzug. Verschwörerisch zwinkerte Großvater Anselm mir zu. Ohme stammte aus einer gottesfürchtigen Familie. Großvater nicht. »Ich bin ein Heide. Einer, der links denkt und links schreibt.« Großvater wedelte mit seinem rechten Mantelärmel. Der Mantelärmel war leer. Großvaters rechte Hand fehlte.

»Ohme?« Noch immer hielt ich das Handtuch in meiner Hand. Großmutter wischte sich übers Gesicht. »Er würde nicht wollen, dass wir ...«

Sie nahm es mir ab. Vergeblich versuchte sie, Großvaters Kinn hochzubinden. »Störrisch wie immer«, grollte sie. Ich dachte an Großvaters *Schluss, Punkt und gut*. *Schluss* und *Punkt* leuchteten mir ein. Doch das *gut*? Ich fröstelte. *Alles Gute.* Heute hatte das auch der Arzt gesagt. Was war daran gut, wenn jemand starb?

»Können wir das Fenster wieder zumachen, Ohme?«

Ohme kam meiner Bitte nur zögernd nach. Es war jetzt sehr still im Zimmer. Nur Großvaters Wecker war zu hören. Gleichmäßig zerhackte sein Ticken die Stille.

»Der Wecker«, rief Ohme und schüttelte ihn, doch das Ticken verstummte nicht. Ohme stopfte ihn unter das Federbett.

Ich legte den Kopf auf die Decke und lauschte. *Großvaters Herz tickt.* Auf seinem Nachttisch stand ein Wasserglas. Im Wasser schwamm eine hellrosa Qualle mit weißem Zackenrand. Sie schien zu schaukeln.

»Seine Zähne«, stammelte ich.

Großmutter fasste mich an den Schultern. Rasch zog sie mich aus dem Raum. »Du musst etwas essen.«

Ich folgte ihr in die Küche und beobachtete, wie sie das Brot aufschnitt. Sie drückte den Brotlaib fest an die Brust, während sie Scheibe um Scheibe abschnitt. Dann nahm sie den Milchtopf. Prüfend legte sie ihre ausgebreitete Hand auf die Herdplatte. Das tat sie immer. Die Milch war noch heiß. Ich würgte an meinem Butterbrot und starrte auf die dampfende weiße Flüssigkeit in der Tasse. Großvaters Tasse. Es war eine ganz außergewöhnliche Tasse, bemalt mit Käfern, mit Raupen und Schmetterlingen. Einmal wäre sie mir fast aus der Hand gefallen, so echt sahen die Käfer und Raupen aus. Großvater hatte sie seine »Mistkäfertasse« genannt.

»Das ist Ohpas Tasse.«

»Ach, Kind.« In Ohmes Augen glitzerte es. Ich biss mir auf die Lippen. Ich wollte nicht, dass sie wieder zu weinen begann.

»Carolina Michaela Johanna«, sagte ich und stach mit dem Löffel ein Loch in die Milchhaut.

Großmutter setzte ihre Tasse ab. Angestrengt runzelte sie die Stirn. »Vergessen«, stellte sie bekümmert fest, während ihre Blicke über den Frühstückstisch irrten. »Ich habe die Namen vergessen.« Sie seufzte. »Zucker und Marmelade auch.«

Großmutter. Sie besaß einen Sohn, drei Vornamen, drei Schwestern, zwei Brüder und trotz ihres Alters kein einziges weißes Haar auf dem Kopf. Zumindest hatte ich noch keines entdeckt. Großmutters Geschwister hatten ebenfalls mehrere Namen. In einer gottesfürchtigen Familie, die mit der Herstellung von Posamenten zu Wohlstand gelangt war, schienen drei wohltönende Namen das Allermindeste zu sein.

»Die vielen Namen, mein Kind. Da kann man sich leicht verheddern.«

»Weißt du sie noch, Ohme?«, hatte ich sie gefragt, als Großmutter davon sprach, dass die vier Schwestern ihren Puppen dieselben Namen gegeben hatten. Welch eine Frage.

Ohme hatte sich aufgesetzt. Sie hatte vier Haarnadeln aus ihrem Haarkranz gezogen und auf den Tisch gelegt. Andächtig hatte sie auf die erste getippt. »Ida Amalia Magdalena.«

»Magdalena«, wiederholte ich. So hieß die älteste Schwester.

»Carolina Michaela Johanna.«
Ich sprang auf. Das war Ohmes Name.
»Emilia Friederike Charlotte.« Die mittlere Schwester.
»Jetzt ich«, rief ich. »Bitte, jetzt ich!«
Großmutter rückte die letzte Haarnadel zurecht. Kerzengerade stand ich da und sagte die Namen der jüngsten Schwester auf. »Maria Ricarda Martha.«
»Sehr gut.« Zufrieden hatte sich Ohme erhoben. Sie hatte die Nadeln wieder ins Haar gesteckt und ihren Scheitel betastet.

Zwölf Mädchennamen. Ich liebte es, sie aufzusagen. Im Laufe der Zeit hatte sich daraus eine nahezu feierliche Zeremonie entwickelt. Abwechselnd riefen Ohme und ich die Namen der Schwestern aus. Unsere Stimmen verwoben sich dabei zu einem tönenden Singsang. Es hörte sich wie ein Zauberspruch an, ein uraltes Ritual.

Großmutter suchte im Küchenschrank nach der Zuckerdose. In ihrer Linken die Zuckerdose, hob sie das Marmeladenglas hoch. »Leer!«

Ich hörte, wie sie die Kellertreppe hinunterlief. Im Keller, neben den Einweckgläsern mit Süßkirschen, Mirabellen und Birnen, stand auch die selbst gemachte Marmelade. Gewöhnlich brauchte Großmutter zehn Minuten, um sich für eine neue Marmeladensorte zu entscheiden.

»Die Wahl der Marmelade bitte ohne schriftliches Protokoll. Ich schreib auch keins, wenn ich mir eine Praline nehme«, hatte Großvater bisweilen gescherzt.

Ich sprang auf. Pralinen! Ich huschte zum Stubenbüfett. Das barg Herrlichkeiten. Ein zierliches Teeservice, geschliffene, farbige Weingläser, gehäkelte Rokoko-Damen aus Wolle, deren aufgeplusterte Reifröcke als Eierwärmer dienten, ein altes Dominospiel. In der Kristallschale lagen stets Süßigkeiten: Marzipanstangen, Geleebananen, weiße und hellrosa Schokolinsen. Ich wählte die Weinbrandbohnen. In kurzer Zeit hatte ich alle ausgeschlürft. Ich strich das Stanniol glatt und sah mich um. Die alte Stehlampe neben dem Lehnstuhl brachte mich auf eine Idee: Ich pappte die leeren, klebrigen Schokoladenhülsen auf meine Fingerkuppen. Im Lichtkegel der Stehlampe begann ich, allerlei wundersame Schattenwesen zu zaubern. Sie tanzten und wirbelten wild durcheinander, verwandelten sich in Zwerge und Riesen, um gleich darauf wieder im Nichts zu zerrinnen.

»Wir spielen jetzt Tod«, teilte ich den Zwergen und Riesen mit, ließ mein Hände sinken und kicherte. »Du ja. Du nein. Schluss, Punkt und gut.«

Ein Schatten kam auf mich zu. Er streckte die Hand nach mir aus. Ich schrie auf und erstarrte. Großvater Anselm stand vor mir.

»Verflucht viele Weinbrandbohnen, du hast einen Schwips.« Er lachte dröhnend.

Angstvoll umklammerte ich den Messingständer der Lampe, deren Schirm aus mehreren Lagen sandgelber Seidenspitze bestand. Die Stehlampe schwankte wie eine junge Birke im Wind.

»Schnaps sollst du geben«, sang Großvater. Seine Brillengläser funkelten.

»Du Ugelick!« Großmutter stand in der Tür. Verwirrt sah ich hoch und rieb mir die Augen. Der feine Seidenbezug der Stehlampe war über und über mit Schokolade beschmiert.

»Ohpa – er war hier!«

Ohme stellte das Marmeladenglas ab. Besorgt fasste sie an meine Stirn. »Kein Fieber.« Sie klang erleichtert. »Du hast geträumt«, beschwichtigte sie mich.

»Ohpa war hier. Ich hab ihn gesehen.«

Großmutter schob den Sessel zurück. Geflissentlich übersah sie dabei, dass auch die Sessellehne einige Schokoladenflecken abbekommen hatte. Sie trat ans Fenster. »Es schneit noch immer.«

Ich folgte ihrem Blick. Der Himmel musste einen unerschöpflichen Vorrat an Schnee besitzen. Es schneite und schneite. Die Sträucher und Bäume im Garten, der Bleichplan – im Sommer breitete Ohme hier ihre Wäsche aus –, die Blumenbeete, selbst der Staketenzaun, alles war von einer dichten Schneedecke überzogen.

»Du sagst also, er war hier?« Großmutter tastete nach ihrem Scheitel und räusperte sich. »Zuzutrauen wäre es ihm.« Gleich darauf winkte sie ab. »Das hast du geträumt...«

Ich schwieg. Großvaters Gelächter hallte noch immer in meinen Ohren. Ohme ließ sich im Lehnstuhl nieder. Mit zitternden Fingern strich sie über das Polster. Ich kniete mich neben sie.

»Carolina Michaela Johanna«, flüsterte ich.

»Ja.« Großmutter wiegte den Kopf. »Auf diese drei Namen bin ich getauft. Anselm war das zu lang. ›Rang und Namen. Anschein und Etikette‹, sagte er zu mir. Irgendwann hat er mich Hanna Jo genannt.«

»Was ist Etikette, Ohme?«

»Benimm und Familie«, aufgerichtet saß Großmutter da und sah jetzt sehr würdevoll aus. »Meine Vorfahren sind Hugenotten gewesen«, erklärte sie mir. »Sie haben ...«,

Großmutter machte eine Pause. »›Von Weihnachten‹ geheißen.«

Verblüfft sah ich sie an.

»Noël«, sagte Ohme. »Das heißt Weihnachten. Später wurde dann Deenel daraus. Das Französische ist keine leichte Sprache.«

»Noäll ...«

»*De* Noël«, korrigierte sie mich.

Ich sah zur Tür, als könnte jeden Moment der bärtige Alte in seinem roten Mantel hereinschauen und einen Sack voller Geschenke absetzen. Doch das Weihnachtsfest war längst vorbei. Wir hatten jetzt Mitte Januar, der Monat, in dem ich geboren wurde. Ein Schneemonat. Im letzten Jahr hatte mir Großvater Anselm zum Geburtstag sogar einen Schneemann gebaut. Mit Strohhut und Möhrennase und zwei schwarzen Kohlenstücken. Das waren die Augen. Das blaue Halstuch des Schneemanns gehörte mir. Ich trug es mit Stolz. Ich war in der ersten Klasse zum Jungpionier geworden. Die Jungpioniere besaßen auch eine Uniform. Ein blaues Halstuch mit weißer Bluse und blauem Rock. Bevor mir der Halstuchknoten gelungen war, hatte ich lange üben müssen. Ohme half dabei nie. Und Großvater schüttelte seinen Kopf, wenn er mich in diesem Aufzug sah. »Uniformen befördern den Untertangeist, ich habe in meinem Leben zu viele davon gesehen.« Letztes Jahr hatte er meinen Geburtstagsschneemann als Jungpionier dekoriert. Ohme hatte das Tuch rasch wieder abgebunden. »Die Nachbarn«, hatte sie leise gesagt. In Großvaters Augen hatte es aufgeblitzt, doch er hatte geschwiegen. In Großvater Anselms Augen hatte es oft geblitzt. *Großvaters Augen.*

Mein Hals schnürte sich zu. Ich lief zum Radio. Ein neues Staßfurtgerät, das so groß wie unsere Obstkisten war. Vormittags gab es ein Hörspiel für Kinder. Das »Butzemannhaus«. Doch der Schnee schien selbst das Butzemannhaus zugeschneit zu haben. Es rauschte und pfiff, und ich konnte kein einziges Wort verstehen.

Ohme legte den Arm um mich. Sie schien fast beruhigt zu sein, dass unser Radio heute keinen vernünftigen Ton von sich gab. Dass ich es abstellte.

Ich schwieg und sah zur Tür. Und riss meine Augen auf. Großvater stand im Türrahmen. Er winkte mir zu und legte dann einen Finger auf die Lippen.

»Ohpa.« Unhörbar bewegte ich meinen Mund. »Bist du tot?«

Da schrillte die Klingel. Durchdringend und grell.

»Sie kommen.« Großmutter sprang auf.

Draußen standen zwei schwarz gekleidete Gestalten, Großvaters Leichenträger.

»Mein Beileid«, sagte der eine, nahm seinen Hut ab und verbeugte sich viel zu tief. Der andere lüftete ebenfalls seinen Hut. Stumm schüttelte er Großmutters Hand und ließ ein leises Schnaufen vernehmen.

Ruhig und würdevoll stand Ohme da. »Kommen Sie rein.«

Sie zwängten sich an mir vorbei. »Na, Kleine?« Ich wich zurück. Der Mann, ein ellenlanger Mensch von fast zwei Metern, verzog seine Mundwinkel, doch das Lächeln misslang.

»Das Herz. Heute Morgen«, sagte Ohme.

Die Leichenträger sahen sich wissend an. »Beneidenswert«, sagte der ellenlange Mann.

»Tjatjatja.« Der andere nickte.
»Der Tote liegt oben. Besser, Sie lassen ihn unten«, sagte Ohme mit Blick auf den Sarg.
Die Männer fragten nach Wasser und Seife. Großvater wurde gewaschen. Das hatte er gestern Abend noch selbst getan. Dann schafften sie ihn die Treppen hinunter. Ich kniff die Augen zusammen. Großvater bewegte sich nicht. Der Sarg, den die Leichenträger auf Ohmes Geheiß am Fuß der Treppe abgestellt hatten, ähnelte einer schmucklosen Truhe. Links und rechts waren Metallgriffe angebracht. Die Weihnachtskiste aus Kiefernholz auf unserem Dachboden besaß keine Griffe. In der Kiste bewahrten Ohme und Ohpa das Weihnachtsfest auf: Nussknacker, Bergmänner, Engel, Maria und Josef, das Jesuskind, ein halbes Dutzend hölzerner Schafe. Beim Auspacken knisterte es. Ich lauschte, doch als man Großvater Anselm in den Sarg legte, blieb alles still.
»Und hoch«, sagten die Männer. Sie hoben den Sarg auf ihre Schultern, um ihn nach draußen zum Auto zu tragen. Sie schwankten ein wenig: Die Leichenträger, der Sarg mit Großvater Anselm und Ohme, die ihren Ehemann auf seinem letzten Weg zum Tor begleitete. Fast wäre ich ausgerutscht, als ich ihnen nachlief. In den Scheiben des Leichenwagens spiegelte sich für einen Moment die Sonne. Dann zog sich die Wolkendecke am Himmel wieder zusammen.
Ich sah dem Wagen nach – ein schwarzer, kastenförmiger Lieferwagen –, bis er um die Ecke bog, und winkte mit aller Kraft. Im Nachbarhaus bewegte sich eine Gardine. Die alte Opitzen stand am Fenster. Sie goss ihre Blumenstöckchen, rosenrote und weiße Alpenveilchen. Ich ließ meine Arme

sinken. Reglos, mit hängenden Schultern, stand ich am Gartentor. Alles verschwamm vor meinen Augen.

Ohme und Ohpa. Sie hatten zusammengehört. Das war wie ein Ganzes gewesen. Viele Jahre vor mir. Hin und wieder hatte mir Ohme von diesen Jahren erzählt, und Großvater Anselm, wenn er dazukam, hatte die Brille abgesetzt und gebrummt: »Die alten Geschichten, Hanna Jo. Ruckzuck kommt man dabei vom Wege ab. Unser Erinnerungsvermögen wird mottenlöchrig. Und dann gibt es keinen Unterschied mehr zwischen dem, was tatsächlich passierte, und dem, was wir glauben, dass es uns widerfuhr.« Er räusperte sich. »Uns und den Deinen ...«

»Alte Geschichten gibt es viele, Anselm.«

»Wahrheiten auch«, hatte Großvater Anselm gesagt und auf seinen leeren Hemdsärmel geblickt. Ohme hatte geseufzt und Großvaters Hemdsärmel mit einer Sicherheitsnadel festgesteckt. Es war eine liebevolle, vertraute Geste gewesen.

»Erzähl, Ohme«, hatte ich sie gebeten und Ohme hatte erzählt: von einem kleinen Ort im Gebirge, gleich an der böhmischen Grenze. Dort war sie geboren worden. Von Großvater Anselm, der früher zwei Hände besaß und eine im Krieg verlor. Von ihren Brüdern und Schwestern, den Neffen und Nichten, von ihrer Familie, die eine Fabrik besaß und verlor. Von allerlei wunderlichen Begebenheiten; berührenden, heiteren, traurigen. Und ihrem Sohn, meinem Vater.

I.

Eine gute Partie

Ein halbes Jahrhundert zuvor: Anselm Krüger, ein junger Sozialdemokrat und Lehrer, stammt aus armen Verhältnissen. Sein Vater, so steht es im Kirchenregister, ist »Feuermann«, die Mutter ist »nichts«. Als sie von einem vierten Jungen entbunden wird, zählt Anselm noch keine fünf Jahre. »Gott bewahre, schon wieder ein Mannsbild«, soll sie gerufen haben. Kurz darauf wird der Säugling zu Grabe getragen. Die Erzgebirgswinter sind kalt. So kalt, dass sich ein Neugeborenes leicht den Tod holen kann. Besonders als unwillkommener Gast in den Häusern der Armen.

Der kleine Anselm indes wächst und gedeiht. Neben robuster Gesundheit besitzt er einen überaus scharfen Verstand. Schon als Kind steht für ihn fest, dass er kein Feuermann wie der Vater sein will. Anselms Lerneifer und seine ungewöhnliche Auffassungsgabe veranlassen den Schuldirektor zu einem ernsten Gespräch mit den Eltern. Anselms Vater schüttelt den Kopf. Für den Besuch der höheren Schule habe er, Gott sei's geklagt, kein Geld und außerdem noch zwei weitere Söhne. Doch Anselm hat Glück. Ein reicher Witwer und Freund des Direktors erklärt sich bereit, die Ausbildungskosten des Jungen zu übernehmen. Anselm besteht mit Bravour die Matura und später das königlich-sächsische Lehrerseminar. Und noch später findet er eine Anstellung in der benachbarten Kreisstadt. Das Glück scheint ihm treu zu bleiben und lässt ihn in eine wohlhabende erzgebirgische Fabrikantenfamilie einheiraten. Es sei beileibe kein Glück, sondern seine vom Vater geerbte Kurzsichtigkeit gewesen, beteuert er stets, wenn später die Sprache darauf kommt. Denn was könne es anderes sein, als des Vaters Erbe, wenn einem der zerbrochene Kneifer zu einer so gut situierten Gattin verhilft.

»Of de Barg, do is halt lustig«*, singt Anselm, als er an einem Sommertag des Jahres 1917 die Kleinbahn besteigt. Es geht ins Gebirge, in einen 500-Seelen-Ort, unweit der böhmischen Grenze. Anselm Krüger hat den Auftrag erhalten, die kürzlich verfügten Vorhangschabracken für den Festsaal der Schule abzuholen.

Hier, am Ortsausgang, hat die Posamentenfabrik des Franz Friedrich Deenel ihren Sitz. Die könne man nicht verfehlen, nur immer am Mühlbach lang, erklärt der Bahnhofsvorsteher und legt salutierend die rechte Hand an seine Mütze. »Ein großes Anwesen!«

Anselm sieht ihn nachdenklich an. »Glück auf«, sagt er trocken und folgt dem beschriebenen Weg.

Der Bahnhofsvorsteher hat recht gehabt. Der Mühlbach erweist sich als hilfreicher Kompass. Nach zehn Minuten hat Anselm Krüger sein Ziel erreicht. Aufatmend bleibt er stehen und wischt sich den Schweiß von der Stirn. Dann

---
* »Auf den Bergen, da ist es halt lustig.« (Volkslied)

zieht er das Sakko aus und klemmt es sich unter den Arm. Ganz ohne Zweifel, die Deenel'sche Posamentenfabrik scheint ein imposanter Besitz. Die hohe Maschinenhalle, ein Backsteinbau, erstreckt sich über das Hofgelände bis hin zur Straße, daneben das Lagerhaus und weiter eingerückt eine zweigeschossige Stadtvilla. Das Wohnhaus des Fabrikanten. Anselm wird es von seiner Frau erfahren, dass früher, vor gut 50 Jahren, am Mühlgraben auch eine Mühle stand. Die Mühle sei abgebrannt. Durch seltsame Umstände, wie es noch heute heißt. Legenden halten sich lang. Die Alten im Ort hätten die Köpfe zusammengesteckt, als Franz Friedrich Deenels Vater die abgebrannte Mühle und das zugehörige Land erwarb. Es liege kein Segen darauf, raunten sie. Die Alten irrten sich. Vorerst. Das Posamentengeschäft blühte rasch auf. Im Kaiserreich verkauften sich Bänder, Schärpen, Schnüre, Volants und Kissenlitzen ausnehmend gut. Modischer Zierrat für Tschakos und feine Kreppinen für Damenhüte waren begehrt. Der junge Franz Friedrich Deenel konnte vom Vater ein gut geführtes Geschäft übernehmen.

Die Kundschaft Franz Friedrichs ist ebenfalls zahlreich und bunt gemischt. Geistliche Ordensträger aus Österreich, die für ihre Soutanen bestickte Knöpfe bestellen, Tuchhändler aus Böhmen und Übersee, Hutmacher, Schützenvereine und Burschenschaften. Ab und zu gibt es diskrete Anfragen nach Lingeriewäschestücken. Die werden verschwiegen und schnell ausgeführt, ein einträgliches Geschäft. »Man muss expandieren«, sagt Franz Friedrich Deenel und kauft neue Schaftwebstühle, Spulmaschinen, moderne Turbinen und lässt seinen Bortenwickler patentieren.

Es ist der 30. Juli 1914, als Franz Friedrich Deenel eine telegrafische Nachricht von seinem Geschäftspartner aus Wien erhält. Sie trägt den Vermerk *Dringend*. Noch am selben Tag wird Fabrikant Deenel ein Dutzend Telefonate führen. Er lässt seinen Vorrat an Seiden- und Baumwollgarnen aufstocken und außerdem reichlich Gold- und Silberdraht liefern. Die Hausherrin, eine energische Dame mit hohem Haaransatz und vorzeitig gealterten, etwas zu scharfen Zügen, hat das Telegramm auch gelesen. »Umgehend sämtliche Besatzartikel aufstocken?«

»Ich glaube, die Kriegserklärung der Österreicher wird Kreise ziehen. Unser Kaiser wird sich nicht raushalten können.«

Fabrikant Deenels Ahnung bestätigt sich. Der Kaiser hält sich nicht raus, Deutschland ist kriegsbegierig, ein lüsterner Halbstarker, gern auf Händel bedacht. Der Krieg belebt das Geschäft. Die Uniformen des kaiserlichen Militärs benötigen Tressen und Epauletten. Franz Friedrich Deenel schickt eine Kiste Havanna-Zigarren nach Wien. Der Hinweis seines österreichischen Handelspartners hat sich als profitabel erwiesen.

Im Sommer 1917 begünstigt der Krieg noch immer Deenels Geschäfte, das schnelle Wachstum jedoch hat aufgehört. Die Auftragszahlen der Heeresleitung stagnieren, der Vormarsch der Truppen auch. Der deutsche Feldzug ist mittlerweile zum Stellungs- und Grabenkrieg transmutiert. Blockadegerüchte und Engpässe bei der Versorgung lassen Fabrikant Deenels Augenmerk wieder auf seine zivilen Kunden richten. Der Auftrag der Höheren Töchterschule aus der Kreisstadt kommt ihm gelegen. Die für den Festsaal der Schule georderten Vorhangschabracken könnten ein vielversprechender Auftakt sein.

Anselm Krüger spitzt seine Lippen. »Of de Barg, do is halt lustig.« Das Lied geht ihm nicht aus dem Kopf. Summend mustert er den glatt gerechten Weg, der von der Gartenpforte zur Eingangstür des Deenel'schen Anwesens führt. Er rückt seinen Kneifer zurecht. Glatt und präzise, als hätte man eine riesige Walze benutzt, denkt er und schaut auf sein Schuhwerk. Er wischt die Schuhe am Hosenbein ab und zieht sein Sakko an. Er läutet und wartet. Doch alles bleibt still.

»Na denn.« Anselm ist nicht gewillt, unverrichteter Dinge den Rückweg anzutreten. Entschlossen drückt er die Klinke herunter.

Im Haus ist es dunkel und still. Anselm tastet die Wand ab, doch den Lichtschalter findet er nicht. So prallen die beiden zusammen.

»Du Ugelick«, tönt eine Mädchenstimme. Dann klappt eine Tür.

»Du … Unglück?«, brummt Anselm. Er reibt sich die Stirn und bückt sich. Der Kneifer ist ihm von der Nase gerutscht und dadurch ein Glas zu Bruch gegangen. Kopfschüttelnd steckt er den Kneifer in seine Brusttasche, klopft an die Tür und tritt ein. Das Geschäftskontor ist ein lang gestreckter, heller Raum. Die aufeinandergestapelten Stoffballen und Schuber voll überquellender Musterpappen und Alben lassen ihn kleiner wirken. Auf der Hutablage thront eine Garnspindel. Der Schreibtisch ist mit unzähligen Zwirnrollen und Farbmusterbögen bedeckt.

»Mein Vater ist in der Fabrik.« Es klingt abweisend. Ohne Kneifer kann der Eintretende nur wenig erkennen. Die hell gekleidete Gestalt bedeckt ihr Gesicht und weicht in die äußerste Ecke des Raumes zurück. Hier steht eine Glasvitrine. Kostbare Meisterstücke früherer Posamentierer sind hier zur Schau gestellt. Anselm tritt näher. Die Goldfäden der Kordeln und Tressen glänzen im Sonnenlicht.

»Ganz und gar außergewöhnlich.« Anselms Stimme ist heiser.

Errötend lässt das junge Mädchen die Hände sinken. Anselm verkneift sich ein Schmunzeln. Er hat die Kordeln gemeint.

»Ich …«, beginnt er.

Da steht ein hochgewachsener, hagerer Mensch, dessen kräftige Koteletten nicht zum schütteren Haupthaar passen wollen, vor ihm. Die hellen Fuchsaugen mustern Anselm mit schnellem Blick. »Sie wünschen?«

Anselm trägt sein Anliegen vor. Der Prokurist nickt. Die Vorhangschabracken sind abholbereit.

»Wenn Sie mir folgen würden.«

Anselm zögert. Er hätte sich gern noch dem jungen, schreckhaften Mädchen – er schätzt es auf gerade mal 20 – empfohlen. Suchend sieht er sich um, doch das Kontor ist leer.

Zurück in der Kreisstadt, geht Anselm die seltsame Begegnung nicht mehr aus dem Kopf. Es sei die zweite Tochter des Fabrikanten gewesen, hat ihm der Prokurist mitgeteilt.

»Die ältere Schwester ist eine Schönheit. Fräulein Johanna hingegen … Sie wird bisweilen von der Nesselsucht geplagt.« Die Miene des Prokuristen ist höflich geblieben.

Anselm grübelt, schreibt einen Brief und zerreißt ihn. Er

grübelt erneut. Dann schreibt er vier Worte und schickt den Brief ab.

Johanna Deenel ist überrascht. Der Absender des Briefes sagt ihr nichts. Ratlos dreht sie den Briefbogen hin und her. *Ganz und gar außergewöhnlich*, steht darauf. Ein zerbrochener Kneifer ist darunter gezeichnet. »Du Ugelick.« Sie eilt ins Musikzimmer. Der Briefschreiber hat in lateinischer Schrift unterzeichnet. Schwungvoll und deutlich. Und hinter den letzten Buchstaben noch eine kühne Schlaufe gesetzt. So eine Schrift besitzen nur wenige. Johanna Deenel hat kein Talent, was das Klavierspiel betrifft. Und überhaupt. »Maad, dös wird nix«*, hat der Kantor erst kürzlich nach der Probe des Kirchenchors zu ihr gesagt und kummervoll seine Augen verdreht. »Der Sopran deiner Schwester Charlotte dagegen ...«

Johanna lässt ihre Finger über die Tasten gleiten. E-Dur, vier Kreuze, ein altes Volkslied:

»On kloppt'r ah dei Freierschmah, mach kaa lang's Gered! On mant'rs gut on mant er's trei, tu net asu spröd ...«**

Es klingt laut und falsch. Das Zugehmädchen im Nebenzimmer hält sich die Ohren zu. Doch Carolina Michaela Johanna Deenel ist selig.

Am nächsten Sonntag lädt Anselm Krüger die Tochter von Fabrikant Deenel zu einem Glas Bowle ein. Die kleine Bergwirtschaft ist bekannt. Ein beliebtes Ausflugziel. Vom Ort aus ist es ein dreißigminütiger Fußmarsch.

---

* »Mädchen, das wird nichts.«
** »Und klopft dein Freiersmann an, mach kein langes Gered. Und meint er's gut, sei nicht so spröd.«

»Maibowle schmeckt im Juli am besten.«

Johanna nickt steif. Sie sitzt sehr still und sehr aufrecht am Tisch.

»Es will mir nicht aus dem Kopf, dass Sie den Ihren bei unserem ersten Aufeinandertreffen stets abgewandt haben«, hebt Anselm erneut an.

Johanna errötet. »Ich esse gern Blaubeeren«, antwortet sie ausweichend.

»Ich auch.« Anselm ist amüsiert.

»Nur ...« Johanna zögert. »Der Doktor glaubt, dass die Nesselsucht von den Blaubeeren kommt«, erklärt sie.

»Du Ugelick«, ruft Anselm in hohem verstelltem Ton.

Misstrauisch sieht Johanna ihn an. »Pardon?«

»Ihre eigenen Worte«, erwidert Anselm gedehnt und seine Augen funkeln vor Übermut.

Jetzt ist es Johanna, die amüsiert ihr Gegenüber betrachtet. »Das habe ich von der alten Kurtl. Die ruft es bei jeder Gelegenheit.«

»Die alte Kurtl?«

»Sie war unsere Kinderfrau.«

»Ah so.«

Anselm nimmt einen kräftigen Schluck von der Bowle. »Erfrischend«, stellt er fest und behält wohlweislich für sich, was er von einer Familie mit Köchin, Kinderfrau, Zugehmädchen, Ausbesserin und Chauffeur denkt. Der fuchsäugige Prokurist ist gesprächig gewesen. Anselm lehnt sich zurück. Die Sonne wärmt noch.

Anselm lässt seinen Blick über die plaudernde, durcheinanderschwatzende Gästeschar schweifen. Man lacht und scherzt und prostet sich zu: Familien mit Kindern, verliebte

Paare, ein Trupp junger Burschen; Wandervögel mit Wimpel und Halstuch. Bald werden sie ihren Arm beim Nachbarn einhenkeln und schunkelnd ein Lied anstimmen. Ein ganz gewöhnlicher Sonntag. Seit drei Jahren herrscht Krieg.

»Ein falsches Idyll«, sagt er mit schwerer Stimme. »Wir leben in trügerischen Zeiten.«

Johanna nickt. »Wir leben im Krieg!« Sie dreht sich nicht um, als die Wandervögel ein Lied anstimmen. »Wird unsere Zukunft so aussehen, dass ganz Europa, womöglich der ganzen Welt, ein Untergang durch Annektierung droht?«, fragt sie halblaut.

Anselm hebt jäh den Kopf. Die junge Fabrikantentochter erstaunt ihn. Ihr rundes Mädchengesicht, die ernst dreinblickenden grauen Augen. Ein Grau, gemischt mit winzigen Sprengseln Braun. Sie strahlt etwas Scheues, Förmliches aus. Der sinnliche Mund passt nicht dazu. Anselm mustert ihr Falbelkleid, das breite weinrote Taftband, das ihre Taille umschließt. Den riesigen Hut aus Seidenstroh hält er für übertrieben.

»Oder fressen die Starken die Schwachen auf?« Beim Trinken spreizt Johanna den kleinen Finger ab.

»Ausbeutung durch die herrschende Klasse. Wachsende Armut, Hunger und Not in den Familien der Ausgebeuteten. Die kapitalistische Gesellschaft ist menschenfeindlich und gehört abgelöst.« Jetzt spricht er laut aus, was ihn bewegt. Johannas ernste Fragen haben ihn davor bewahrt, sich hölzerne Komplimente auszudenken.

»Die gegenwärtige Bevölkerung wird auf 1,7 Milliarden Köpfe geschätzt«, erwidert Johanna. Ihre Wangen haben jetzt nicht nur von der Bowle zu glühen begonnen. »Fast zwei Milliarden Menschen, deren Ernährung nicht ohne Umdenken aller zu schaffen ist. Möglicherweise müsse man an eine Geburtenreglung denken, las ich.« Johanna zieht ihren Strohhut tief in die Stirn. »Das ist ... Ich möchte trotzdem nicht kinderlos bleiben«, sagt sie trotzig.

Anselm schmunzelt.

»Nein, bitte ... so habe ich es ganz und gar nicht ...« Über die Stirn der Fabrikantentochter fliegt eine helle Röte. Sie schlingt ihre Hände ineinander.

Anselm greift nach dem Strohhut und hält ihn wie einen Paravent schützend hoch. »Ohne Hut mag ich Sie lieber.« Er beugt sich zu ihr. Bereitwillig kommt ihm Carolina Michaela Johanna Deenel entgegen.

Sie sei noch zu jung, versucht der Vater die Tochter wenige Wochen später von einer übereilten Verbindung abzubringen. Johanna bleibt stur. Der oder keiner! Die Eltern sind wenig beglückt. Fabrikant Deenel und seine Frau Ida haben andere Pläne gehabt. Vier Töchter, zwei Söhne, das ist eine stattliche Anzahl. Und stattlich sollten auch die zukünftigen Schwiegersöhne und Schwiegertöchter sein. Johanna jedoch besitzt ihren eigenen Kopf.

Anselm trägt seinen besten Anzug, als er bei Franz Friedrich Deenel um die Hand von dessen Tochter anhält. Der macht ein finsteres Gesicht. Es ist eine dumme Sache, dass seine Zweitälteste so störrisch auf diesem unvermögenden Lehrer beharrt. Ein junger Mensch mit widerspenstigem Haar, der im zerknitterten Zweireiher jetzt vor ihm steht.

Mit unbewegter Miene fixiert er ihn. »Sie sind also fest entschlossen?«

»Jawoll«, sagt Anselm laut und schlägt seine Hacken zusammen. Fast wäre er dabei gestürzt, wäre ihm nicht die Gardinenkordel – ein Deenel'sches Meisterstück – zu Hilfe gekommen.

Franz Friedrich Deenels Mundwinkel zucken. »Junge, du bist ja nicht gescheit. Keine militärischen Anwandlungen. Das Militär ernährt uns ein gutes Teil. Wohl wahr ...«

»Doch ist's egal, was einer treibt. Der eine sät, der andere schreibt«, beendet Anselm den angefangenen Satz mit einer gebräuchlichen Rede, die er erst kürzlich in einem sehr anderen Zusammenhang zitiert hat.

Der Fabrikant lacht. Johanna, die hinter der Tür gelauscht hat, schickt einen Stoßseufzer in den Himmel.

»Statt Karten«, heißt es kurz darauf im Inserat des lokalen Wochenblattes. Es sei Fabrikant Franz Friedrich Deenel und seiner Gattin Ida Antonia, geborene von Glanzburg, eine besondere Freude, auf diesem Weg die Verlobung ihrer Tochter Carolina Michaela Johanna mit dem Lehrer, Herrn Anselm Krüger, bekannt zu geben.

»Es lebe die Braut, ihre Eltern, die ganze Familie«, ruft Anselm am Abend seiner Vermählung aus und stößt mit den Gästen an.

Es ist eine prächtige Feier. Die Familie der Braut ist samt und sonders erschienen. Die Eltern, die fünf Geschwister, die Glanzburgs, die Deenels. Dazu der Amtsvorsteher, der Apotheker und Doktor Süß. Der Doktor ist ein Korps- und Gesinnungsfreund des Brautvaters und als Hausarzt ein vertrautes Mitglied der gesamten Familie. Den fuchsäugigen Menschen mit den kräftigen Koteletten, den Deenel dem Schwiegersohn vorstellt, kennt Anselm schon.

»Die Vorhangschabracken machen sich ausnehmend gut in der Aula«, sagt er höflich und schüttelt dem Prokuristen die Hand.

Die wasserhellen Fuchsaugen mustern den Bräutigam interessiert. Zu einem Gespräch kommt es nicht, denn unversehens wird Anselm von einer dürren Person in prunkvollem Samt umarmt. »Der Bräutigam also!« Die dürre Person pickt vom Myrthensträußchen, das an seinem Hochzeitsfrack heftet, eine der zarten weißen Blüten ab und zerreibt sie zwischen Daumen und Zeigefinger. »Hach«, sagt sie. »Mein Geliebter ist mir ein Myrthenstrauß …«

»Tante Cäcilie«, flüstert Doktor Süß dem verdutzten Anselm ins Ohr. »Kinder- und alterslos. Außerdem bibelfest und einem Gläschen Absinth nie abgeneigt.« Der Doktor fährt sich über den kahlen Schädel.

Tante Cäcilie hat unterdessen die Taille der Braut gemustert. »Mein Kind«, raunt sie Johanna ins Ohr, »sind es bestimmte Umstände, die …«

»Nein«, sagt Johanna brüsk, während sie eine verirrte Hutnadel aus den Locken der Tante entfernt. Cäcilies zerbrechliche, zartknochige Erscheinung betont den altmodischen Stil ihrer Aufmachung. Als Hochzeitsgeschenk hat die Tante dem Brautpaar neben anderen nutzlosen Dingen eine mit sandgelber Seidenspitze verschleierte Stehlampe mitgebracht. »Entzückend«, ruft Johanna aus, während Anselm das weiße Einstecktuch aus der Brustasche zieht und sich kräftig schnäuzt.

Eilig hat er sich wieder Doktor Süß zugesellt. »Wen muss ich noch kennenlernen?«

»Gemach«, sagt der Doktor und leert sein Glas.

Johannas Geschwister hat Anselm Krüger längst kennengelernt. Frau Ida hat die kurze Brautstandszeit ihrer Tochter nicht ungenützt vorübergehen lassen und ihn mit der Familie bekannt gemacht. Anselm ist überrascht gewesen. Die Schwägerinnen und Schwager hätten nicht unterschiedlicher sein können. Mit 24 ist Fritz der älteste Bruder. Die Eltern hätten Fritz' frühe Heirat mit einer vermögenden Waise, einer entfernten Verwandten, als Glücksfall empfunden, hat ihm Johanna gesagt. Das hatte sie von der Köchin gehört. Von klein auf zart und schwächlich, an Asthma und den Folgen einer frühen Kinderlähmung leidend, glaubten Fabrikant Deenel und seine Frau ihren Erstgeborenen auf diese Weise bestens versorgt.

Die körperliche Konstitution des sechs Jahre jüngeren Bruders Max hingegen berechtigt Fabrikant Deenel zu größerer Hoffnung, einst einen Nachfolger für sein Geschäft zu haben. Anders als den älteren Bruder umgibt Deenels zweiten Sohn mit seinem streng zurückgekämmten Haar etwas Gebieterisches. Die Schmisse auf seinen Wangen künden von Draufgängertum. Das kürzlich begonnene Studium der Jurisprudenz scheint ihm gut zu bekommen.

Magdalena ist Deenels älteste Tochter. Johannas Lieblingsschwester. Die 22-Jährige mit dem Madonnenscheitel ist das, was man eine klassische Schönheit nennt. Sie komme nach ihrer Großmutter väterlicherseits, erklärt Franz Friedrich Deenel und ist sichtlich stolz.

Johannas jüngere Schwester Charlotte, mit ihren dunklen Augen und den vorgeschobenen vollen Lippen, ähnelt der Mutter. Nur dass ihre Züge jugendlich weicher und weniger streng sind. Von ihrer Großmutter hat die 15-Jährige etwas anderes geerbt: Gehör und Stimme. Charlottes Sopran ist ein Glücksfall für den Kirchenchor des kleinen erzgebirgischen Ortes. Der Pfarrer weiß das zu schätzen. »Ich will dich segnen und du sollst ein Segen für unseren Kantor sein«, pflegt er zu sagen und zeigt sich ungewohnt nachsichtig, wenn ihm Charlotte, mit glockenheller Stimme einen frivolen Gassenhauer trällernd, in seinem Gotteshaus begegnet.

Der neunjährigen Martha, Johannas jüngster Schwester, dunkeläugig wie ihre Mutter und Charlotte, sehen Fabrikant Deenel und Frau Ida so manchen Streich nach. Die Geschwister ebenfalls. Als Nesthäkchen ist sie der Liebling der Familie. Tante Cäcilie hat ihr zum sechsten Geburtstag einen Kaffeewärmer mit Filetstickerei geschenkt. »Für ihre Aussteuer. Dieses Kind wird schnell flügge werden«, sagt sie mit Kennermiene.

Von Anselms Familie ist keiner da. Er werde den Eltern eine fotografische Aufnahme mit Passepartout schicken, tröstet er seine Braut und zeigt sich im Übrigen von der Absage seiner Verwandtschaft nicht sonderlich überrascht. Der Vater hat ihm geschrieben. Er solle nicht traurig sein, die Mutter plage die Gicht und ihn auch so mancherlei. Anselm vermutet, dass die Absage nicht nur aus gesundheitlichen Gründen geschehen ist. Seine Vermutung behält er jedoch für sich.

Nach mehreren Gläsern Wein bringt Anselm einen besonderen Trinkspruch an: »Es lebe die Revolution!«

Johanna schiebt das Weinschaumgelee beiseite. Anselms Trinkspruch hat forsch und verwegen geklungen. Er scheint wohlinformiert. Johanna ist nicht entgangen, dass ihm seine

Genossen vor der Trauung ein Flugblatt zugesteckt haben. *Kerenski gestürzt, die meisten der Regimenter in Petrograds Garnisonen von bolschewistischer Seite besetzt!* Anselm las aufmerksam. Die Genossen haben den Bräutigam angesehen. »Aufstand in Russland, Anselm! Wir sollten unsere Akklamation zum Ausdruck bringen.«

Doch Anselm, den lästigen Stehkragen lockernd, ist gelassen geblieben. »Erst einmal heiraten«, hat er gemeint und seine Braut bewundert. »Donnerlittchen!« Er hat seine Lippen gespitzt und sich in letzter Minute einen bewundernden Pfiff verkniffen. Johanna hat gestrahlt. Sie hat den lichtbraunen Haarkranz hochgesteckt, trägt cremeweiße Seide mit Perlverzierung und väterliche Soutaches.

Jetzt, nach überstandener Zeremonie und dem Hochzeitsmahl, scheint Anselm der Zeitpunkt gekommen, um sich mit den russischen Umstürzlern solidarisch zu zeigen. »Es lebe die Revolution!«, wiederholt er.

»Wie bitte, Anselm?« Johannas fragender Blick. Anselm ist ganz und gar nicht verlegen.

»Die Revolution, der Sieg der Bolschewisten«, sagt er und singt sehr vergnügt: »Allons enfants de la Patrie!«

»Wie bitte?«

»Die Marseillaise, meine Liebe!«

»Mon Dieu ...«

»Of de Barg, do is halt lustig«, stimmt Anselm sein Lieblingslied an. Er sieht keine Kluft zwischen Paris und dem heimatlichen Gebirge. Eine Kluft zwischen Revolution und Reichtum hingegen schon. Die Mitgift seiner Ehefrau ist beträchtlich. Neben Recognitionsscheinen und anderen Wertpapieren haben die Schwiegereltern dafür gesorgt, dass es den Jungvermählten an nichts mangelt. Mobiliar, Porzellan, Damast- und Leinenwäsche sowie eine beträchtliche Auswahl an Kordeln, Quasten, Volants und Litzen. Er habe sich niemals träumen lassen, einmal von so vielen Trotteln umgeben zu sein, witzelt Anselm, wenn er Johanna außer Hörweite weiß. Die Genossen betrachten ihn düster. Sie ahnen, dass sie einen der ihren verloren haben. Doch sagen sie nichts. Die guten Brasil-Zigarren, die Anselm seit Kurzem spendiert, sind nicht zu verachten.

»Bei euch steht de Welt uffm Kopp.« Die Leute im Ort haben die unerwartete Hochzeit der zweiten vor der ältesten Tochter mit Kopfschütteln zur Kenntnis genommen. Johannas ältere Schwester Magdalena verspürt wenig Neid. »Ein Lehrer? Wie einfallslos. Ich heirate mal einen afrikanischen Großwildjäger und der muss einen gezwirbelten Schnurrbart haben und mir zwei Elefantenstoßzähne schenken.« Sie spitzt kokett ihre Lippen und sieht auf diese Weise noch hübscher aus.

Es wird sich herausstellen, dass Magdalena keinen Großwildjäger, dafür einen Großhändler für Tuche und Stoffe heiraten wird.

»Beim letzten Mal hat Anselm wieder gerülpst, das Fischmesser mit dem Fleischmesser verwechselt und unsere Namen auch.« Die kleine Martha schielt zur Mutter hinüber. Doch die bleibt stumm.

Die Köchin nimmt Anselm in Schutz. »Es ist noch kein Meister vom Himmel gefallen«, sagt sie. Und hat damit recht. Die Namen der sechs Geschwister nicht durcheinanderzubringen, ist für einen Fremden nicht einfach. Und was die Betreffenden selbst angeht, behilft man sich kurzerhand. *Ex libris M. D.*, schreibt Johannas jüngerer Bruder Max, wenn etwa ein neues Handelsrechtbuch zu beschriften ist. Die Monogrammstickereien der Schwestern fallen ähnlich knapp aus. Über jene lakonische Kürze wäre die Köchin, als sie ihren Dienst bei der Familie antrat, erfreut gewesen. Max hatte damals die Schnapsidee, nur dann am Mittagstisch aufzutauchen, wenn es der Neuen gelänge, alle Geschwister bei ihren drei Namen zu rufen. Dieses Bravourstück ist seinerzeit nur geglückt, weil der erzürnte und hungrige Hausherr die Namen seiner Sprösslinge auf einem Blatt Papier notiert und der verzweifelt Stotternden in die Hand gedrückt hat.

»Meine Liebe, ich habe schon immer gesagt, dass so viele Namen strapaziös werden können.« Der Fabrikant ist verdrossen gewesen.

»Mitnichten, mein Lieber!«

Die kleine Martha, die im Nebenraum mit ihren Puppen spielte, horchte interessiert auf.

»Mitnichten«, hat Frau Ida, die Mutter, bekräftigt und ihre metallenen Klöppelnadeln laut klappern lassen. Es klopfte, bevor der Hausherr zu einer Erwiderung ansetzen konnte.

»Ein schreckliches Schiffsunglück«, verkündete der Prokurist dem Deenel'schen Ehepaar mit unterdrückter Stimme. Er habe es in den Gazetten gelesen. »Untergegangen, mit Mann und Maus!« Die Klöppelnadeln verstummten. Frau Idas Bruder ist Anteilseigner einer bekannten Reederei. »Man sagt, nach der Kollision mit einem Eisberg«, flüsterte der Prokurist. So leise, dass Martha näher geschlichen kam. Doch mehr war nicht rauszukriegen. Martha presste das Ohr an den Türspalt. »Apropos, wenn mir die Bemerkung gestattet ist. Zur Stunde ist die seit Tagen angekündigte Sonnenfinsternis par excellence sichtbar ...« Das war erneut die Stimme des Prokuristen.

»Das ist denn wohl ...« Franz Friedrich Deenel erhob sich eilig. Ein solches Himmelsereignis konnte er sich nicht entgehen lassen. Kein Schiffsunglück würde das ändern. Die Astronomie, das Studium der Himmelskörper, war seine Passion. Weil die Sonne verschwunden ist, sei ein riesiger Ozeandampfer untergegangen, hat Martha kurz darauf ihren erstaunten Geschwistern erzählt und erklärt, ihre Taufkerze einzupacken, wenn es im Sommer ans Meer ging.

Schiffsuntergang und die Sonnenfinsternis sind fünf Jahre her. Anselm weiß nichts davon. Es wundert ihn allerdings, dass Martha bisweilen, wenn die Sonne von einer dunklen Wolke verdeckt ist, sehr besorgt den Himmel beguckt. Und einmal hat er ihr mit belustigter Miene und völlig grundlos den Regenschirm aufgespannt. Anselm Krüger legt sich ins Zeug. Er wird seine Schwiegereltern, Johannas gesamte Familie und ihre Erwartungen nicht enttäuschen. Doch unterordnen wird er sich nicht. Stumm hört er zu, wenn Johanna von ihren vornehmen Vorfahren erzählt. Manchmal gleitet ein Lächeln über sein Antlitz und seine Augen blitzen. »Ah so«, murmelt er.

Johanna bemerkt es nicht. Die feudale Abstammung lässt ihre Wangen erglühen. Anselm lehnt sich zurück. Er sieht es sehr nüchtern. Die Glanzburgs blaublütig, allerdings längst ohne Burg. Die Deenels mit calvinistischen Wur-

zeln und ebenfalls adlig, doch diese Noblesse scheint stark verdünnt. Aus De Noël ist ein deutsches *Deenel* geworden.
»Französischer Adel!« Hanna Jo reckt das Kinn. In solchen Momenten sieht sie der Mutter ähnlich. »Vaters Vorfahren haben De Noël geheißen und Seidenraupen gezüchtet.«
Bedächtig putzt Anselm den Kneifer. »Gut und schön«, sagt er dann. »Du stammst vom Weihnachtsmann ab und ich, deinen Belehrungen im Benimm nach zu urteilen, von den Barbaren.« Belustigt blickt er sie an. Dabei handhabt er seine Besteckteile längst ebenso elegant und sicher wie seine Frau. Er rückt seiner Schwiegermutter den Stuhl zurecht und wartet, bis Martha das Tischgebet aufgesagt hat, bevor er zu Messer und Gabel greift, um sich dem Braten zu widmen. Beim Nachsalzen hat er sich ebenfalls arrangiert. Bereitwillig nutzt er den winzigen Silberlöffel, der dafür vorgesehen scheint. »Ist das ein Puppenlöffel von Martha?« Seine Augen blitzen verräterisch. Anselm ist klug. Er wird nicht zu ungestüm an Hanna Jos Familiengefüge rütteln. Er weiß sehr wohl, wann es ratsam ist, kommentarlos zu akzeptieren. Nicht nur bei Tisch. Wenn Max oder Fabrikant Deenel über die Lage im Land politisieren, behält Anselm seine Meinung für sich.

Es ist der Heilige Abend 1917. Vor der Bescherung wird gesungen. Das ist in Johannas Familie so Brauch. Deenels zweitjüngste Tochter Charlotte gibt den Ton an. Die Wangen der 16-Jährigen glühen, als sie zu singen beginnt: »Sein Weihnacht geht in Eisen. Es klirrt als wie ein Held. Zu frommen Christtagsweisen brüllt die Kanon im Feld.«

»Bravo!«, ruft Max und klatscht überlaut. Anselm mustert ihn. Frau Ida fängt seinen Blick auf und drängt zur Bescherung.

Anselm erhält eine Goldsavonette mit eingraviertem Namen. »Ha!« Es ist keine überschwängliche Dankesbekundung. Einsilbig lässt er den Sprungdeckel seines Präsents auf- und zuklappen. Nun gehört er also dazu. Zur vornehmen Familie seiner vornehmen Frau. So hat es den Anschein. Das hat er gewollt. Johanna zuliebe. Anselm putzt seinen Kneifer. Zwischen ihm und dem Schwiegervater herrscht freundliches Einvernehmen. Selbst seine Schwiegermutter, versöhnt durch Anselms Talent, die Tischgesellschaft aufs Beste zu unterhalten, sieht über all seine mutwillig inszenierten Fauxpas hinweg. Anselm Krüger frohlockt. *Sie halten mich für assimiliert. Doch das werde ich niemals sein.*

Es sind die letzten Minuten des alten Jahres. Die Mienen des Fabrikanten und seines Prokuristen sind ernst. Die Zeiten auch. Streiks in Berlin und anderen Städten, politische Morde, Hungerrevolten, ein wachsendes Heer von Kriegsinvaliden und Arbeitslosen. Im fernen Sankt Petersburg, das jetzt Petrograd heißt, hat man Franz Friedrich Deenels Compagnon erschossen. Seine Geschäftsräume und der Speicher wurden geplündert. Frau Ida war es, die den Gatten zum Handel mit Russland gedrängt hat. Deenel'sche Häkelbiesen und Seidenpompons an den Hüten der russischen Damen! Eine Kollektion feiner Untertaillen, Damenhemden und Morgenhauben hebe die russische Mode auf deutsches Niveau. Fabrikant Deenel hat seine Frau angesehen.

»Batist, Opal, Voile, Crêpe de Chine, Crêpe de Georgette. Unsere Spitzenleibchen werden nicht mehr aneinandergenäht, wie du weißt.« Die Wangen der Gattin haben sich bei diesen Worten gerötet.
»Wenn, dann Sankt Petersburg«, sagte Deenel zu seiner errötenden Gattin. »Russlands reichste Stadt, wie ich meine.«
In den heutigen Tagen erweist sich der russische Richtungswechsel als bedrohlicher Faktor. Deenel'sche Russlandimporte schrumpfen. Hemdhosen mit gestickten Pünktchen und Seidenband sind für die Frauen der Revolutionäre nicht interessant.
Auch Deenels Investition in neue Produkte bringen keineswegs den erhofften Gewinn. Die Wirtschaft stagniert. Der Krieg lässt Inflation und Schleichhandel blühen.
Der Fabrikant seufzt. Der Prokurist lässt eine angemessene Zeit verstreichen. Dann seufzt er ebenfalls. Sein Teint bekommt einen gelblichen Stich, der unversehens ins Rötliche wechselt, als aus dem Nebenraum Gelächter ertönt. Das mitternächtliche Bleigießen ist in vollem Gange. Kurtl, die alte Kinderfrau, hält sich dem Treiben fern. Schweigend verlässt sie den Raum, um vor der Tür dreimal auszuspucken. Die heidnischen Bräuche missfallen ihr.
Sie knickst erschrocken, als sie Johannas Gatten entdeckt. Anselm steht auch vor der Tür. Hier kann er ganz ungeniert eruktieren. Das Silvestermahl ist sehr üppig gewesen. Frau Idas kluge Transaktionen haben sich ausgezahlt. Die Lebensmittelverknappung hat auf der Deenel'schen Tafel keine Spuren hinterlassen.

»Es alte Gahr is nu vergange.«* Die Alte streicht über ihr Festtagskleid.

Anselm massiert seine Magengegend. »Wulln hoffn, dos ses neie besser werd«**, sagt er. Die Genossen munkeln von Streiks und Hungerprotesten in der Hauptstadt.

»Wie unner Herrgott will, su werd's geschaah.«***

»Die alte Kurtl und du hier draußen.« Johannas Stimme klingt überrascht. Anselm drückt die Hände der Alten und nickt ihr zu. Dann kehrt er mit seiner Frau zu den anderen zurück. Im Salon hat die Hausherrin soeben ein Hörrohr gegossen und ihre älteste Tochter einen bärtigen Männerkopf.

»Mit Bart! Mein Großwildjäger trägt einen Bart.«

»Eine Wiege«, ruft Johannas ältester Bruder Fritz ein wenig vorschnell, als dessen Frau an der Reihe ist. Diese errötet und schlägt ihre Augen nieder.

Franz Friedrich Deenel springt auf und erhebt sein Glas. »Auf einen Erben!«

Seine Gattin steht ebenfalls auf. »Ein kräftiger Junge!«

Die Familie umarmt sich. Dann kommt die Reihe an Anselm. Johanna presst ihre Lippen zusammen. Es zischt leise, als er das heiße, flüssige Metall ins Wasser gießt.

»Ein Stahlhelm ...«

»Ein Kochtopf«, korrigiert Anselm seine erblasste Frau.

Die schüttelt den Kopf. »Nein«, sagt sie, während Anselm den Bleilöffel weiterreicht.

»Das ist ein Komet.« Franz Friedrich Deenel wischt sich den Schweiß von der Stirn. Er war der Letzte beim Bleigie-

---

* »Das alte Jahr ist nun vergangen.«
** »Wollen hoffen, dass des neue besser wird.«
*** »Wie unser Herrgott will, so wird es geschehen.«

ßen. »Machen wir uns auf Veränderungen gefasst. Die Fabrik! Wir müssen ein neues Standbein schaffen.«

Anselm rückt seinen Kneifer zurecht. Das Bleigebilde des Schwiegervaters ähnelt keinem Kometen. Es sieht nach etwas anderem aus. Etwas Seltsamen.

»Kunstseide«, verkündet Franz Friedrich unterdessen. Er zupft seinen Vatermörder zurecht und hofft, dass seine Worte selbstsicher klingen. »Echte Seide besteht aus dem Protein der Seidenkokons. Künstliche Seide jedoch bedarf keiner Raupen. Der Kunstfaserindustrie gehört die Zukunft. Ein interessantes Verfahren! Von einem Franzosen entwickelt! Unsere Produktpalette wird sich erweitern.«

Der Prokurist ergänzt: »Gardinen, Spitzen, Garne aus künstlicher Seide.« Es klingt wie ein Werbespruch.

Die beiden Herren sehen sich an. »Ich habe die wirtschaftlichen und technischen Risiken abgewogen und als beherrschbar eingeschätzt«, fährt Deenel fort. »Mein Schwager Hubert wird uns das Rohmaterial liefern. Sein Unternehmen ist Vorreiter in der Kunstseidenproduktion.« Deenel räuspert sich. Dass er außerdem zehntausend Reichsmark in die neue Produktlinie des Schwagers investiert hat, sagt er nicht.

Nur Anselm und der Prokurist sehen nicht überrascht aus. Der Prokurist, weil er bei den Verhandlungen der beiden Herren anwesend war. Und Anselm, weil er nicht weiß, dass zwischen Franz Friedrich Deenel und seinem Schwager, Hubert Klottner, seit Jahren Schweigen herrscht.

»Sie müssen sich wieder versöhnt haben«, flüstert Johanna Anselm zu. »Papa, Tante Agnes und Onkel Hubert. Seit diesem schrecklichen …« Sie sucht nach Worten. »…Vorfall haben die drei nicht ein einziges Wort miteinander gewechselt.«

»Pecunia non olet«, Anselm klappt seine Goldsavonette zu. »Welcher ›Vorfall‹ denn?«

»Es war ganz furchtbar«, flüstert Johanna. »Ein Unfall. Das Automobil ist ins Schleudern gekommen. In einer Kurve hat sich der Wagen dann überschlagen. Der Onkel ist mit dem Schrecken davongekommen. Die Tante jedoch... Sie sagen, dass sich ihre Haarflechten in der Kühlerhaube des Vauxhall verfangen hätten. Ihre Kopfhaut...« Johanna schüttelt sich.

»Mit anderen Worten, sie wurde skalpiert«, stellt Anselm fest und fährt sich unwillkürlich durchs Haar. »*Das* hat sie überlebt?«

»Die Ärzte im Hospital von Besançon haben ein Wunder vollbracht.« Johanna schluckt. »Papa und Onkel Hubert haben sich angeschrien.«

»Ein Unfall?«

»Der Onkel... sie waren zu schnell unterwegs. In der Nacht. Und bei Regen. Und dann war da noch etwas.« Johanna senkt ihre Stimme. »Ich glaube, es hatte mit Onkels Mündel zu tun... Tante Agnes trägt seitdem Perücken. Mal Locken, mal Tituskopf. Teure französische Fabrikate.«

»Gleich Mitternacht!« Johanna springt auf. Nur Fritz' schwangere Gattin sitzt noch am Tisch. Die anderen sind auf ihre Stühle gestiegen, selbst Fabrikant Deenel und seine Frau.

Auch Anselm steigt auf den seinen. Der alte Brauch ist ihm nicht fremd.

»Glück auf«, ruft er laut und vernehmbar und springt mit einem mächtigen Satz ins neue Jahr.

DER SARG KEHRT ZURÜCK

Die Schuhe der Männer hatten hässliche braune Wasserlachen hinterlassen.
»Warum ist das Wasser so schmutzig, wenn der Schnee doch ganz weiß ist, Ohme?«
Großmutter antwortete nicht. Stattdessen rüttelte sie ungewohnt heftig am Ascherost. Ich sah, wie die Kohlen aufglühten und winzige blaue Flämmchen über die zerfallenen Brikettbrocken tanzten. Der Aschekasten war übervoll. Es hatte zu Großvaters Aufgaben gehört, Briketts aus dem Keller zu holen und die Asche hinauszuschaffen.
»Ohme?«
Großmutter versuchte, den Aschekasten aus der Schamotte zu ziehen. Das gelang erst nach mehreren Anläufen. Mühsam erhob sie sich, machte die Tür auf und ging hinaus. Vielleicht war es der Windzug, der das Feuer im Ofen zum Singen brachte. Vielleicht sang es aus einem anderen Grund. Ein fauchender, pfeifender, hoher Ton. Ich sang mit. Ich sang ein Lied, das mir gerade eingefallen war, das auf meinen Lippen wartete. »Jetzt fahrn wir übern See, übern See.« Das Lied besaß vier Strophen. Ich mochte seinen Refrain. »Und als wir drüben warn, drüben warn. Und als wir drüben warn. Da sangen alle Vöglein, Vöglein, Vöglein, Vöhöglein. Ein neuer Tag brach an.«
Das Märchen vom Gevatter Tod. Ich musste daran denken, wie Großvater Anselm es mir einmal vorgelesen hatte. Er verlieh dem Gevatter dabei eine tiefe, drohende Stimme.

So tief und drohend, dass ich mich fast unter dem Tisch verkrochen hätte. »Es ist aus mit dir und die Reihe kommt nun an dich ...«, las er. Ich schrie auf und zitterte vor Angst. Doch dann zwinkerte mir Großvater zu, zog sein Taschentuch aus der Hose und schnäuzte sich kräftig. »Ich muss mir erst mal die Nase putzen!« Und über dem Naseputzen schien er die Stelle mit dem Gevatter Tod verblättert zu haben. Er suchte und suchte und konnte das Märchen nicht mehr finden. Da klappte er das alte Grimm'sche Märchenbuch zu und brummte: »Und wenn sie nicht gestorben sind, leben sie heute noch ...« Ich sah Großvater zweifelnd an. Ein seltsamer Schluss. Gevatter Tod. Und plötzlich sah ich es vor mir: Wie der Gevatter Tod, auf seine Sense gestützt, ein fahles Skelett mit leeren Augenhöhlen, an Großvater Anselms Bett gestanden hatte: »Bist du bereit, Anselm? Dann komm.«

Meine Kehle kratzte. Das Singen hatte mich angestrengt. Ich berührte die grüne Kachelreihe und zuckte zurück. Meine Handfläche brannte. Trotzig presste ich sie erneut an die heißen Kacheln und zählte. Ich kam bis zehn. Ich zog den Ärmel meines Pullovers über die rot gewordene Hand. Sie schmerzte. In der Kohlenschütte lagen noch ein paar Briketts, glänzende schwarze Bausteine mit einer Prägeschrift: UNION. *Jetzt fahrn wir übern See, übern See.* Ich kniete mich neben die Kohlenschütte. In meinem Kopf wirbelten die Gedanken wie Schneeflocken durcheinander. Der Ofen glühte. In seinem Inneren knackte es. Großvater Anselm lehnte am Tisch und sah mich an.

»Wo ist der Gevatter Tod? Bist du ihm entwischt?«, fragte ich und suchte mit meinen Augen den Raum ab. Doch Großvater schien keine Lust zu haben, über den Tod zu reden. Er stand nur da und sah mich mit freundlichen Augen an.

»Ich habe aus deiner Mistkäfer-Tasse getrunken«, gestand ich.

Großvater öffnete seinen Mund. Ich erschrak.

»Deine Zähne«, rief ich aus. »Die sind noch im Glas, die hast du vergessen.« Ich sprang auf und rannte nach oben, wo sich das Schlafzimmer meiner Großeltern befand.

Das Wasserglas stand noch unberührt auf dem Nachttisch. Neben dem Bild, das meine Großeltern als junges Paar zeigte. Ohme mit Strohhut und Sommerkleid, Ohpa mit Lederhose, kniehohen Strümpfen und seiner widerspenstigen Haartolle. Scheu betrachtete ich das verwaiste Bett. Sein Kopfkissen war eingedrückt. Ohme hatte das ihre glatt gezogen. Ich nahm das Glas mit den Zähnen. Dieses Mal sahen Großvaters Zähne nicht wie eine Qualle aus. Es klirrte, als ich damit die Treppe hinunterstieg, Stufe um Stufe.

»Kind!« Verwundert sah mich Großmutter an.

Ich hielt das Glas hoch und stellte es neben die Vase mit meinen Geburtstagsblumen. »Ohne Zähne kann er nicht richtig sprechen, Ohme. Und essen auch nicht«, erklärte ich.

Großmutter betrachtete mich. »Würdest du jetzt deine Milch trinken«, sagte sie streng.

Widerwillig trank ich. »Wir haben gesungen, der Ofen und ich. Und dann war er da«, erklärte ich.

»Wer?«

»Ohpa!«

Geräuschvoll stellte Großmutter ihre Tasse ab.

»Ich bin nicht krank«, protestierte ich. Doch Großmutter ließ sich nicht von ihrem Vorhaben abbringen.

»Ich hole das Fieberthermometer und dann ...« Sie schob die Teller beiseite. Da klopfte es an die Fensterscheibe. Ein lautes Trommeln. Ohme stieß einen Schrei aus. Ein Gesicht tauchte hinter der Scheibe auf. Eis glitzerte an dunklen, buschigen Brauen. Von der zweiten Gestalt war nur der schwarze Hut zu sehen. Großvaters Leichenträger! Großmutter lief zur Tür.

»Stecken geblieben«, hörte ich eine tiefe Männerstimme. »Wir sind im Schnee stecken geblieben. Die Straße ist unpassierbar.«

»Alles verweht. Tjatjatja.« Die Stimme des anderen Mannes klang ebenfalls ungehalten.

»Ihre Klingel scheint eingefroren. Sogar die Klingel.«

»Kommen Sie rein«, rief Großmutter.

Die Männer zögerten. Bedächtig sagte der eine der beiden und maß meine Großmutter mit einem ernsten Blick: »Wir bringen Ihren Mann zurück.«

Ohme nahm einen Bügel aus dem Garderobenschrank.

»Vorschrift. Tjatjatja«, brummte der andere.

»Wenn der Transport scheitert, ist der Besitzübergang nicht erfolgt«, ergänzte sein Begleiter.

»Mein Ehemann gehört also immer noch mir?« Großmutter verzog keine Miene. »Bringen Sie ihn wieder rein«, befahl sie und rückte die beiden Korbstühle im Flur beiseite, um für den Sarg ihres Mannes Platz zu machen.

Die Männer liefen zum Auto. Kurz darauf stand Großvaters Sarg wieder im Flur, neben dem schwarz verhängten Spiegel und dem Garderobenschrank. Polternd zogen die beiden ihre Schuhe aus. Und rieben sich ihre Hände. »Kalt«, sagten sie und betraten das warme Zimmer.

Ich stand allein im Flur. Misstrauisch musterte ich Großvaters Sarg. Ich hielt meinen Atem an und lauschte. Alles blieb still. Meine Finger wanderten über das dunkle, gemaserte Holz.

Als ich ins Zimmer zurückkehrte, saßen Großvaters Leichenträger bereits am Tisch. In ihren Tassen dampfte der Kaffee. Ohme hatte die restliche Hälfte unseres Kuchens aufgeschnitten.

»Das ist mein Geburtstagskuchen. Ich habe gestern Geburtstag gehabt«, sagte ich stolz.

»Na, so was! Dann alles Gute, mein Kind.« Der ellenlange Mann – ich sah erst jetzt, dass dicht unter seinem Haaransatz eine dicke Narbe verlief –, langte nach meiner Hand und schüttelte sie.

»Tjatjatja«, schnarrte sein Kollege und strich sich über das Kinn. Die beiden Männer hatten es sich auf den beiden Stühlen, die für Besuch vorgesehen waren, bequem gemacht. Großvaters Stuhl mit der hohen, gepolsterten Lehne war leer geblieben. Nur ein mit Quasten verziertes altertümliches Häkelkissen lag auf seinem Sitz. »Das ist mein Königsthronkissen«, hatte Großvater stets behauptet und auf das uralte Kissen geklopft, dass es stiebte. Ein Königsthronkissen. Ich fand, dass es zu Großvater passte. Für mich war er ein König. So wie im Märchen. Ein lustiger König. Wenn es Grützsuppe gab, ein Gericht, das ich nur mit großer Verachtung aß, kam Großvater auf lustige Ideen. »Es war einmal«, begann er mit tiefer Stimme, während er seine Stoffserviette entfaltete. Ich giggerte vor Erwartung und löffelte meine Suppe schneller. Gleich würde sich Großvater in ein Gespenst verwandeln.

Ohme mochte solche Späße nicht leiden. »Anselm«, rügte sie ihn.
»Ich bin eine ägyptische Mumie«, erwiderte er.
»Ein Nachtgespenst«, rief ich.
»Ein alter Narr«, sagte Ohme und entfernte die Stoffserviette von Großvater Anselms Kopf.

Ich schrak auf. Einer der Männer hatte mich etwas gefragt.
»Wie alt«, wiederholte er.
Verständnislos sah ich ihn an.
»Wie alt bist du geworden?«
»Acht Jahre«, antwortete ich.
»Acht Jahre! Das ist ein ganz beträchtliches Alter.« Der Mann griff zur Tortenschaufel und lud sich ein zweites Stück auf seinen Teller. »Dein Acht-Jahre-Geburtstagskuchen hat es mir angetan«, stellte er fest und wischte sich übers Gesicht. Die Eisstückchen an seinen Brauen hatten zu tauen begonnen. Es sah aus, als würden ihm Tränen über die Wangen laufen.

»Firma dankt«, sagte sein Kollege, es war der ellenlange, und griff gleichfalls ein zweites Mal zu.

»Schokoladenkuchen mit Mandeln und Butterschaum.« Ohme drehte die Kuchenplatte mit der angeschnittenen Hälfte den Gästen zu. Ich saß auf dem Stuhl, lehnte mich hin und her kippelnd nach hinten und überlegte. Die Leichenträger waren zurückgekehrt, der Sarg auch. Und Großvater? Ich beobachtete, wie sich die beiden Männer über meinen Geburtstagskuchen hermachten, die voll beladenen Kuchengabeln zu ihren Lippen führten, den Mund öffneten, schlossen und kauten. Großvater Anselm, durchfuhr es mich, war nie weg gewesen. Man hatte nur seinen leeren Sarg transportiert. Ich kniff meine Augen zusammen – die Fransen der Tischecke schienen sich zu bewegen – und erstarrte. Großvater Anselm saß unter unserem Tisch. Er zwinkerte mir zu. Unauffällig hielt ich nach seinen Zähnen Ausschau. Das Glas stand noch immer neben der Vase mit den Geburtstagsblumen. Niemandem war es aufgefallen. Den Leichenträgern nicht und Ohme nicht. Ohme runzelte die Stirn. Wenn Ohme ihre Stirn runzelte, waren ihre Gedanken meist weit weggewandert. Sie dachte dann an die Vergangenheit, die Großvater und ich ihre »Als-ich-noch-ein-Kind-war-Zeit« nannten. Großmutter runzelte oft ihre Stirn. In ihrem Kopf wohnten viele Erinnerungen. Lustige und traurige, von denen sie bisweilen erzählte.

»Einen Schnaps?«, fragte Großmutter und lief in den Keller. Als sie zurückkam, hielt sie eine grüne, dickbauchige Flasche und drei Gläser in den Händen. »Der Korken sitzt fest«, klagte sie.

Die Leichenträger kamen ihr zu Hilfe. Sie schnupperten. »Ein guter Tropfen!«

»Selbst gebrannt.« Großmutter schenkte ein, nahm einen großen Schluck, schloss die Augen und nickte. Und bald fingen ihre Wangen an zu glühen. Das musste der Schnaps sein.

»Als ich noch ein Kind war«, begann sie endlich und räusperte sich. »Da haben wir gern ›Begräbnis‹ gespielt. Das Begräbnisspiel war eine aufregende Sache. Wir beschlossen, unsere Puppen zu Grabe zu tragen. Zuvor hatten wir uns von der Mutter ein paar alte Hutschachteln erbettelt. Die Hutschachteln waren innen mit weichem Seidenstoff ausgeschlagen, außen mit Schleifen und Bändern verziert.«

Ohme klopfte den Zucker in der Zuckerschale zurecht.
»Wir wählten die prächtigsten Kleider aus und zogen sie den Verstorbenen an. Damals hatten wir Puppen aus Stoff oder Pappmaschee. Mit Porzellanköpfen und echtem Haar. Und Augen, die auf- und zuklappten. An den Augenlidern klebten meist Wimpern. Wir klebten die Lider mit Spucke fest und legten ein Rosenblatt darauf. Es sah ganz feierlich aus. Meine jüngere Schwester weinte vor Rührung. Wir verschnürten die Särge mit Litzen, Borten und Bändern, die wir uns heimlich aus Vaters Kontor besorgt hatten. Dann zogen wir los. Zum Friedhof. Der war nicht weit entfernt. Wir suchten nach einem passenden Fleck und begannen zu graben. Meine ältere Schwester und ich knieten uns hin. ›Erde zu Erde‹, riefen wir laut und versenkten den Sarg. Dann fassten wir uns an den Händen. Langsam und feierlich zählten wir alle Namen der Verblichenen auf.«

Ich rutschte vom Stuhl. Die Puppen besaßen dieselben Namen wie ihre Puppenmütter!

»Amalie Ida Magdalena,« rief ich und sah Großmutter an.

»Carolina Michaela Johanna«, erwiderte sie und tastete nach ihrem Haarkranz. Dieses Mal blieben die Haarnadeln dort, wo sie waren.

»Emilia Friederike ... und dann noch Charlotte«, antwortete ich.

»Maria Ricarda Martha«, beendete Ohme unsere seltsame Wechselrede. Sie wischte sich über die Augen.

Der Tjatjatja-Mann und sein ellenlanger Kollege waren beeindruckt. »Wie in der Kirche.«

»Am nächsten Tag haben wir sie wieder ausgegraben«, fuhr Großmutter fort. »Da haben wir ›Auferstehung‹

gespielt. Die Toten in der Hutschachtel waren noch unversehrt. Sie wurden mit Blumenkränzen und ohrenbetäubendem Brüllen begrüßt. Wir warfen die Puppen hoch in die Luft, fingen sie wieder auf und schrien: ›Himmel-Himmel-Himmelfahrt‹. Wir waren Kinder. Kin-der!« Auf Großmutters Antlitz lag ein verträumter Ausdruck. »Der Friedhofsgärtner war ein pragmatischer Mann. Er stellte Fallen auf, als er unsere Erdlöcher sah. Tatsächlich zappelte manchmal ein Kaninchen darin.« Ohme lächelte. »Eines Tages wollten wir etwas Lebendiges begraben. Unsere Katzen rochen den Braten. Sie kratzten und bissen und nahmen Reißaus, als wir mit der Hutschachtel kamen. Wir überredeten den Sohn der Samtweberin, uns seinen Bruder auszuleihen. Der war noch ein Säugling.«

Großmutter erhob sich. Sie holte eine Schachtel Pralinen hervor und bot sie den Männern an. Von den Weinbrandbohnen war keine mehr da.

»Und?«

»Er ist gestorben, der Kleine.«

»Schlimm.«

»Nein«, sagte Großmutter, »nicht in der Hutschachtel. Er starb am Fieberkrampf, einige Tage bevor das Begräbnis stattfinden sollte. Alle waren untröstlich. Die Samtweberin und wir.«

Großmutter sah vor sich hin.

»Meine Mutter war äußerst besorgt. In diesem Sommer vergriff sich der Tod sehr oft an den Kindern«, fuhr Ohme fort. »Die Halsbräune ... Und dann gab es diesen schrecklichen Unfall im Pfarrhaus.« Ohme schwieg für einen Moment. »Gotthelf, der jüngste Sohn des Pfarrers. Er war

gerade mal vier und ein halbes Jahr alt. Der arme Junge …
Er wollte das Jesuskind vor den Bergteufeln, die bei uns
im Gebirge hausten, beschützen. Und ist in der schweren
Weihnachtskiste, dort, wo sein Vater die großen Altar-Krippenfiguren aufbewahrte, erstickt.«

Die Leichenträger schwiegen.

»Auf die Erinnerung«, sagte Ohme, sichtlich überrascht, dass ihre Gäste vom Tod des kleinen Gotthelfs so mitgenommen schienen, und stieß mit den Leichenträgern an.

»Auf die Erinnerung«, sagten die und hoben das Glas.

»Der wärmt durch.«

»Tjatjatja. Hochprozentig.«

»Würzig und stark«, bestätigte Ohme und stellte das Glas ab. »Trinken Sie ihn mit Verstand.« Es sah so aus, als wollte sie noch etwas sagen. Doch tat sie es nicht. Stattdessen erhob sie erneut ihr Glas. »Auf die Toten und uns. Gebrauchen wir unsere Ellbogen, solange wir noch welche haben.« Die Männer erhoben die Gläser ebenfalls. Und setzten sie an ihre Lippen und tranken. Schweigend und andachtsvoll. Ihre Augen glänzten. Ich nutzte die Gelegenheit und schob das Wasserglas mit den Zähnen unter den Tisch. Jetzt hatte Großvater Anselm seine Zähne wieder. Es knackte, als ich auf ein Zuckerstück aus der Porzellandose biss. Draußen schneite es.

II.

Hanna Jo

Johanna haucht ein Atemloch in die Fensterscheibe des Treppenhauses. Es ist kalt, an diesem Wintermorgen des Jahres 1918. In der Stadt hat der Januar eine andere Farbe. Glitzernden Pulverschnee, wie daheim, gibt es nicht, dafür eine Vielzahl qualmender Fabrikschlote. Die Schornsteine der seit vielen Jahrzehnten hier ansässigen Gießereien und Fabriken. Es ist eine Arbeiterstadt, in die sie gezogen sind. Hier gibt es Textilindustrie und Maschinenbau, Metallwarenwerke und Färbereien. Anselm hat eine Anstellung an der städtischen Realschule erhalten. Die Besoldung ist annehmbar.

Chemnitz. Auf dem Roßmarkt thront als Brunnenfigur eine Bronzegestalt der Saxonia. Auf dem Hauptmarkt hält Kaiser Wilhelm mit Reichskanzler Bismarck Hof. Es gibt ein Opernhaus und das Zentraltheater. Das 15. Königlich Sächsische Infanterieregiment hat hier seinen Standort und Tietz ein Warenhaus. Militär und Gewerbe. Johanna ist dennoch enttäuscht. Das sechsgeschossige Gründerzeithaus, in das sie und Anselm gezogen sind, wirkt fremd und unpersönlich. Johanna reibt das Atemloch größer. Zwei Wochen ist es nun her, seit Anselm und sie nach Chemnitz gezogen sind.

Die Wohnung fürs Erste passabel, die Frau sowieso, scherzte Anselm und war beim Umzug bester Laune. Zwei Zimmer mit Blick zur Straße, mit Kachelofen und einer Verbindungstür. Die Küche besitzt eine Kochmaschine, im Bad gibt es eine Emaille-Wanne und einen Gasbadeofen. 500 Mark Miete pro Jahr. Für das nächtliche Öffnen der Haustür ist eine Extragebühr von zehn Pfennigen an den Hausmann zu zahlen.

»Zehn Pfennige? Nur für das Öffnen? Das scheint mir profitsüchtig«, brummte Anselm, als er seinen Namen unter den Mietvertrag setzte.

Johanna stützt ihre Hände aufs Fensterbrett. Sie sieht dem Hausmann zu, wie er auf dem Bürgersteig nach dem Rechten sieht. Er hat einen Eimer mit Asche dabei. Er streue täglich mehrmals, hat er Anselm bei ihrem Einzug mitgeteilt und einen Bückling gemacht. »Alles muss seine Ordnung haben.«

»Natürlich, Ausrutscher sind nicht erlaubt.« Anselm ist ernst geblieben. Der Hausmann ebenfalls.

»Sehr wohl.«

Anselm hat den Hausmann, der in Wirklichkeit Hannes Schlimpel heißt, »Pedell« getauft.

»Wie steht's, Herr Pedell?«

»Sehr wohl.« Schlimpel ist schwerhörig.

Der Hausmann hat Johanna entdeckt, er lüftet die blaue Mütze und grüßt. Johanna winkt freundlich zurück, als mit einem Knall die Haustür ins Schloss fällt. Kurze Zeit später stapft der Milchmann vorbei. Er hat einen Schwall kalter Winterluft mitgebracht. Eilig kehrt Johanna in ihre Wohnung zurück. Sie sieht sich um, prüft die Wurzelknollen der Alpenveilchen und füllt die Gießkanne auf. Dann greift sie zum Staubtuch. Goethe hat Staub angesetzt. Die schwere Bronzebüste des Dichterfürsten hat Anselm mit in die Ehe gebracht, außerdem einen riesigen, ramponierten Bücherschrank. Den hat ihm seine Großmutter vererbt. Die hatte das Ungetüm, ein Vermählungsgeschenk ihrer Herrschaft, seinerzeit in eine Speisekammer verwandelt. Eine tüchtige Frau, die Zeit ihres Lebens lieber gekocht als gelesen hatte. Die Möbelträger haben das Möbelstück nur mit Mühe die Treppe hinaufgewuchtet. Schnaufend und ächzend. Johanna zwängt sich zwischen Schrank und Schreibtisch ans Fenster. Die Enge der Wohnung nimmt ihr manchmal die Luft zum Atmen. Sie muss an die Villa der Eltern denken. Die große Diele, das Speisezimmer, der Rauchsalon in der Beletage, die Bibliothek. Neben Gesamtausgaben namhafter Dichterfürsten gibt es dort eine Vielzahl an antiquarischen Raritäten. Erstausgaben, alte Drucke, Künstlerbücher, Handschriften, Biografien, Ansichtswerke von Kunst und Architektur. Außerdem Fachaufsätze und Publikationen zur Posamentenherstellung. Stolz ist der Vater auf seine astronomischen Schriften und Periodika, die Bildplanetarien und Repertorien über Planetenkunde. Erstausgaben und bibliophile Kostbarkeiten sind darunter. Anselm ist sichtlich verblüfft gewesen, als er die vielen Schriften und Drucke entdeckte.

»Dein Vater scheint, was die Himmelskunde betrifft, erstaunlich belesen zu sein«, hat er zu Johanna gesagt und eine Sternenkarte zur Hand genommen.

»Ja, sicher. Du solltest das Fernrohr sehen, das er sich angeschafft hat.«

»Ich werde deiner Mutter ein neues Opernglas kaufen. Übrigens ist diese Karte defekt. Das Weltall hat sich verhakt.«

»Ich weiß ...«

Johanna legt das Staubtuch beiseite. Wenn es daheim im Gebirge stürmte und schneite, wenn man besser im Haus blieb, weil selbst das Schneeschuhfahren, das Schneebudenbauen oder eine Schneeballschlacht keinen Spaß mehr machten, verzogen sich die jüngeren Geschwister in die väterliche Bibliothek. Hier fanden sich auch die zwei älteren, Fritz und Magdalena, ein. Bruder Max, den das Lesen schnell zu langweilen schien, nutzte die Bibliothek auf seine Weise. Er stieg auf einen der Stühle, um mit einem Sprung auf dem kleinen Rauchtisch zu landen. Hier reckte er seine Fäuste und schrie mit vernehmlicher Stimme »Hugh«, sodass die beiden Älteren von ihrer Lektüre aufschraken. »Hier spricht Chingachgook, die listige Schlange«, schrie er, Magdalenas strafenden Blick übersehend. Angespornt durch die bewundernden Blicke der jüngeren Schwestern führte er ganze Kapitel aus Coopers Lederstrumpferzählungen auf. Charlotte, Johannas zweitjüngste Schwester, legte die Sammelalben der sächsischen Margarinewerke beiseite. Max' komödiantischer Eifer war weitaus fesselnder als die Sammelbilder von Zirkusleuten, Löwenmenschen, Liliputanern, Riesendamen, Kettensprengern, Feuerschluckern und einer Giraffenfrau aus Siam.

»Wie lustig«, rief sie das eine ums andere Mal.

»Wie lustig«, echote Martha. Und Max ließ sich als sterbender Unkas auf die lesende Magadalena fallen.

Johanna lacht leise vor sich hin. Und erinnert sich. Sie selbst hatte gerade im Buch »Ärztliche Winke für Braut- und Eheleute« zu blättern begonnen, als Unkas starb und Magadalena ihn mit einer wütenden Ohrfeige belohnte. Die kleine Martha mochte die dicken Realienbücher am liebsten. Aus ihnen ließen sich prächtige Ställe für ihre Kühe und Schafe bauen. Max verband die Augen seiner Schwester und führte sie an den Bücherschränken entlang. »Roulette«, verkündete er und befahl der Vierjährigen, eins der Bücher herauszuziehen. Dabei zwickte er sie ziemlich derb in den Arm. Quiekend zog Martha eine der alten Sternenkarten heraus.

»Und jetzt ...« Max' Augen funkelten hinterhältig. »Solange du kannst, auf dem Kopf behalten.« Martha gluckste vor Anstrengung. Der Bruder half nach. Erst als sich die Drehmechanik unrettbar in den Haaren verfangen hatte, begann sie zu weinen. Die alte Kurtl musste die Schere nehmen, um Marthas Haare von der Milchstraße zu befreien. Der Vater war furchtbar zornig geworden. Eine Woche lang keinen Nachtisch, ordnete er an. Max beteuerte seine Unschuld. Mit Erfolg. Und ließ sich vor den Augen der kleinen Schwester die Schokoladenmousse schmecken.

»Das ist gemein«, sagte Johanna und sah Max an.

»Na und, was geht's dich an?« Max drehte sich um. In seinen Augen hat etwas Lauerndes gelegen.

Johanna seufzt. Schokoladenmousse gibt es schon lange nicht mehr. Hier, in der Stadt, kann man froh sein, wenn man Butter und Brot bekommt. Kartoffeln sind rar geworden. Fleisch ebenfalls. Der Schwarzhandel blüht. Die Marktweiber auf dem Roßmarkt stecken ihre Köpfe zusammen.

Sie munkeln von Unruhen in der Hauptstadt, von Hunger und schrecklichen Krankheiten.

Am Abend gibt es Graupeneintopf mit Steckrüben. Anselm stützt seine Arme auf. Der Gegensatz könnte nicht größer sein. Weiße Damastservietten liegen neben dem Teller. *Steckrüben und Damast.*

»Graupen und Steckrüben brauchen kein Tischgebet«, sagt er, als Johanna die Hände faltet. »Gott scheint die deutsche Hybris mit Rüben und Kohl zu strafen.«

»Ein eigenes Haus. Gemüsebeete! Im Stall vielleicht ein paar Hühner. Kaninchen.« Geschickt weiß Johanna, die eigenen Wünsche mit der gegenwärtigen Not zu verbinden. »Die Schamotte unseres Herdes hat übrigens einen Riss.«

Anselm legt seinen Löffel beiseite. Er weiß, dass sich Johanna ein Haus wünscht. Ihr Wunsch ist nicht unerfüllbar. Auch er ist nicht abgeneigt. Die Bodenreformbewegung hat sein Interesse geweckt. Damaschkes Ideen, die Verteilung und Nutzung des Bodens von Staats wegen zu überwachen und Zuwachsgewinne zum Eigentum aller zu machen, findet er gut. Adolf Damaschke. Anselm hat sich einige seiner Schriften besorgt.

»Siedlungsgesellschaften! Keine Spekulationen mit Grund und Boden. Das Grundeigentum in den Händen weniger kann üble Folgen haben.« Anselm legt Wert darauf, sich von den Villenbesitzern abzugrenzen.

»Ein Haus«, beharrt Johanna. »Eins mit zehn Zimmern. Mit einer Veranda und Aufwartefrau. Das Kinderzimmer ...« Sie hüstelt und fährt rasch fort: »Das Kinderzimmer in hellem Türkis, mit goldenen Kordeln und Spitzenvolants.«

»Goldene Kordeln? Das ist nicht dein Ernst, Hanna Jo.«
Anselm ist amüsiert.

Hanna Jo. Als Anselm zum ersten Mal die Silben ihres Namens vertauscht, ist Johanna gekränkt. »Hanna Jo? Keine Katze würde so heißen wollen.«
Anselm war nicht dieser Meinung. »Unverwechselbar«, sagte er fröhlich.

Hanna Jo. Mit der Zeit nennt sie auch die Familie so. Nur ihre Mutter bleibt standhaft. Frau Ida findet es taktlos, den Rufnamen ihrer Zweitältesten wie eine Deenel'sche Kordel zu drehen.

Im März 1918 ziehen Anselm und seine Frau in ihr eigenes Heim. Anselm ist Mitglied der Bodenreformer geworden. Er hat einen Teil der Recognitionsscheine aus Hanna Jos Mitgift veräußert und in der neuen Siedlung am Stadtrand ein Haus gekauft. Als Bodenreformer sei er noch lange kein Nationaler, beteuert er gegenüber seinen Genossen und reicht eine Schachtel teurer Havannas herum.

Hanna Jo verzichtet auf eine Aufwartefrau. Der moderne Küchenherd mit seinem Warmhaltefach tröstet nur wenig darüber hinweg.

Hanna Jos Eltern kommen, um das neue Heim ihrer Tochter in Augenschein zu nehmen. Fabrikant Deenel kündigt eine Lieferung Holz für den keramischen Kachelofen im Esszimmer an. »Die heimischen Wälder halten euch warm.«

»Apropos, der Pfarrer meinte, dass der Grasaufwuchs auf den Pastoratswiesen am Dienstag öffentlich zur Ver-

pachtung ausgestellt wird.« Deenel betrachtet mit Kennerblick die Gardinen-Raffhalter.
»Willst du dich mit einem Angebot beteiligen?« Hanna Jo ist überrascht.
»Schon möglich. Ich möchte Hubert zuvorkommen.«
»Ha«, sagt Anselm und hätte womöglich noch mehr gesagt, wenn er nicht von seiner Frau einen Fußtritt erhalten hätte.

Auch Onkel Hubert und Tante Agnes statten Anselm und Hanna Jo einen Besuch ab. Die Siedlung der Bodenreformer liegt in der Nähe einer prosperierenden Strumpfwirkerei. Außerdem sind die Wanderer-Werke in Schönau nicht weit. Mit Interesse begutachtet Hubert die hiesigen Grundstücksangebote. Chemnitz, als Standort für seine zukünftige Kammgarnfabrik, wäre gut denkbar. Agnes findet den neuen Herd komfortabel.

Anselm zeigt sich wenig erbaut vom Besuch des Großkapitals, wie er sagt. Hanna Jo zuckt die Achseln. »Tante Agnes hat Bohnenkaffee mitgebracht. Echten!«

»Ha«, brummt Anselm. »Wenn der Eichelkaffee dem verwöhnten Gaumen nicht zusagt, so ist er doch ein billiges und gutes Volksnahrungsmittel und verdient bei den heutigen Kaffeepreisen Beachtung!«

Später lädt Onkel Hubert Anselm zu einer Ausfahrt mit seinem Wagen ein. Aus Sicherheitsgründen setzt sich Anselm einen Hut aus stabilem Lodenstoff auf. Doch diesmal geht alles gut. Hubert Klottner hat seit dem Unfall bei Besançon, einen Chauffeur eingestellt. Mit Lederhandschuhen und dunkelblauer Livree. Hubert trägt auch Uniform. Seit Jahresbeginn ist er Reserveoffizier. Hanna Jos Vater hat die Epauletten gefertigt, ein unbezahlbares Meisterstück. Die Livree des Chauffeurs kostet 300 Mark. Anselms Gehrock, das Hemd und sein Hut nur die Hälfte.

Es ist stürmisch draußen. Der Frühlingswind rüttelt an den Fensterläden. Die alten Fenster gegenüber werfen ein zitterndes Sonnennetz in den Raum. »Frauen und Mädchen, sammelt Frauenhaar!« Anselm liest den Aufruf, der in der Zeitung steht, mit lauter Stimme. »Die Klottner'schen Werke werden demnächst für ihre Treibriemen Haare der eigenen Angestellten verwenden.« Er sagt es sehr süffisant. »Nur Tante Agnes wird dem Spendenbegehren nicht nachkommen können.«

Es klingelt. Hanna Jo erhebt sich. »Der Postbote«, sagt sie zurückkehrend. Anselm liest weiter.

Hanna Jo legt einen Brief – eingeschrieben, mit Zustellungsvermerk – auf den Tisch. Der Brief ist an ihren Mann adressiert. Anselm reißt den Umschlag auf und liest. Dann hebt er den Kopf.

»Hanna Jo ...«, sagt er ruhig. »Ich wollte, es wäre ein Scherz, doch das ist nicht der Fall. Ich habe mich am 1. April bei der achten Kompagnie des 15. Infanterieregiments zu melden.« Langsam faltet Anselm das Schreiben zusammen.

Hilfesuchend schlingt Hanna Jo ihre Arme um den Hals ihres Gatten. Und sucht vergeblich, das heftige Zittern, das sie befallen hat, zu unterdrücken. Anselm muss in den Krieg. So wollen es Gott, der Kaiser und Ludendorff. Die Frühjahrsoffensive von 1918 benötigt Soldaten. Der Krieg frisst die Männer im Stundentakt.

Erst gestern ist sie der Frau des Milchmanns begegnet. Die trug eine schwarz gefärbte Binde am Arm. »Mein Junge.

Gefallen«, hat sie mit rot verweinten Augen gestammelt. Und Hanna Jo ist, nach ein paar hastigen Beileidsworten, davongeeilt.
Hanna Jos Blick streift das gerahmte Hochzeitsbild an der Wand. Noch keine sechs Monate sind Anselm und sie verheiratet.
»Ich schreibe dir jeden Tag«, verspricht Anselm und nimmt seine junge Frau in den Arm. Die Zweige der Birke peitschen ans Tor. Anselm greift nach dem Heftstapel auf dem Tisch. Die Aufsätze müssen noch korrigiert werden. »Meine Schüler, sie werden mir fehlen«, flüstert er. Hanna Jo schließt ihre Augen. Ein brandroter Sonnenball hängt drohend über der Stadt. Sie sieht ihn auch mit geschlossenen Lidern. Kurz darauf ist die Sonne untergegangen.

Seit Anselms Einberufung klingelt der Postbote beinahe täglich. Anselm hält sein Versprechen. Er schreibt seiner Frau jeden Tag. Die Briefe *Union postale*, mit Feldpoststempel, kommen aus Frankreichs Norden. Anselms Kompanie ist in Halloville stationiert. Den knappen Briefen liegen oft fotografische Bilder bei. *Viele Grüße und Küsse aus Halloville. Herrliches Wetter hier. Wir spielen oft Skat. Manchmal auch Krieg. Die Fotografie zeigt den Adjutanten des Regimentskommandeurs, daneben mich. Man hat mich in die Schreibstube abkommandiert. Ich liebe dich, Hanna Jo. Ich liebe dich!!!*
  Hanna Jo liest. Anselms Sätze sind schmucklos und kurz. Und doch ... Die Fotografien stellt sie auf die Anrichte. Bei Sonnenschein spiegelt sich Anselms Bild in den Scheiben. Anselm als Landser mit Pickelhaube. Oder mit Ziga-

rette, kahl geschoren inmitten der anderen kahl geschorenen Kameraden. *Rauchpause im Bataillon, Mai 1918,* hat Anselm unter das Bild geschrieben. Daneben ein Foto von Anselms Schreibstube. Hinter dem Funkgerät stehen Blumen, an der Bretterwand hängen Uniformjacken.

Anselms Fotografien von der Front muten harmlos an. Nahezu heiter. Hanna Jo muss an die Sandkastenspiele der Brüder denken, die ihre Schlachten mit Zinnsoldaten und jungenhaftem Geschrei ausfochten. Irgendwann lagen sie prustend im Gras. Der Krieg sei das beste Spiel auf der Welt, beteuerten sie fröhlich. Hanna Jo traut Anselms Briefen und seinen Bildern nicht. Hanna Jo traut der Idylle nicht. Auch nicht dem Krieg.

Im Juli 1918 beginnt die deutsche Front eine Angriffsoperation an der Marne. Der Gegner leistet Widerstand. Die Kämpfe sind schwer und heftig. Die Mienen der Landser auf Anselms Bildern sind plötzlich ernst. Auch Anselms Briefe sind es.

Alle rückwärtigen Stellen sind mit Garnisonsdienstfähigen besetzt. Sollten wir in Bewegungskrieg kommen, bin ich besser dran als beim Telefonlegen. Unser Stab wurde verlegt. Haben Verluste erlitten. Gestern schossen wir ein feindliches Flugzeug ab. Das beigelegte Foto zeigt salutierende Landser neben dem Wrack eines Doppeldeckers. Wie Großwildjäger neben ihrer erlegten Beute. Anselm ist nicht dabei. Mit dem Daumen fährt Hanna Jo über das Bild. Dann zerreißt sie es. Als sie die verkohlten Überbleibsel in den Aschekasten wirft, zittern ihre Hände noch immer.

Veränderter Frontverlauf, schreibt Anselm. Von heftiger werdenden Kämpfen, den vielen Verletzten und Toten, von

Nachschubmangel und Hunger schreibt er nichts. Auch nicht von den Gasangriffen, von Handgranaten mit Bromessigsäure und Chloraceton. Anselm Krüger findet dafür kein einziges Wort. *Bete für uns*, bittet der Atheist seine Frau.

Hanna Jo betet. Nicht für den Kaiser. Nicht für den Sieg. Sie betet für Anselm. »Großer Gott, steh uns bei. Schenke uns reichlich Trost.« Hanna Jo öffnet das Fenster. Der Himmel ist wolkenlos. Kein Regen in Sicht. Sie gießt die Reseden in den Blumenkästen. Im Garten ist wenig Platz für Blumen. Demnächst wird sie Bohnen stecken, Kartoffeln legen und Möhren säen. Der Hunger ist in die Stadt gekommen.

Der Sommer 1918 beschert der Deenel'schen Fabrikantenfamilie ein neues Familienmitglied. Die Frau des ältesten Sohnes Fritz bringt ein winziges Mädchen zur Welt. Die Hebamme zieht Doktor Süß hinzu. Die Wöchnerin hat viel Blut verloren. Der Säugling ist ein Achtmonatskind. Fragil und durchsichtig wie das chinesische Teeservice von Frau Ida. Das Taufkleid, mit Klöppelspitze und zarten Volants, ist eine Doublette der Glanzburg-Sippe. Frau Ida ist hochbeglückt, Franz Friedrich indes ist enttäuscht. Er hat auf einen Erben gehofft, einen Garanten für die Zukunft.

Auch wenn Schwager Hubert mit dem Viskoseverfahren Erfolge hat, Fabrikant Deenel bereitet der Umsatz Sorgen. Das Zweigunternehmen im Elsass wurde, wie seinerzeit das in Petersburg, requiriert. Auch Frau Ida weiß, dass es um die Deenel'sche Posamentenproduktion nicht gut bestellt ist.

»Wir sollten die Familie und unsere Handelsbeziehungen vergrößern«, schlägt sie dem Gatten vor.

Der sieht sie an.
»Magdalenas Hochzeit!«
Franz Friedrich atmet auf. Er hat Schlimmeres befürchtet. So kommt es, dass an einem Sonntag im August, der zwölfte nach Trinitatis, wie Tante Cäcilie betont, Deenels älteste Tochter Magdalena mit dem Hamburger Tuchhändler Hans-Martin Husemann vor den Altar tritt. Am selben Tag wird Fabrikant Deenels winzige Enkeltocher, die Nichte der Braut, getauft. Der Pfarrer hält eine Doppel-Predigt, der Bräutigam hält die Hand seiner Braut. Der Täufling schreit. Die Mutter des Täuflings, bleich und hohläugig, hüllt sich fester in ihre Stola aus Fuchspelz ein. Die Folgen der schweren Geburt sind ihr noch immer anzusehen. Dann ist der Gottesdienst vorbei und man feiert: acht Gänge, fünf Reden. Onkel Hubert spricht über Kupferkunstseide für Glasglüh-Lichtstrümpfe und über die neue Glanzfäden-Aktiengesellschaft in Schlesien. Agnes spricht über die Kriegspflicht der Hausfrau in Zeiten dieses gewaltigen Völkerringens. Der Bräutigam spricht über textilhistorische Städte und die im Herbst geplante Tuchmesse in Nordrhein-Westfalen. Die Braut spricht nicht. Sie legt ihren Zeigefinger auf die Lippen und bittet um Ruhe. Der Täufling ist endlich eingeschlafen. Man lässt den Nachtisch servieren. Grießflammerie und Gefrorenes, später Zigarren und Brandy. Den Damen wird Sherry gereicht. Kurtl, die alte Kinderfrau der Familie, kocht Hanna Jos Schwägerin einen Fencheltee. Der soll ihren Milchfluss stärken. Die Stimmung wird ausgelassener, die Gespräche lauter. Die Täuflingsmutter zieht sich zurück und müht sich, ihr Kind zu stillen.

Konferenz für den Wirtschaftskrieg gegen Deutschland, Höchstpreise für Fleisch, Kriegsversicherungen gegen Zuschlagsprämie, neu geschaffene Bankkredite, Abwehrschlacht an der Marne, titeln am nächsten Morgen die Zeitungen.

Den alliierten Truppen gelingt der Durchbruch an der Westfront. Die deutschen Truppen werden zum Rückzug gezwungen.

»Du Ugelick«, flüstert die alte Kurtl, während sie sich eine frische Schürze vorbindet. »Ich decht's mir glei. Dodraus ward nischt!*«

Infanterist Anselm Krüger liege in einem Feldlazarett in der Nähe von Trier, steht mit unbekannter Schrift auf einer Karte, die Hanna Jo zwei Wochen nach der Hochzeit der Schwester und Taufe der Nichte erhält. Lange sitzt Hanna Jo in der Küche. Sie liest die wenigen Zeilen wieder und wieder. Dann holt sie ihr Schreibzeug hervor.

Mein Liebster. Ich hoffe und vertraue auf Gott, dass du schnell genesen bist. Komm bald nach Hause. Ich warte auf deine Rückkehr...

Doch nur ihr Brief kehrt zurück. *Unzustellbar*, steht auf dem Umschlag.

Hanna Jo ist verzweifelt. Sie telegrafiert dem Vater und bittet um Rat. Franz Friedrich Deenel ist ein praktisch denkender Mensch. Er schickt seiner Tochter Litzen und Schnüre sowie ein Dutzend seidener Damenstrümpfe aus dem betriebseigenen Sortiment. *Zur Transaction*, teilt er der Tochter in seinem Begleitschreiben mit. *In der Stadt tausch*

---

* »Ich dachte es mir gleich. Daraus wird nichts.«

man heutzutage selbst Borten und Garn gegen Brot und Kartoffeln. Ich hoffe sehr, meine Liebe, dass dir für beigefügte Articles eine verlässliche Auskunft zuteil wird, was deines Mannes Verlegung in ein anderes Lazarett betrifft. Das erforderliche Geld für ein Bahnbillet nach Trier ist durch meine Bank verfügt.

Hanna Jo packt ihre Sachen. Es ist ein schwieriges Unterfangen, ein gültiges Ticket nach Trier zu ergattern. Sie muss mehrere Male umsteigen. Die angekündigten Anschlusszüge fallen oft aus. Mit Kriegsbeginn ist aus Trier eine Stadt des Militärs geworden. Die Nähe der Front beeinflusst das öffentliche Leben. Seit Wochen wird Trier von Verwundeten überflutet. Von Blinden, Amputierten, von Männern mit zerschmetterten Gliedmaßen und entstellten Gesichtern. Die Lazarette sind übervoll. Ausflugsdampfer werden zu Lazarettschiffen umgebaut. Die zuständigen Stellen sind überlastet. Hanna Jo wird von einer Behörde zur anderen verwiesen. Sie ist erschöpft. Das Lazarett im Bischöflichen Priesterseminar ist ihre letzte Hoffnung.

»Verlegt!« Die Rotkreuzschwester betrachtet die vor ihr ausgebreiteten Schnüre und Damenstrümpfe.

»Wohin?«

»Der letzte Transport ging ...« Prüfend hält die Gefragte ein Paar der Seidenstrümpfe ins Licht. »Nach Saarbrücken vielleicht. Nach Straßburg. Oder auf eins der Schiffe. Genau weiß ich es nicht.«

»Wer weiß es?«

Die Rotkreuzschwester zuckt die Schultern. »Das Garnisonskommando vielleicht. Der Vaterländische Frauenverein ...« Eine Sirene ertönt.

»Schnell in den Schutzkeller.« Die Rotkreuzschwester lässt die Strümpfe hinter dem Brustlatz ihrer Schürze verschwinden. »Täglich fliegen sie Angriffe.«

Ein letztes Mal dreht sie sich um, in ihren Augen flackert die Angst. »Um Gottes willen, verlassen Sie diese Stadt«, ruft sie Hanna Jo zu.

Hanna Jo läuft ihr nach. Mitten hinein ins Gedränge des Gangs, zwischen die anderen Schutzsuchenden.

Der Keller des Priesterseminars ist nur spärlich beleuchtet, nur mit ein paar Kerzen. Hier sind die Betten der Schwerverwundeten aufgestellt. Hanna Jo presst die Hände an ihre Ohren. Sie kauert sich dicht an die kalkfeuchte Wand. Der Modergeruch verursacht ihr Übelkeit. Mit einem Mal sind die Bombeneinschläge ganz nah. Ein unheimliches Dröhnen.

»Vater unser ...«, betet ein Mädchen in Schwesterntracht neben ihr.

Das Dröhnen lässt die Menschen zusammenfahren, ein paar beginnen zu schreien, die Schwerverwundeten stöhnen. Hanna Jo schließt die Augen. »Anselm«, murmelt sie.

Nach einer Stunde ist alles vorbei. Müde verlässt sie den Keller. Der Fahrer des Krankenwagens nimmt Hanna Jo zum Bahnhof mit. Sie geht zum Schalter und schiebt einen Geldschein unter die Scheibe. »Nach Hause«, antwortet sie, als der Fahrkartenverkäufer sie fragt.

»Frolleinchen, das wollen die meisten jetzt.«

Hanna Jo bewegt ihre Lippen, doch kein Wort ist zu hören. Die hinter ihr Wartenden beginnen zu schimpfen. Endlich nennt Hanna Jo den Namen des kleinen Ortes an der böhmischen Grenze.

Eingepfercht in überfüllten Abteilen, zwischen Verwundeten, Uniformierten und Zivilisten, zwischen Wortfetzen über den Krieg und das drohende Ende, fährt sie zurück. Hanna Jo befällt ein Schwindelanfall, als sie auf dem Bahnsteig des kleinen Gebirgsortes steht. Es ist dunkel geworden. Die Lichter der Gaslaternen flackern. Hanna Jo presst den schmalen Koffer an ihre Brust und beginnt zu rennen. Atemlos steht sie vor ihrem Elternhaus. Kein Lichtschein dringt durch die Fensterläden. Nur eins der Erkerfenster ist weit geöffnet. Die Blätter des wilden Weines werfen schwarze, nickende Schattenrisse. Auf dem Fenstersims steht ein Stativ. Der Vorderlauf eines Gewehrs wird sichtbar.

»Nicht schießen!«, schreit Hanna Jo, um kurz danach erleichtert aufzuschluchzen. Franz Friedrich Deenel hat sein Teleskop aufgebaut. Die Nacht ist heute sternenklar.

»Die Perseiden«, erklärt er, nachdem er die Tochter umarmt und betrachtet hat. »Du solltest dir etwas wünschen, wenn du eine Sternschnuppe siehst.«

Hanna Jo lehnt den Kopf an des Vaters Schulter. Sie blickt in den Himmel. »Anselm«, flüstert sie, als sie den leuchtenden Schweif einer Sternschnuppe erblickt. Dann beginnt sie zu weinen. Lange und hemmungslos.

Der Meteoritenstrom der Perseiden ist auch am nächtlichen Himmel von Süddeutschland sichtbar, als die Ärzte einem jungen Infanteristen Namens Krüger das Ellbogengelenk entfernen. Jetzt halten nur noch Muskeln und Sehnen den Ober- und Unterarm zusammen. Am Tag vor seiner Operation bittet der Kranke den operierenden Arzt um ein kurzes Gespräch. Der Arzt ist nicht erstaunt. Der Krieg hat ihn abgestumpft. Das Leid der Verwundeten gebiert skurrile Gelüste.

»Ein Weckglas mit Spiritus«, befiehlt er nach erfolgter Operation, um ein Stück des amputierten Ellbogens zu konservieren.

Als man dem Frischoperierten das Glas überreicht, nickt der zufrieden. Lange starrt er auf die in Spiritus schwimmenden Knochenstücke. »Bringen Sie mir ein spitzes Messer«, bittet er die Pflegeschwester.

»Um Gottes willen.«

»Krüger«, murmelt der Kranke. »Alles muss seine Ordnung haben. Ritzen Sie meinen Namen auf den Deckel des Glases.« Er deutet zum Fensterbrett, wo das Weckglas steht.

Das Messer ist stumpf und ungeeignet. Die junge Schwester schüttelt den Kopf. »Unmöglich!«

»Versuchen Sie's«, bettelt der Kranke und bewegt seine Zehen. »Alles muss seine Ordnung haben.«

»Vielleicht, dass ich mit dem Skalpell ...« Die junge Schwester verschwindet.

Als das beschriftete Weckglas neben ihm auf dem Fensterbrett steht, nickt der Kranke zufrieden. Und lässt seine wöchentliche Ration Zigaretten ins Zimmer des Arztes schicken. »Vergelt's Ihnen Gott!« Er fasst nach der Hand der Pflegeschwester.

Zwei Wochen später erkrankt er an heftigem Wundfieber und stirbt.

CARPE DIEM

Die Leichenträger und Ohme unterhielten sich. In unserer Siedlung kannte jeder jeden. Sie redeten über die neumodische Selbstbedienung im Konsum, den säumigen Winterdienst, den PGH-Vorsitzenden der hiesigen Fleischerei, der einen Raduga-Fernseher ergattert hatte. Auch über den, wie sie sagten, wachsenden Unmut der Leute wurde gesprochen. Ich spitzte die Ohren.
»Ulbrichts Mauer. Seit '61 sperr'n die uns ein. Angst haben die. Dass wir ihnen abhau'n. Observation überall.« Das Gesicht des ellenlangen Mannes war auf einmal so rot wie ein Ziegelstein geworden. Nur seine Narbe blieb weiß. Die Worte prasselten wie Gewehrsalven aus seinem Mund, während er mit den Fingern auf die Tischplatte trommelte.
»Tjatjatja«, sagte der andere. Großmutter faltete ihre Serviette zusammen.
»Ohme, was heißt das: Observation?«
»Ach, Kind.« Sie hob ihre Schultern.
»Beschattung. Wir werden gut überwacht«, erklärte der ellenlange Mann an Ohmes Stelle und fasste nach seiner Narbe. Großmutter warf ihm einen warnenden Blick zu und schüttelte unmerklich ihren Kopf.
»Tjatjatja ...«, schnarrte der andere, während er eins der Würfelzuckerstücke in seinen Kaffee tauchte.
Großmutter strich über mein Haar. »Einmal, ich war noch ein Kind, sprach der Prokurist meines Vaters von der Geheimpolizei«, sagte sie. »Er sah sehr ernst dabei aus.

Vater schickte mich schnell aus dem Raum. Das tat er nur selten. Diese Geheimpolizei muss etwas sehr Gefährliches sein, dachte ich. Und als mich mein Bruder Max wieder einmal geärgert hatte, drohte ich ihm, die ›Ganz geheime gefährliche Polizei‹ zu rufen.« Ohme schwieg.

»Geheimpolizei. Und später dann war's die Gestapo. Gehei-me Staats-polizei.« Der ellenlange Kollege des Tjatjatja-Mannes hatte jetzt auch einen ziegelsteinroten Hals. Ich sah, wie sein Adamsapfel auf und nieder hüpfte. *Adamsapfel.* Ich erinnerte mich, dass ich Großvater Anselm einmal gefragt hatte, weshalb der hüpfende kleine Kloß am Hals als »Adams Apfel« bezeichnet wurde. Das hatte ich irgendwo aufgeschnappt. Großvater lachte. Das komme wohl daher, meinte er fröhlich, dass Urvater Adam, bei seinem Versuch, den Apfel herunterzuschlucken, gescheitert ist. Der Apfel sei in seiner Kehle stecken geblieben. »Und deshalb sagen manche Leute Adamsapfel dazu!« Ich war beeindruckt. Urvater Adam kannte ich nicht. Die rotbackigen Weihnachtsäpfel jedoch, die Ohme auf meinen Naschteller legte, kaute ich seitdem lange und gründlich.

»Schlimm.« Der Tjatjatja-Mann fuhr mit der Zunge unter die Oberlippe. »Und heute? Ich sage nur ›Staatssicherheit‹. Tjatjatja.«

Entgegen ihrer Art fiel ihm Großmutter hastig ins Wort. »Noch einen Kaffee?« Einladend schwenkte sie die Kaffeekanne, an deren Tülle eine blaue Glockenblume aus Schaumgummi hing. Ein Tropfenfänger.

»Minen und Stacheldraht an der Grenze«, knärzte der Tjatjatja-Mann, während er seine Tasse der Kanne entgegenhielt. »Der Kaffee ist gut. Keiner von hier.«

»Von drüben«, bestätigte Ohme und schob ihm die Milch zu. »Eine Geschenksendung! Keine Handelsware!« Sie wartete, bis die Männer begriffen und lachten. »Was soll's, ich bin eine alte Frau. Mein verstorbener Mann hat damals für mich die Bourgeoisie toleriert. Und ich? Ich laufe für guten Bohnenkaffee zum Klassenfeind über.«
»Wo läufst du hin, Ohme?«
»Sieh einer an!« Die Leichenträger rieben sich zischelnd die Hände. »Die Kleine hat einen hellen Verstand. Die sperrt ihre Öhrchen weit auf.«
Großmutter tastete nach ihrem Scheitel. »Zwei Kriege habe ich miterlebt. Und Gott verhüte, dass meine Enkeltochter ...« Jäh hielt sie inne. Unschlüssig schob sie ihr Schnapsglas auf dem Tisch hin und her.
»Tjatjatja.« Es entstand eine unbehagliche Stille. Ich kniff die Augen zusammen. Über den Köpfen der Leichenträger schienen unsichtbare, leere Sprechblasen zu schweben. Ich rutschte auf meinem Stuhl hin und her. Der Tjatjatja-Mann und sein ellenlanger Kollege sprachen jetzt von Rasierklingen, Puddingpulver, Schokolade, Palmin, Kakao und Marzipankartoffeln. Dinge, die aus dem Westen zu uns »rüber«-geschickt wurden. Seltsam, dass alles besser wurde, wenn man die kleine Vorsilbe »West« davorsetzte. Vom Westen, in den man nicht fahren durfte, hatte auch Großvater Anselm hin und wieder gesprochen. Großvaters Stimme war dabei sehr laut gewesen. »Eingesperrt hat man uns. Mitten im Frieden. Ein Absurdum. Man hat eine Mauer quer durch Berlin gezogen und Wachtürme an der Grenze errichtet.« Ich wusste nicht, was ein Absurdum war, doch Großvaters Augen hatten bedrohlich gefunkelt, sodass ich besser geschwiegen hatte.

Ich begann, einen Wachturm aus Würfelzucker zu bauen. Nach dem sechsten Zuckerstück geriet er bedrohlich ins Wanken. Ich klaubte ein weiteres Zuckerstück aus der Schale, als unsere alte Standuhr zwölfmal zu schlagen begann. Mittagszeit. Seltsam, ich wusste, dass Ohme am Morgen das Pendel zum Stehen gebracht und den Uhrenkasten verschlossen hatte.

»Die alten Bräuche, mein Kind.« Den Schlüssel der Uhr hatte sie in das oberste Fach des Büfetts gelegt, ganz hinten unter das Messertuch. Mein Herz schlug bis zum Hals vor Aufregung. Ich wusste nur einen, der diesen Platz ebenfalls kannte: Großvater.

Großvater Anselm war ein pünktlicher Mensch gewesen. Im Haus meiner Großeltern gab es eine Menge Uhren. Es tickte in jedem Zimmer. Jeden Morgen hatte sich Großvater auf seine chronometrische Wanderung begeben, wie er es nannte. Summend spazierte er dabei von Uhr zu Uhr, wobei er stets in der Küche begann. Auf dem Küchenbord stand eine Wanduhr aus Bakelit. Dann folgte die Nachbildung einer Schwarzwälder Kuckucksuhr neben der Vorratskammer, das Arbeitszimmer mit Stockuhr und der Keller. Selbst hier hing eine Wanduhr aus Porzellan. Großvater eilte ins Schlafzimmer, wo er den Wecker stellte, um ganz zuletzt vor der alten Standuhr im Wohnzimmer stehen zu bleiben. Mit seiner Linken öffnete er den Uhrenkasten und zog die beiden Gewichte nach oben.

»Carpe diem«, verkündete er dabei feierlich und drückte den Uhrenkasten fest zu. Ich deutete auf die Eieruhr in der Küche. »Die hast du vergessen.«

»Na, so was.« Großvaters Augen blitzten belustigt auf.

Er nahm Ohmes Eieruhr vom Regal und drehte sie um.
»Carpe diem!«
»Was heißt das?«
»Nutze den Tag. Das haben damals schon die alten Römer gesagt.«
»Die jungen auch?«
Großvater lachte. »Die jungen Römer pflegten den Müßiggang. Oder den Krieg«, antwortete er, während er aus der Westentasche eine goldene Taschenuhr hervorholte, die an einer Kette hing. »Sie müssen im Gleichschritt gehen, sonst kommt die Zeit aus dem Takt.« Er hatte die Uhren gemeint.

Ich zupfte an Großmutters Ärmel. »Die Uhr«, flüsterte ich.
Großmutter zog das Tischtuch glatt. »Gleich«, versprach sie, während sie mit der flachen Hand die Kuchenkrümel vom Tisch fegte. »Du darfst gleich aufstehen.«
Die Leichenträger waren beim Wetter gelandet. Der heftige Schneefall hatte im Land für heilloses Durcheinander gesorgt. Wegen der Schneewehen waren Züge stecken geblieben, der Autoverkehr zum Erliegen gekommen. Einige Ortschaften schienen von der Außenwelt abgeschnitten zu sein. Ohme seufzte. Ich schaute zur Uhr. Im Gehäuseglas konnte ich mein Spiegelbild sehen. Ein schmales Kind mit großen Augen und dünnen, abstehenden Zöpfen. Mein Kleid aus dunkelbraunem Kordsamt säumte am Hals ein weißer Kragen. Es war mein Geburtstagskleid. Ich trug es auch heute. Es passte zu Großvaters Anzug und seinem Seidenschlips, zu Großmutters steifem Rock, der schwarzen Bluse und ihrer Brosche aus Perlmutt. Ich streckte dem

Spiegelbild meine Zunge raus. »Bäähh.« Und das Spiegelbild tat es mir nach.

In so einem Uhrenkasten habe sich damals das siebente Geißlein versteckt, hatte mir Großvater einmal versichert. Das Geißlein habe sich dafür schrecklich klein machen müssen. »Es hat seinen Kopf eingezogen, damit es da reinpasst. Im Märchen geht das.« Großvater schmunzelte. Er ging zum Fenster, um die Gardine beiseitezuziehen. Das grelle Sonnenlicht zwang mich, die Augen zu schließen.

»Siehst du, wie es sich dreht?«, sagte er und deutete auf ein Glas, das Großmutters Eieruhr ähnelte. Ich blinzelte und nickte. Auf dem Fensterbrett stand eine gläserne Lichtmühle.

»Die Sonne kann zaubern«, sagte Großvater und zeigte auf die Glimmerplättchen im Kugelinneren, die helle silberne und die geschwärzte Seite. »Ein Perpetuum mobile, verstehst du?«

»Ja«, sagte ich ehrfürchtig, obwohl ich es nicht verstand. Zärtlich strich Großvater Anselm über mein Haar. »Perpe-tu-um mo-bi-le«, sagte er. Andächtig sprach ich es nach, genauso andächtig wie die vielen Namen von Großmutters Schwestern, wenn Ohme und ich die alten Familienbilder betrachteten.

Das Pendel schwang hin und her. Suchend sah ich mich um. Doch Großvater Anselm entdeckte ich nicht. Ich betrachtete Großvaters Lehnstuhl und dachte nach. Es gab eine Menge, worüber ich nachdenken musste. Vor allem die Sache mit Großvater und dem Gevatter Tod. Ohme, der Arzt und die Leichenträger hatten gesagt, dass Großvater Anselm gestorben sei. Tatsächlich? Ohne uns vorher Bescheid zu sagen?

Das hätte er nie getan. Ich zerrte an meinem Kragen. Das war es! Großvater Anselm hatte dem Tod ein Schnippchen geschlagen. Und war ihm entwischt. Und nun versteckte er sich. Die Standuhr gab einen dunkel schwingenden Laut von sich. Ich war mir jetzt ziemlich sicher: Großvater hatte den Tod durchschaut. Ich stützte den Kopf in meine Hände. Mit einem solchen Großvater, einem mit so vielen klugen Ideen, konnte der Tod nichts anfangen. Es gab eine Menge Ideen, an die ich mich erinnerte. Die Sache mit dem Rasierpinsel, zum Beispiel. »Heute pflanzen wir«, hatte Ohpa mir eines Tages verkündet. Er hatte die Igelit-Tasche geöffnet und seine Hand herausgenommen. Er hatte auch seinen alten, ausgedienten Rasierpinsel vom Waschtisch genommen. Und meine Kinderschaufel. Wir waren in den Garten gegangen. Großvater steuerte auf das Radieschenbeet zu.

»Um ernten zu können, müssen wir erst einmal pflanzen«, erklärte er mir. Mit meiner Schaufel grub er ein Loch zwischen den Radieschenzeilen und steckte den Rasierpinsel hinein. »Andrücken«, befahl er mir. »Mit *beiden* Händen. Das musst *du* tun.«

Gehorsam drückte ich die Erde so fest, bis nur noch die gelblichen Borsten des Pinsels herausragten.

»Jetzt gießen!«

Fragend sah ich ihn an.

»Nach dem Pflanzen muss stets gegossen werden.« Großvater schmunzelte.

Ich holte die Kanne und goss.

»Wirst sehen, er wächst«, sagte Großvater. Und richtig. Der Rasierpinsel wuchs. Ich goss ihn täglich. Die Pinselborsten reckten sich jeden Tag ein Stück mehr in die Höhe.

»Groß wie ein Kohlkopf«, behauptete Großvater nach einer Woche. Ich lief in den Garten, blieb vor dem Beet wie angewurzelt stehen und riss meine Augen auf. Tatsächlich. Großvaters Rasierpinsel war riesengroß geworden. Er hatte sich in einen Kohlkopf verwandelt.

»Ich könnte mich sowieso nicht mit so einem Riesenpinsel rasieren«, beruhigte mich Großvater und trug den Kohlkopf in die Küche. »Heute gibt es Rasierpinselsuppe.«

»Deine Einfälle«, sagte Ohme. Mit abgespreiztem Daumen stellte sie einen Topf auf den Herd.

»Rasierpinselsuppe ist mein Leibgericht«, sagte Großvater. Er streichelte die Wange seiner Frau.

»Natürlich.« Ohme beugte sich über den Topf und streute noch Salz hinein. »Heute koche ich uns Rasierpinselsuppe mit Gänseklein.« Sie wischte sich die Handrücken an ihrer Schürze trocken. Liebevoll nahm sie Großvaters Linke und drückte sie sanft.

Großvaters Mundwinkel zuckten. »Hanna Jo«, sagte er leise.

Die Stimmen der Leichenträger waren lauter geworden, der Inhalt der Schnapsflasche sichtbar geschrumpft.

»Ein guter Tropfen«, lobten die Männer, während Großmutter die Flasche erneut entkorkte.

»Ich auch«, bat ich. »Ich will auch einen Tropfen.«

»Kommt nicht infrage. Du bist noch ein Kind«, versetzte Ohme und drohte mir spaßhaft mit dem Finger. Ich rümpfte die Nase. Ein Kind! Das sagte sie immer. Dabei war ich heute doppelt so alt wie damals, als ich etwas entdeckte, das meine Kinderseele zutiefst verstörte.

Es war ein heißer, windstiller Nachmittag gewesen und Großvater Anselm damit beschäftigt, das Dach des Schuppens zu teeren. Neugierig stand ich dabei und beobachtete, wie Großvater den alten Besen in einen Eimer mit schwarzer, klebriger Flüssigkeit tunkte, um damit das Dach zu streichen. Ich hielt mir die Nase zu. Der beißende Teergeruch ließ Großvaters Augen tränen. Vielleicht sah es deshalb so ungeschickt aus, wie er sich hoch auf dem Dach mit dem Besen mühte. Ich hörte ihn stöhnen.

»Anselm.« Großmutter stand hinter mir. Sie schien verärgert zu sein. »Du hattest versprochen ...«

Großvater fiel ihr ins Wort. »Nein«, sagte er barsch und bestimmt. »Das ist meine Sache.«

Ohme zuckte die Schultern. »Unbelehrbar«, murmelte sie und verschwand.

Am Abend saß Großvater Anselm in seinem Sessel. Wie immer hatte ihm Ohme die Sofarolle unter den Kopf geschoben. Großvater mochte sehr müde sein. Er hatte seine Augen geschlossen. Mit einem Mal, urplötzlich, richtete er sich auf, um mit schmerzverzogener Miene sein Handgelenk zu massieren. Er knöpfte den ledernen Handschuh auf und stöhnte leise. Ich wagte nicht, mich zu rühren, denn das, was ich sah, war ungeheuerlich. Ich begann am ganzen Körper zu zittern und riss meine Augen auf. Großvaters rechte Hand war ... weg. Wie gebannt starrte ich auf den bloßen, nackten Armstumpf, der auf Großvaters Knie lag. Dann entdeckte ich die Hand; eine tote, leblose Hand auf dem Boden, neben dem Sessel. Großvater hatte mich nicht bemerkt. Er hatte sich wieder zurückgelehnt und schnarchte jetzt leise.

Lautlos schlich ich mich aus dem Raum. Ich rannte zu Großmutter und umklammerte ihren Arm. »Großvaters Hand ...«, stammelte ich. Und fing an zu weinen. »Er hat ja nur eine Hand!« Sie drückte mich an sich.

»Wo ist seine richtige Hand? Ist sie gestohlen worden?«

»Sie ist im Krieg geblieben«, antwortete Ohme. »Kriege sind grausam. Unendlich grausam.«

Ich kroch in mein Bett. Es dauerte Stunden, ehe es meinen Großeltern gelang, mich zum Aufstehen zu überreden, und noch viel mehr Wochen, bevor ich es wieder wagte, Großvaters Hand zu berühren.

»Der Tod kommt zu jedem.« Großmutters Stimme vibrierte.

»Tjatjatja«, sagte der Tjatjatja-Mann und fügte hinzu: »Wir auch.«

Sein Kollege schnalzte zustimmend und setzte das Glas ab.

»Meines Mannes Geheimrezept«, bemerkte Ohme nicht ohne Stolz. »Quitten, Zucker, Branntwein, Zitrone und noch etwas ...« Sie nickte bedeutungsvoll vor sich hin. »Er nannte ihn seinen Ellbogenschnaps.«

Die Leichenträger tauschten vielsagende Blicke aus. »Heutzutage kommen die Leute auf seltsame Namen.«

»Gewiss«, bestätigte Ohme. Mehr sagte sie nicht.

Großvaters Quittenschnaps war tatsächlich etwas Besonderes. Großvater hatte sich stets viel Mühe bei der Herstellung gemacht. Die Quitten wurden mit Schale und Kerngehäuse gerieben und über Nacht in den Keller gestellt, danach mit Branntwein, Bittermandel, Kandis und Koriander aufgefüllt. Ab und zu ging Großvater in den Keller, um nachzusehen. Und Wochen später, um den fertigen Quittenschnaps abzufüllen. Dabei schenkte er sich ein großes Glas ein und brummte genüsslich. »Aaah.« Prüfend hielt er sein Glas hoch. »Gerade richtig!«

Manchmal, wenn einer der Nachbarn kam, um Großvaters Rat gegen Mehltau oder Schneckenbefall einzuholen oder die Blüten seiner Agave zu bewundern, holte er seine Schnapsflasche und schenkte ein. »Ellbogenschnaps«, sagte er. »Quitten und Mandeln. Kandis und Koriander.« Großvater spitzte den Mund. »Und dann noch eine Geheimzutat.« Er hob sein Glas.

Großvaters Gäste leckten sich über die Lippen. Sie fragten nach der Geheimzutat. Doch die verriet er niemals.

Eines Tages überraschte ich Großvater Anselm im Keller dabei, wie er ein mit Zeitungspapier umwickeltes Einweckglas aus dem Regal nahm.

»Was ist da drin?«

»Der Krieg eines alten Soldaten«, antwortete er, nahm mit der Linken den Deckel und mühte sich, den rostigen Bügelhalter darüberzuschieben. Er ächzte vor Anstrengung.

»Hilf mir«, bat er. Seine gesunde Hand zitterte. Ich klemmte den Bügel fest.

»Der Krieg?«, wiederholte ich ungläubig. Ohme hatte behauptet, dass Großvaters Hand im Krieg geblieben sei. Nun steckte der Krieg in einem Weckglas bei uns im Keller. Ich trat einen Schritt zurück.

Großvater Anselm stellte das Weckglas an seinen Platz.

»Ja«, sagte er und drehte sich zu mir um. »Ich glaube, dass jeder Soldat seinen eigenen Krieg besitzt. Zumindest war's früher so. Erwin, mein Freund, hat den seinen kurzerhand

in ein Weckglas gestopft. Er dachte wohl, wenn er ihn einsperrt, wird alles gut. Doch Erwin starb trotzdem. Seit dieser Zeit hockt Erwins Krieg hier drin. Man muss höllisch achtgeben, dass er nicht aus seinem gläsernen Kerker entwischt.«
»Der Krieg, ist das ... ein Flaschengeist?«, fragte ich.
»Ihr zwei hier unten im Keller!« Großmutter war dazugekommen. Ihre Blicke wanderten zwischen uns beiden hin und her.
»Wetten, dass es heute Bratkartoffeln zu Mittag gibt«, gab Großvater unserem Gespräch eine andere Wendung. »Ich bin schon ganz hungrig.«
Einen Tag später schlich ich mich erneut in den Keller. Lange betrachtete ich das Glas, in dem der Krieg von Großvaters Freund hausen sollte. Das Papier war stark vergilbt. Die Zeitung musste schon ziemlich alt sein.

»Auf die Erinnerung!« Die Männer streckten behaglich die Beine aus. Sie kamen mir vor wie zwei riesige Kater, die sich am Ofen das Fell wärmten. Gleich würden sie zu schnurren anfangen. Großmutters Wangen hatten sich gerötet. Sie plauderte ohne Unterlass. Über die Apfelernte im letzten Jahr, die minderwertige Kohle. Die Fransen der Tischdecke bewegten sich. Großvater? Ich biss mir auf die Lippen, um nicht aufzuschreien.
»Du Ugelick«, rief in dem Moment meine Großmutter. Mehrere Äste des Apfelbaums waren unter der Schneelast abgebrochen. »Anselms Goldrenette!«
»Nächsten Sommer einen Korb weniger Äpfel«, kommentierte der Tjatjatja-Mann. Er stemmte die Arme auf den Tisch.

»Wo ist ...?«, fragte sein ellenlanger Kollege und sah sich suchend um.

Großmutter erhob sich. Die Toilette befand sich im Vorraum. Diesen Moment nutzten Großvater Anselm und ich, um unbemerkt den Raum zu verlassen. »Komm mit«, raunte er mir ins Ohr. »Auf den Dachboden ...«

III.

Anselm

Es ist der letzte Novembertag im Jahr 1918. Anselm stellt das Weckglas auf seinen Nachttisch. Das macht er sehr vorsichtig. »Finitus, Erwin«, murmelt er dabei und klopft an das Glas. Im Glas schwimmt ein Knochensplitter, daumengroß.

»Finitus, Erwin, der Krieg ist aus.« Anselm setzt sich aufs Bett, ein weiß lackiertes Metallbett, an dessen Kopfende eine Tafel befestigt ist. *Gefr. A. Krüger, 15. Inf.reg.*, steht unter der Fieberkurve. Seit drei Tagen hat Anselm kein Fieber mehr. Seit sechs Wochen fehlt ihm die rechte Hand. Erwin, sein Bettnachbar, Leidensgefährte und Namensvetter, fehlt ihm noch länger. Anselm denkt oft an ihn.

Erwin, ein breitschultriger, sommersprossiger Mensch mit großen Füßen und stattlichem Gardemaß. Ein Schuhfabrikantensohn aus Berlin mit dem Allerweltsnamen Krüger. Als Leutnant war er bei der Artillerie gewesen.

»Auf nach Paris«, hat Erwin im Herbst 1914 gerufen und sein seidenes Schnupftuch und mit der anderen Hand eine schwarz-weiß-rote Fahne geschwenkt, die jetzt überall in der Hauptstadt wehten. »Hurra«, brüllt er trunken vor Vaterlandsliebe. Und lehnt sich überweit aus dem Waggonfenster der Königlich Preußischen Militär-Eisenbahn, die ihn an die Front bringen wird. »Adieu, Mama!« Die Mutter hat den Sohn bis zuletzt beschworen, die patriotische Pflicht als Freiwilliger zu überdenken. Daheim in Berlin zu bleiben. Doch Erwin ist stur und außerdem Patriot, wie er erklärt. Er werde Kaiser und Vaterland mit seinem Blut verteidigen, gelobt er den Eltern. Die sehen sich an. Bekümmert und stumm. Die Kriegseuphorie teilt Erwin mit Abertausenden seiner Generation. Gut eine Million sind über Nacht dem Wahn von Waffenklirren und schneidigem Heldentum verfallen: begeisterte Nationalisten, Arbeitersöhne, Studenten, Adelssprösslinge und die Angehörigen der Bourgeoisie. Sie schmettern kernige Sprüche und übertrumpfen sich mit Parolen. Sie diskutieren in Caféhäusern über das Vaterland. Und singen. »Wer bleibt, der mag versauern ...«, singt auch Erwin, fähnchenbesteckt und der Mutter ein letztes Mal mit seinem Schnupftuch winkend.

Die Vaterlandsliebe des Schuhfabrikantensohnes wird auf eine harte Probe gestellt. Auf dem Schlachtfeld, inmitten zerfetzter, verstümmelter, vor Schmerzen wimmernder Kameraden, inmitten explodierender Schrapnelle und des endlosen Kanonengeheuls, ist es nicht leicht, dem Kaiser die Treue zu wahren. Das tagelange Ausharren im Schlamm der Schützengräben bringt in den Wintermonaten schwere Infektionen mit sich. Erwin ist starr vor Entsetzen, als er zum ersten Mal die schwarzblauen Zehen eines seiner Gefährten sieht. Die Erfrierungen der Extremitäten lassen das Gewebe absterben und verfaulen. Amputation oder Tod sind die Folge. Erwin Krüger versucht, seine bemerkenswert großen Füße vor dem Frost zu schützen. Gilt es doch unter allen Umständen, das Fundament seines Körpers zu erhalten. Als Sohn eines Schuhfabrikanten sind ihm Nutzen und Wert gesunder Füße bekannt. Ein fuß- oder zehenloses Dasein kann er sich beim besten Willen nicht vorstellen. In seiner Verzweiflung hat es sich Erwin Krüger zur Gewohnheit gemacht, jeden Tag seine Zehen zu zählen. Nicht eine einzige darf verloren gehen, schwört er sich und versucht, einen Tauschhandel ins Leben zu rufen. Alte Fußlappen gegen seine Zwiebackration.

Der Krieg dauert an und Erwin wird klar, dass er dem Schlachtfeld mit seinen schlammigen Schützengräben entrinnen muss. Ein Vorhaben, das für den Artillerieleutnant nicht einfach ist. Doch er hat Glück. Es ist der letzte Tag der Schlacht bei Armentières. Am 29. April 1918 wird er während eines Granatbeschusses am Arm verwundet.

»Glatter Armdurchschuss! Aber, een Glück! Ick steh noch auf meine zwei Füße.« Zusammen mit anderen Verwundeten wird er nach Trier geschafft. Das hiesige Lazarett des Deutschen Frauenvereins nimmt ihn auf. Die Lazarettschiffe auf der Mosel sind bereits alle belegt. Eine Tatsache, die ihn erleichtert.

»Ick wär noch seekrank geworden«, erklärt er der Rotkreuzschwester, die ihm beim Ausziehen hilft, und schickt sich an, seine Zehen zu zählen.

»Alle zehne noch da.« Erwin legt seinen Kopf schief und seufzt erleichtert. Das erstaunte Gesicht der Krankenschwester ist ihm nicht entgangen. »Ja, Mädel, da staunste, wa?!« Erwins Laune ist ausgezeichnet. Die Krankenschwester rückt ihr Häubchen zurecht. Dann macht sie sich daran, den verletzten Arm zu versorgen. Sie erblasst, als der Verband vollständig entfernt ist. Erwin winkt ab. »Halb so wild.« Die Wunde am Arm macht ihm wenig Sorge. Und richtig: Die Heilung schreitet voran.

»Sach ich doch«, sagt er und lehnt sich so heftig zurück, dass das Federgestell seines Bettes zu ächzen beginnt. Der Schuhfabrikantensohn Erwin ist ein seltsamer Kauz. Jeden Morgen, nachdem er seine Zehen gezählt hat, lässt er minutenlang seine Füße kreisen. Er streicht sein Laken glatt. Das Kopfkissen in den Nacken geschoben, beginnt er mit Stentorstimme Sonette von Shakespeare aufzusagen.

»Wie müde zieh ich meinen Pfad von hinnen,
Wenn selbst das Ziel, das meine Qual ersehnt,
Mir Rast nur gibt, um traurig nachzusinnen.«

Erwins Rezitationen bleiben nicht unbemerkt. Anselm, im Bett nebenan, mustert den sommersprossigen, großfüßigen Berliner teilnahmsvoll. Shakespeare-Sonette im Lazarett sind keine Alltäglichkeit. Anselm wundert es dennoch nicht. Eine traumatische Störung, mutmaßt er. Daran leiden hier viele.

»Anselm Krüger, ehemals 8. Kompanie, 15. Infanterieregiment. Schreibstube«, stellt er sich vor.

Erwin verstummt. Erfreut streckt er Anselm die Hand seines gesunden Arms entgegen. Er strahlt. »Habe ich richtig gehört? Ein *Krüger*? Menschenskind. Zwei Krügeriche Bett an Bett. Das ist kein Zufall. Gott hat uns zusammengeführt.« Erfreut wackelt er mit seinen Zehen.

»Sicher.« Anselm nickt.

»Wie lange schon hier?«, erkundigt sich Erwin.

»Sie haben mich ...«, Anselm denkt nach. »Ich weiß es nicht«, sagt er schließlich. »Sie sagen, ich hätte im Fieberdelirium gelegen. Meine rechte Hand ist ...« Anselm sucht nach den passenden Worten. »Momentan stark ramponiert.« »Du hast sie noch! Und außerdem beide Beine.« Erwins Stimme hat einen munteren Klang. »Ick sach dir, Kumpel, sei froh, dass de im Schlamm keenen Grabenfuß gekriegt hast. So een Grabenfuß ist det Scheußlichste, was es gibt. Schmerzhaft wie nischt. Und im Handumdrehn kriegste Gangräne. Und ritsch, ratsch wird dir der Fuß abgesägt. Da kannste dann all deine Schuhe vergessen. Schaftschuhe, Sportschuhe, Tanzschuhe, Hausschuhe, Schlittschuhe, Wanderschuhe ...«

Anselm verzieht das Gesicht. Der Trost seines Nachbarn klingt reichlich bizarr.

»Zuletzt hab ick meine Zwiebackration gegen die Bibel meines Vizefeldwebels getauscht. Und denn det Alte und Neue Testament in den Schaft meiner Stiefel gestoppt. Gottes gedrucktes Wort hat mir Schutz gegen Kälte und Nässe verschafft«, fährt Erwin Krüger fort. »Krüger, ick sache dir, auf deine Füßen kannste dir notfalls davonmachen. Uff deine Hände nich.«

Er verstummt, streckt seinen Fuß unter der Bettdecke hervor und krümmt die Zehen. »Für Schuhe benötigt man Füße. Für Shakespeare ... Leidenschaft! Ich stehe hier zum ersten Mal nicht fest auf meinen Füßen ...« Nachdrucksvoll räuspert er sich und deklamiert, scheinbar absichtslos im Hochdeutschen bleibend, weiter: »Für sicheres Treten sage ich klipp und klar: Wähle Chasatta-Schuhe! Fußgelenkstütze mit Fersenkorb. Ballen- und Weitschaftstiefel. Vollendet in Schönheit und Form. Von ärztlichen Autoritäten empfohlen und selbst getragen. Chasatta-Schuhe.

Die Fußbekleidung, die jede Fußform umfasst. In mehr als 500 Verkaufsstellen erhältlich.«

Anselm richtet sich auf. »Du kommst aus der Schuhbranche?«

Erwin nickt erfreut. »Jawoll! Chasatta-Schuhe. Ein Grabenfuß ist nicht gut fürs Geschäft.«

Die beiden Männer lachen. Die Rotkreuzschwestern sind erstaunt. Es kommt nicht oft vor, dass in einem Lazarett gelacht wird. Erwins schnurrige Art, sein unbekümmertes Wesen lassen Anselm bisweilen den Alltag des Lazaretts und seine eigenen trüben Gedanken vergessen. Erwin zeigt sich von Anselms literarischem Wissen beeindruckt.

»Ein redlich' Wort macht Eindruck, schlicht gesagt.«

»Shakespeare«, bestätigt Anselm und versucht sich im Zehenwackeln.

»Brüder im Geiste.« Erwin strahlt.

So kommt es, dass Anselm und Erwin Freunde werden. Eine Freundschaft, die nur wenige Wochen dauern soll. Erwin ist voller Zuversicht.

»Ick sach dir, uns Krügeriche schickt man nach Bayern oder Berlin«, orakelt er, als das Lazarettpersonal wieder einen Verwundetenzug für die Verlegung zusammenstellt.

Im Spätsommer 1918 werden Anselm und Erwin Krüger ins Garnisonslazarett nach München verlegt.

»Gottes Wille.«

»Der alphabetische Ordnungssinn des Lazarettpersonals«, erwidert Anselm, der einer göttlichen Fügung misstraut.

Während die Münchner Ärzte für Anselms zertrümmerte Rechte wenig Hoffnung sehen, geht es mit Erwins Armverletzung bergauf. Die Armschiene wird erneuert.

Erwin beteuert, keinerlei Schmerz zu fühlen. Das ist gelogen. Doch Erwin hält von seinen oberen Extremitäten, den Armen und Händen, nur wenig. Sein Vater ist Schuhfabrikant. Schuhe haben den Krügers ein gutes Leben ermöglicht. Dem Vater die Reputation, der Mutter kostbare Erstausgaben von Shakespeare, dem Sohn das Pensionat in der Schweiz.

Ob Erwins Armverletzung gefährlicher ist als gedacht, ob die neue Schiene alles verschlimmert hat, kann im Nachhinein nicht mehr festgestellt werden. Erwins Wunde am Ellbogen wird glasig und hart. Sein Arm schwillt an. Der Arzt macht eine bedenkliche Miene. Erwin lehnt am Fenster und raucht, als man ihm mitteilt, dass sein Ellbogengelenk nicht mehr zu retten sei. Es müsse entfernt werden. Erwin erschrickt. Zum ersten Mal in seinem Leben durchzuckt ihn die Erkenntnis, dass neben Beinen und Füßen möglicherweise auch andere Gliedmaßen wichtig sind. Wortlos und bleich wiegt er seinen verletzten Arm wie eine Mutter ihr Kind. Es sind wenige Stunden vor seiner Operation, als er nach dem Arzt rufen lässt. Ob er einen Wunsch äußern dürfe, fragt Erwin und hält dem Herbeigeeilten seine angerissene Zigarettenschachtel hin.

Der Arzt kramt sein Feuerzeug aus der Brusttasche und wischt sich über die Stirn. Es ist heiß an diesem letzten Augusttag des Jahres 1918.

»Ein Stück Ihres Ellbogenknochens?«, vergewissert er sich, nachdem er sich Erwins Bitte angehört hat.

Erwin bejaht. »Meine Wochenration Salem dafür«, sagt er.

Der Arzt drückt die aufgerauchte Zigarette im Blumentopf aus. »Des Menschen Wille ist sein Himmelreich«, sagt er und verspricht, Erwins Bitte zu erfüllen. Auf dem Gang beginnt er zu pfeifen. Eine zusätzliche Wochenration Zigaretten ist eine erfreuliche Aussicht.

Die Operation verläuft erfolgreich. Erwin erholt sich. Fast scheint es, als wäre er wieder der Alte. Er zählt seine Zehen und scherzt. Die jungen Rotkreuzschwestern kichern.

»Dem Tod noch mal von der Schippe gehuppt«, bemerkt Erwin, während er das Weckglas auf seinem Nachttisch beäugt. Ein daumengroßes Knochenstück schwimmt darin.

Anselm im Nachbarbett blinzelt erfreut. Erwins gute Laune ist ansteckend. »Gott sei's getrommelt und gepfiffen, es geht bergauf«, brummt er. Doch es kommt anders.

Der Krieg kann kein Ende finden. Das ist wie ein Kerzenstumpf, der glimmt und flackert. Auch in der bayerischen Hauptstadt sind seine Folgen zu spüren. Es mangelt an vielem. Im Lazarett ist neben Medikamenten und sauberer Wäsche das Verbandsmaterial knapp geworden. Das Personal greift auf Geschirrtücher, Tischtücher, Abdeckplanen und Laken zurück. Steril sind sie nicht. Bakterielle Infektionen breiten sich aus. Auch Wundbrand.

Erwin ist 24, als er an Wundbrand stirbt. Bis zuletzt hat er seine Zehen gezählt. In seinen letzten Tagen auch seine Finger. Der Wundbrand hat sich auch an Anselms Bettstatt geschlichen. Anselm fiebert. Die notdürftig zusammengeflickte Hand beginnt zu eitern. Die kontaminierte Wunde entzündet sich immer mehr. Seine robuste Natur wehrt sich mit aller Kraft. Der Tod kann abgewehrt werden, doch nicht ohne Preis. Die Ärzte müssen Anselms rechte Hand amputieren. Erwins Tod, der Verlust seiner Hand, die gnadenlose Gewissheit, für immer ein Krüppel zu sein, stürzen

Anselm in tiefe Mutlosigkeit. Die jüngsten Erinnerungen lasten schwer auf ihm. Nacht für Nacht wähnt er sich wieder im Krieg. Er hört die Detonationen, das Donnern der Flak. Er nimmt die furchtbare Stille wahr, die nach jedem Artilleriebeschuss in seinen Ohren dröhnt. Und später die Schreie der Kameraden, die knappen, heiseren Befehle der Sanitäter. Tagsüber wandern seine Gedanken nach Hause. Er hat seiner Frau versprochen, täglich zu schreiben. Doch Hanna Jo hat seit vielen Monaten keinen Brief mehr erhalten. Mit quälender Deutlichkeit wird ihm bewusst, dass er diese Erlebnisse nicht mit ihr teilen kann. Anselm muss an die Genossen denken. Sie haben über Lasalles genossenschaftliche Thesen und Liebknechts marxistische Position, über Reform und Revolution diskutiert. Er hat ihnen Bier und Zigarren spendiert. Er sei noch immer einer der ihren, hat er gesagt. Tag und Nacht verliert sich Anselm in Grübeleien. Er denkt an Erwin. Erwin, den vaterlandsliebenden Sohn eines Berliner Schuhfabrikanten. Sie haben beide die Schrecken der Front erlebt, das Lazarett. Die übermüdeten Gesichter der Ärzte, die Kranken und Sterbenden. Ruhelos wälzt sich Anselm in seinem Bett hin und her. Sein Armstumpf schmerzt. Die Wundheilung verzögert sich. Anselm wimmert, wenn die Schwestern den Stumpf berühren. Sie geben ihm Morphium. Tagelang verharrt er im Dämmerzustand, traum- und willenlos. Das Vermächtnis seines verstorbenen Freundes ist es, das ihm – unmerklich erst – zu neuem Lebensmut verhilft.

Es war kurz vor seinem Tod gewesen, als Erwin den Namensvetter bat, ihm eins der Sonette von Shakespeare vorzulesen. Ungeschickt blätterte Anselm mit seiner gesunden Hand.

Seine Stimme klang brüchig und abgehackt. Erwin hat den Freund unterbrochen. »Diese Pronunciation, mein Lieber, hat der Dichterfürst nicht verdient. Und ich, nebenbei gesagt, auch nicht.« Anselm bat die Schwester um Salmiakgeist, um seinen Kneifer zu putzen. Das Putzen des Kneifers benötigte Zeit. Geduldig hatte Erwin gewartet.

»Den späten Herbst kannst du in mir besehen:
Die letzten gelben Blätter eingegangen
An Zweigen, die dem Frost kaum widerstehen,
Und Chorruinen, wo einst Vögel sangen.
In mir siehst Du den späten Tag sich neigen,
Das Dunkel in die graue Dämmrung dringen,
Die Nacht mit ihrer Schwärze langsam steigen
Und Todes Bruder, Schlaf, die Welt umschlingen
In mir siehst Du die Glut von alten Bränden,
Gebettet auf die Asche bessrer Zeiten,
Ein Sterbelager, wo sie muss verenden ...«*
Erwins Augen haben während Anselms Vortrag einen fiebrigen Glanz bekommen. »Danke.« Mühsam schob er die Bettdecke weg, um seine Zehen zu zählen. »Alle zehn!« Am nächsten Morgen war Erwin Krüger, der Sohn eines Berliner Schuhfabrikanten, tot.

»Finitus, Erwin.« Seit seiner Amputation hat es sich Anselm angewöhnt, mit Erwins Knochensplitter im Weckglas zu sprechen. Heute fällt sein Blick auf das kleine Buch mit den Sonetten. Eine wertvolle Erstausgabe mit Goldschnitt. *Ex libris – Erwin Krüger, Berlin 1915*, steht auf der Einschlagseite. Auf Erwins Wunsch ist auch dieses in Anselms Besitz gekommen. Beides. Shakespeares Sonette und Erwins Knochenstück.

---

* William Shakespeare: Das Sonett 73

Anselm liest das Sonett, das er dem Freund zuletzt vorgetragen hat. Seine Stimme wird lauter und lauter. Das merkt er erst, als die Verwundeten applaudieren.

»Für Erwin Krüger, meinen verstorbenen Namensvetter und Freund«, sagt Anselm. »Ich werde ab jetzt jeden Tag ein Sonett für ihn lesen.«

Im Krankensaal ist es still, wenn Anselm zu Erwins Sonett-Büchlein greift, um Shakespeares Jamben zu deklamieren. Die Kranken lauschen und schweigen. Manchmal gesellen sich der diensthabende Arzt oder eine der Schwestern hinzu. Anselms Shakespeare-Darbietungen haben sich bis zur Klinikleitung herumgesprochen. Eines Tages erhält er Besuch. Ein untersetzter Herr mit lebhaften Augen und raschen Bewegungen steht an seinem Bett. »Ferdinand Ruck. Phonetiker«, stellt er sich vor. Und als solcher an der Königlich-Preußischen Universität in Berlin angestellt. Seit Jahren forsche man in Berlin an der Herkunftsspezifik der Sprache. Phonetiker und Akustiker planten gemeinsam den Aufbau eines veritablen Lautarchivs.

»Das Sprechverhalten von Menschen ist divergent. Wir sind überzeugt, dass es gruppengeprägte Resonanzräume gibt. Bei stimmhaften Vokalen werden im Kehlkopf durch Vibration Klänge erzeugt.«

Anselm rückt seinen Kneifer zurecht. »Was wollen Sie von mir?«

Der kleine Mann wedelt nervös mit der Hand. »Wie ich hörte, verfügen Sie über eine sonore, kraftvolle Stimme und ausgezeichnete Intonation.« Er mustert Anselm eingehend. »Ich bitte Sie um Ihre Mithilfe an unserem Forschungsprojekt.«

Anselm schweigt.

»Es handelt sich um eine Lautmaschine«, fährt sein Gegenüber fort. »Hin und wieder erhalten wir Hinweise zu geeigneten Deklaranten aus Lazaretten und ...«, er hüstelt, »Gefangenenlagern.«

Anselm verzieht das Gesicht. »Ha.«

»Man sagte mir, dass Sie ein ausgezeichnetes Timbre hätten.«

»Gott sei's getrommelt und gepfiffen. Als Lehrer unentbehrlich! Sie wollen also ... Meine Stimme auf einer Schellackplatte?«

»Exakt!« Der Herr ist erfreut. Anselm hat schnell sein Ansinnen schnell erfasst. »Deutsche Soldaten und Kriegsgefangene aus England und Frankreich werden die Parabel vom verlorenen Sohn verlesen.«

Anselm hebt eine Braue. »Das Gleichnis vom verlorenen Sohn auf Grammofon?«

»Ein biblischer Text, der erbaulich ist.« Der Oberarzt, der jetzt hinzugetreten ist, kreuzt die Arme vor der Brust. Er stammt aus Oberbayern.

»Nur in meinem Heimatdialekt«, erklärt Anselm störrisch.

Ruck seufzt. Er hätte lieber ein prächtiges Amtsdeutsch gehabt. Schließlich willigt er ein. Anselm erhält eine Bibel.

»Lukas 15«, belehrt ihn der Oberarzt.

»Das ist mir nicht unbekannt.« Prüfend wiegt Anselm die Bibel in seiner Linken. »Glück auf, die Herren.«

Ruck und der Oberarzt werfen sich einen schnellen Blick zu.

»Adieu, Herr Krüger«, lispelt der Phonetiker und dreht

sich wie Tante Cäcilie auf seinem Absatz herum, um dann blitzschnell den Krankensaal zu verlassen.

Selbst die schweren Fälle richten sich auf, als Anselm am folgenden Tag die Bibel mit seiner Linken umfasst und zu lesen beginnt: »Votr, ich hab gesindigt, ich bin net mehr dei Gung. Dos warn mer beede, net bluß dar enne.«*

»Wie gefühlig«, haucht die rotblonde, weißbewimperte Schwester. Sie ist neu hier. Mit geübtem Griff wickelt sie Anselms Armstumpf in frischen Mull.

In Anselms Augen blitzt es verdächtig. »Ölige Worte, Vergebung als Vorrecht des Patriarchen«, knurrt er. Wenn es nach ihm gegangen wäre, hätte er Shakespeares Sonetten den Vorzug gegeben. Dennoch übt Anselm an den vereinbarten Bibelstellen und Psalmen. Die Arbeit mit der Lautmaschine lenkt ihn von seinen düsteren Überlegungen ab. Vor der Einspielung wird Anselms Gaumen begutachtet. Ruck ordnet an, einen Abdruck zu nehmen.

»Ein Palatogramm«, erklärt er Anselm, während er ihm ein Glas Wasser zum Ausspülen reicht. »Wir benötigen Ihre Zungenstellung, des Weiteren eine Röntgenaufnahme des Kehlkopfs, um uns ein exaktes Bild Ihres Akzents machen zu können.«

»Dein Wille geschehe, Herr.« Anselms Nasenflügel blähen sich auf, doch er verliert kein weiteres Wort.

Nach 14 Tagen ist Anselms Stimme auf einer Schellackplatte konserviert. Das Gleichnis vom verlorenen Sohn und mehrere Psalmen. Anselm hat auch ein Sonett von Shakespeare durchgesetzt. »Für meinen Freund und Namensvet-

---

* »Vater, ich habe gesündigt, ich bin nicht mehr dein Sohn. Das waren wir beide. Nicht bloß der eine.«

ter«, sagt er feierlich, bevor er es rezitiert. Erwin Krüger wäre gerührt gewesen. Das Mitwirken an der Lautmaschine bringt Anselm gewisse Privilegien ein. Er darf die Bibel behalten. Außerdem bekommt er von Ruck eine Schellackplatte geschenkt.

»Finitus, Erwin«, sagt Anselm noch immer, wenn er ans Weckglas klopft, doch sein *Finitus* hat einen anderen, unmerklich wärmeren Klang.

Im Dezember 1918 wird Anselm in die Kuranstalt der Marien-Ordensgemeinschaft verlegt. Anselm packt die Schellackplatte, die Shakespeare-Sonette und Hanna Jos Briefe ein. Er bittet die weißbewimperte Schwester, das Weckglas mit Erwins Ellbogenknochen gut zu verpacken. Die Schwester verschließt den Deckel mit zwei Metallspangen und wickelt das Glas in Zeitungspapier ein.

»Alles Gute bei den Marienschwestern«, wünscht sie und fährt sich über die Augen. Seine gefühligen Sprechereien werde sie nie vergessen, beteuert sie ernst.

Am späten Abend trifft Anselm in der Kuranstalt für Kriegsbeschädigte ein.

»Grüß Gott«, sagt die Ordensschwester, die Anselm am Tor in Empfang nimmt.

»Glück auf«, entgegnet ihr Anselm und beguckt die gestärkte Schwesternhaube, die schwarze Tracht und das silberne Kreuz am Revers.

Anselm zählt zu den leichteren Fällen. Im Krankensaal und auf den Fluren begegnen ihm Männer, deren leere Hemdsärmel oder Hosenbeine ihm wie ein Menetekel erscheinen. Die Hemdsärmel und Hosenbeine sind mit einer Sicherheitsnadel hochgesteckt. Verbissen hangeln sich die Amputierten auf ihren Krücken vorwärts, als wollten sie rasch den gottergebenen Ordensschwestern und deren Mission entkommen. Das deutsche Vaterland erwartet von ihnen, Lebenswillen und Kampfgeist seiner verwundeten Frontsoldaten wiederherzustellen. Es gilt, die Moral der besiegten Landser zu untermauern. Die Ordensgemeinschaft weiß um die Bedeutung ihrer Aufgabe. In frommer Demut sind die Schwestern bemüht, die verstümmelten, steifen Gliedmaßen der Männer zu behandeln. Mittels Maschinengymnastik werden die gelähmten Muskelgruppen der Verwundeten stimuliert. Den Amputierten wird ein zweckmäßiger Gebrauch ihrer künstlichen Glieder beigebracht.

»Zur Übung ins Apparatehaus«, schallt es jeden Tag durch den Saal. Das dumpfe Geräusch der Rollstühle, die über den Fliesenboden geschoben werden, erinnert an den Donner ferner Geschütze.

Anselm hat das Weckglas mit Erwins Knochensplitter neben sich auf das Fensterbrett stellen lassen. Der Mensch, sinniert er, hat ein Verlangen, sich für einzigartig zu halten, sein Leben, die Zukunft nach seinen Plänen zu gestalten. »Finitus, Erwin.« Anselm nickt dem Knochensplitter im Weckglas zu. »Ich hab nie nach deinen Plänen gefragt.«

Bei den Marienschwestern fühlt Anselm sich unbehaglich. Die kindliche Gottergebenheit der Schwestern, ihre demutsvolle Hinnahme jeglicher Schicksalsschwere weckt seinen Widerspruchsgeist. Verbissen übt er mit seiner Linken. »Die Linke muss ab jetzt meine Rechte sein«, murmelt er störrisch.

Es ist Advent geworden. Die Schwestern haben den Krankensaal mit Tannengrün und bemalten Holzsternen geschmückt. Draußen schneit es. Drinnen ertönen Hirten- und Wiegenlieder. Anselm schiebt sich das klumpige Kissen unter den Kopf. Im Saal sind zwölf Verwundete untergebracht. Krüppel wie er. Zwei Betten sind leer. Auch bei den Marienschwestern ist der Wundbrand ein gefürchteter Gast. Noch mehr sind es jedoch die Tuberkeln. Der eilige neue Kalkanstrich in den Schlafsälen der Kranken scheint den Keimen der weißen Pest ebenso wenig auszumachen wie die Kruzifixe und frommen Sprüche der Schwestern. Es gibt auch weltliche Sprüche. Den über der Eingangstür des Saals nimmt Anselm heute zum ersten Mal wahr. Seine Augen verengen sich. »Die deutsche Kartoffel muss England besiegen«, liest er. Und muss an den ranzigen Speck denken, mit dem sie sich an der Front das zugeteilte Kommissbrot belegten. Fleisch und Butter gab es nur selten. Manchmal kauten sie wie die Hunde auf einem Stück Knorpel herum. Stundenlang. Anselm erinnert sich auch an die vom Hunger gezeichneten Soldaten auf der französischen Seite, ihre eingefallenen, leeren Gesichter. Es stand kein Hass in ihnen. Nur Leid und Entbehrung. Die deutschen Kartoffeln müssen sich in der Schlacht gegen England befunden haben. Anselms Armstumpf zuckt. Er presst seine Lippen zusammen. Wieder und wieder sieht er die Bilder: die Schützengräben, den grauen Himmel. So grau wie die Angst in den Augen der anderen neben ihm. Alles Soldaten wie er. Die Schreibstube und der Unterstand sind zerstört, ein schwerer Artillerieangriff. Er sieht die Verstümmelten, die starren, aufgerissenen Augen der

Toten. Das Feldlazarett ist nur ein dürftiges Zelt. Er sieht die blutdurchtränkten Verbände, die hastig aufgestellten Pritschen. Irgendwer hat eine Schüssel kochendes Wasser gebracht. Die Knochensägen müssen steril gemacht werden. Er sieht die Männer auf ihren Bahren. Er hört das Röcheln, das Jammern, die Schreie nach Gott, nach der Mutter. Er hört das Flehen um Hilfe, das irgendwann nur noch ein schwaches Flüstern ist und schließlich aufhört. Er sieht auch die Wanzen, papierdünne rotbraune Parasiten, die scharenweise auf den Mänteln der Männer, den Decken und Bahren herumspazieren ...

»Zur Übung ins Apparatehaus.« Anselm schrickt auf.

»Der Krieg, Erwin«, sagt er zum Weckglas und seine Augen glimmen düster, »der hat aus dir ein erbärmliches Knochenstück und aus mir einen erbärmlichen Krüppel gemacht.«

Die Tür des Krankensaals öffnet sich. Ein Leutnant im Rollstuhl wird in den Raum geschoben. Auf der Schulter seines feldgrauen Mantels glänzen geflochtene Achselstücke. Anselm kräuselt die Lippen. *Deenel'sche Posamenten.* Der Krieg hat dem Schwiegervater die Auftragsbücher gefüllt.

Hanna Jo. Anselm durchfährt es schmerzlich. Bis zum heutigen Tag hat er ihr keinen Brief, keine Nachricht geschickt. Er muss an Hanna Jos jüngste Schwester denken. Die kleine Martha ist Linkshänderin. Ein Umstand, den Frau Ida dem neuen Kindermädchen, einer Brudertochter der alten Kurtl, anlastet. »Ein Kindermädchen, das linkshändig schreibt! Magdalena und Mutter haben sich lange bemüht, den kindlichen Nachahmungstrieb meiner Schwester zu unterbinden«, hat Hanna Jo erzählt. Er könne die Aufregung nicht verstehen, sagte Anselm seinerzeit zu seiner Frau. Linkshänderkinder verfügten über beachtliche kreative Anlagen. Das habe er selbst festgestellt und in pädagogischen Schriften gelesen. »Linkshänder sind kreative Menschen. Julius Cäsar war einer. Genial und keck. Ein Vorbild für deine Schwester!«

Auf Anselms Stirn stehen Schweißtropfen. *Genial und keck.* Nur dass die meisten Linkshänder noch ihre zwei Hände haben. Ungelenk hält er mit seinem Armstumpf das Schreibpapier fest. Anselms Sütterlin, früher gestochen und klar, sieht aus, als wäre eine Krähe darübergelaufen. »Gott verdammt.«

Anselm übt weiter. Der erste Brief an Hanna Jo soll seine Lehrerschrift haben. »Mehr Schreibpapier«, bittet er die Vorsteherin. »Ich brauche Papier zum Schreiben.«

Anselm malt einen Kneifer auf das Papier. *Ganz und gar außergewöhnlich*, schreibt er darunter und zögert, diesen ersten Gruß abzuschicken. Er bittet den Geistlichen um Hilfe. Der kennt sich mit Trost und Zuversicht spendenden Briefen an Angehörige aus. Mitfühlend teilt er der hochgeschätzten Gattin des tapferen Rekonvaleszenten A. Krüger mit, dass sich ihr werter Gatte behufs medizinisch erforderlicher Maßnahmen im Münchner Ordensstift der Marienschwestern aufhalte. Durch Gottes Hilfe schreite seine Genesung schnell voran, versichert der Schreiber. Rekonvaleszent A. Krüger wisse sich in der Obhut des Herrn. Er bitte daher, sich keine Sorgen zu machen. Gott habe Herrn A. Krüger in den hehren Stunden des Gefechts beschützt und werde das auch im Frieden tun. Der werte Gatte lasse seine liebe Frau in patriotischer Verehrung grüßen.

»Amen.« Anselms Gesicht hat sich gerötet, als der Geistliche ihm seinen Brief an Hanna Jo vorliest. »Ich bitte noch um ein Postskriptum«, sagt er.

Bereitwillig zückt der Priester den Stift.

»Das gottgewollte Schlachten habe ich überlebt, Hanna Jo«, diktiert Anselm. »Nur die rechte Hand und ein Teil meines Unterarms haben das nicht. Du bist die Frau eines Krüppels. Das könnte ein sehr vernünftiger Grund sein, die Ehe mit mir aufzulösen.«

Der Geistliche zögert. »So sind sie nun nicht mehr zwei, sondern *ein* Fleisch«, murmelt er.

»Wie bitte?«

»Was Gott zusammengefügt hat, das soll der Mensch nicht scheiden«, mahnt der Priester milde.

Anselm sieht aus dem Fenster. »Ohne Postskriptum wird dieser Brief nicht versandt.« Er sagt das sehr leise, doch seine Stimme hat einen drohenden Klang.

Mit einem weißen Tuch wischt sich der Gottesmann übers Gesicht. »Schlafen Sie noch einmal drüber«, bittet er.

»Gott verdammt!« Auf Anselms Stirn wird eine dicke Ader sichtbar.

Der Priester erhebt sich mit ruhiger Würde. Es ist nicht das erste Mal, dass ein Verwundeter seinen Herrgott verflucht. Der Krieg hat die Herzen der Männer, die ihm als Krüppel mit fehlenden Gliedmaßen, kaputter Lunge, erblindet und traumatisiert entkommen sind, verschlossen. Er faltet seinen verfassten Brief an Frau Johanna Krüger zusammen. Als Gottesmann hat er gelernt, zu warten. Geduld und Gebet werden den Starrsinn des Infanteristen Krüger heilen.

GROSSVATERS HÄNDE

Auf dem Boden roch es nach Harz und getrockneten Himbeerblättern. Die Balken des Dachstuhls ächzten. Der Wind war stärker geworden, doch die Schindeln schwiegen. Es musste der Schnee sein, der ihnen das Klappern und Poltern verwehrte. Ich lauschte und spürte die Müdigkeit, die sich wie eine schwere, undurchdringliche Hülle um mich legte, mich wegtragen wollte. Ich schlang meine Hände ineinander, drückte sie an die Brust und war mir mit einem Mal nicht mehr sicher, ob ich mich gemeinsam mit Großvater Anselm auf unserem dämmrigen, winterkalten Dachboden befand. Ich war mir nicht sicher, ob unten im Wohnzimmer zwei schwarz gekleidete Männer, Großvaters Leichenträger, saßen. Vor sich auf dem Tisch die Gläser aus fein geschliffenem böhmischem Kristall, Großvaters Ellbogenschnaps trinkend. Und Ohme von einer Zeit erzählte, die ich nicht kannte. Ich rieb mir die Augen, bemüht, das Durcheinander meiner Gedanken wieder an seinen angestammten Platz zu versetzen, die Ordnung meiner Kinderwelt wiederherzustellen. Vielleicht hatte ich nur geträumt. Ganz sicher hatte ich das! Gleich würde mich Ohme wecken und Großvater säße wie immer beim Frühstück, die Mistkäfertasse in seiner Linken haltend. »Höchste Zeit, dass du den Tag begrüßt. Mit acht Jahren sollte man nicht mehr bis in die Puppen schlafen.«

»Was haben meine Puppen damit zu tun, Ohpa?«

»Hör dir das an, Hanna Jo. Ich sag's ja, ein aufgewecktes Kind! Das hat sie von mir.« Großvaters klingender Bass ...

Ich schrak zusammen. »Fiat Lux«, gebot eine Stimme neben mir. Ein zitternder Lichtstreifen drang durchs Gebälk. Dort, wo der Wind den Schnee von den schindelumrahmten Fenstern weggefegt hatte.

»Licht und Schatten«, hörte ich Großvater sagen. »Ich werde das Licht zerschneiden.« Ungläubig sah ich auf. Tatsächlich! Großvater Anselm saß neben mir. Seine Linke machte eine rasche Bewegung, als wollte er mir einen Zaubertrick zeigen. »Schau her«, gebot er. Mittel- und Zeigefinger hatten sich zu einer Schere geformt. Die schnitt den Lichtstrahl entzwei. Mit einem Mal tanzten tausend winzige Strahlen aus Licht durch den Raum. Sie spiegelten sich in Großvaters Brille, saßen auf seiner Schulter, umkreisten Großvaters Kopf. Es schien, als hätte er einen Heiligenschein erhalten. So wie der Engel aus Flitterkram, den Ohme jedes Jahr auf die Spitze des Weihnachtsbaums steckte. Großvater Anselm brummte und fuhr sich durchs Haar, dass es Lichtfunken stob.

»Es ist kalt«, sagte ich und zog meine Jacke bis über das Kinn. »Hier oben ist es sehr kalt.«

»Was hast du geglaubt? Im Himmel wohnen Kälte und Schnee.«

»Sind wir im Himmel, Großvater?«

»Fast.«

Großvater kreuzte die Arme und klopfte sich auf die Schultern. Mit dem linken Arm war er geschickter.

»Wir sollten uns wärmen«, erklärte er und kramte nach seinem Feuerzeug. Mehrmals rieb er am Rädchen. Ich wollte ihm helfen. Und zuckte zurück. Mein Daumen war feuerrot. Die Flamme flackerte.

»So mancher verbrennt sich daran. An einem Feuer, das er entzündet ...« Großvater hielt das Feuerzeug in seiner Linken. Mit dem rechten Armstumpf versuchte er sich abzustützen. Er ächzte vor Anstrengung.
»Deine Hand fehlt«, sagte ich.
»Da wirst du recht haben.« Großvater blickte traurig vor sich hin.
Und hielt den Kopf so tief gesenkt, dass sein Kinn die Brust berührte. Er musste alles vergessen haben. Die Zähne, die Hand. Aber dem Tod war er entwischt. Ich bekam Schluckauf vor Aufregung: Großvater Anselm musste wieder zusammengesetzt werden. Großvater musste wieder so werden, wie er gewesen war. »Ein halber Mensch ist kein ganzer Mensch«, hatte er einmal gesagt, als ich Ohmes alte Spielkiste durchstöbert und einen Hampelmann ohne Beine entdeckt hatte. Wir waren in seine Werkstatt gegangen. Großvater hatte dem alten Hampelmann ein paar neue Beine verpasst: zwei Beine aus gebogenem Draht, die wir gemeinsam am Körper der Holzfigur befestigt hatten.
»Du brauchst deine Sonntagshand, Großvater«, sagte ich sehr bestimmt. Von all seinen Händen war es die »Sonntagshand«, die einer echten am ähnlichsten war, am schönsten. »Ich hole sie dir.«
Stufe um Stufe balancierte ich die steile Bodentreppe hinab. Ohme, so hoffte ich, würde das Knarren nicht hören. Ich huschte hinaus. Der kleine Vorplatz im ersten Stock, den Ohme das »Dielchen« nannte, wurde von einem Holzgeländer umrahmt. Von hier aus gelangte man in das Schlafzimmer meiner Großeltern. Ich klinkte, trat ein und prallte zurück. Auf dem Fensterbrett hockte ein weißes Gespenst.

Ich schrie auf. Doch es war nur die Scheibengardine, die sich am Fensterwirbel verfangen hatte. Noch immer erschrocken, lief ich zum Schrank. Das war ein schweres, wuchtiges Möbelstück aus dunklem Nussbaumholz, im Mittelteil ein ovaler Spiegel. So groß, dass mein Spiegelbild, selbst wenn ich die Arme ausstreckte und mich auf die Zehen stellte, darin verschwand. Ohme habe den Kleiderschrank mit List und Tücke eingeräumt, hatte Großvater einmal gebrummt. Zumindest, was seine Sachen betreffe, die Lieblingsstücke seien im hintersten Winkel versteckt. Ein feiner, aromatischer Duft entströmte dem Inneren des Schranks. Das waren Ohmes Lavendelsträuße, die sie im Sommer band, mit einer Schleife versah und in alle Fächer legte. An der geflochtenen Kordel der Schlafzimmerlampe hing auch ein Strauß. Es konnte mitunter passieren, dass es getrocknete Lavendelblüten regnete, wenn man zu kräftig daran zog.

Die Schublade klemmte. Ich zog und zerrte, bis sie sich endlich mit einem kräftigen Fußtritt öffnen ließ. Der Boden der Schublade war mit einem Stück Wachstuch bedeckt. Hier hatte Großvater seine fünf Hände verwahrt. Künstliche Hände, die er an seinen Armstumpf schnallen konnte.

Nachdem ich bei meiner Entdeckung, dass Großvater eine falsche Hand besaß, zunächst schrecklich erschrocken war, erfüllte es mich später mit Stolz. Einen Großvater, dessen Hand in einem Krieg geblieben war, den ich nie kennengelernt hatte und den meine Großeltern den »ersten« nannten, besaß nicht jeder. Ich folgerte daraus, dass nach dem ersten auch noch ein zweiter Krieg dazugekommen sein musste. Ich hatte auch diesen nicht kennengelernt und Ohme gefragt, ob nach dem zweiten Krieg auch noch ein dritter zu erwarten sei. Sie hatte die Hände über dem Kopf zusammengeschlagen. »Ach, Kind. Versündige dich nicht.« Und ich hatte nie wieder gefragt.

Ich hatte es immer gewusst: Großvater Anselm war etwas Besonderes. Ich berichtete dem Nachbarjungen davon und fragte, wie viele Hände sein Großvater habe.

Zwei Hände, gab er zur Antwort und sah mich hoheitsvoll an. »Hände aus Holz sind nur Schmu. Mein Vater sagt, dass dein Opa ein Krüppel ist.«

»Selber Krüppel!« Tränen schossen mir in die Augen. Ich wusste nicht, was ein Krüppel war. Doch nach dem Gesichtsausdruck meines Spielkameraden zu urteilen, schien es nichts Gutes zu sein. Ich lief nach Hause. Großvater saß auf der Gartenbank und blinzelte in die Sonne. Ich setzte mich neben ihn. »Bist du ein Krüppel?«

»Wie kommst du darauf?« Er sah mich scharf an.

»Weil deine Hände nur Schmu sind. Nur Schmu!« Tränen stiegen in meine Augen.

Großvater lachte harsch auf. »Schon möglich.« Dann streichelte er meine Wange. »Weißt du, Schmu-Hände sind nichts für jeden.«

»Für dich schon?«

»Für mich schon«, erwiderte er und klopfte mit seiner Holzhand, die wie immer in einem Handschuh steckte, auf die Bank. »Meine rechte Hand ist etwas ungeschickt. Deshalb muss ihr die andere Hand zu Hilfe kommen. Nicht alle haben so eine freundliche Linke.« Großvater fuhr sich durchs Haar. Er hatte volle, widerspenstige Haare, die schlohweiß waren. »Es gibt auch Tage, da hat die Linke wenig Lust, ihrer hölzernen Schwester zu helfen.«

»Ich will keine hölzerne Hand bekommen«, sagte ich leise.

»Natürlich nicht, es genügt, dass ich fünf davon habe«, brummte Großvater. In seinen Augen schimmerte es.

Ich umarmte ihn heftig. »Großvater«, rief ich aus, »ich bin deine rechte Hand.«

Großvaters Lippen zitterten. »Das habe ich schon mal gehört. Von deiner Großmutter!«

Ich stellte die Schublade auf dem Boden ab. Ich war mir auf einmal nicht mehr sicher, ob ich die Sonntagshand nehmen sollte. Heute war Dienstag, kein Tag für die Sonntagshand. Ich hob die Sonntagshand hoch. Ihre Finger bewegten sich wie Marionettenpuppen am Faden. Manchmal hatte Großvater seine Finger tanzen lassen und mich zum Lachen gebracht. Heute lachte ich nicht. Ich legte die Sonntagshand zu den anderen in die Schublade zurück. *Großvaters Hände.* Da gab es eine aus weichem, biegsamem Material, so echt, dass es mich schaudern ließ. Eine andere war so glatt und fest wie die Hände meiner Puppe. Das war eine Schildkröt-Puppe aus Igelit. Ich hatte sie Anna-Popeia genannt.

»Was machst du denn hier?« Großmutter stand neben mir.

»Ohme!«

»Du Ugelick! Jetzt auch noch die Hände«, rief sie aus, als sie bemerkte, dass ich die Schublade mit Großvaters Handprothesen herausgezogen hatte. Dann erhellte sich ihre Miene.

»Natürlich. Das hab ich vergessen. Seine Hand! Wir sollten die Sonntagshand nehmen. Sie ist aus Lindenholz. Oder die ...«

Großmutter kniete jetzt neben mir. Abwechselnd hielt sie die eine oder andere von Großvaters Händen hoch. Dann fiel ihr Blick auf ein altes, schwarzes Etui. Sie klappte es auf. Die Hand in dem seidig schimmernden Futteral musste uralt sein. Ihr hölzerner, nachgedunkelter Schaft umschloss eine Konstruktion, die mich mit ihrer gebogenen Schlinge an unseren Weckglasöffner erinnerte, und in den Fingern steckten überall winzige Schraubenköpfe, wie Stecknadeln in Ohmes Nadelkissen. »Hat Großvater die Holzfinger abgesägt und dann wieder angeklebt?«, fragte ich fröstelnd. Denn so sah es aus.

Großmutter dachte nach. Sie schien mir etwas erklären zu wollen, besann sich jedoch und sagte nur kurz: »Eine Sauerbruch-Hand. Er ist damals extra nach München gefahren. Obwohl er nicht wollte. Ein Starrkopf!« Sie meinte Großvater.

»In die Klinik von Professor Sauerbruch. Das war zu dieser Zeit ein berühmter Prothesenmacher.« Doktor Süß und mein Vater hofften, dass der Professor uns helfen könne. Sein Ruf war bedeutend. Das Honorar auch. Man hätte dafür drei Wochen nach Bad Pyrmont fahren können. Oder nach Norderney ...« Sie drehte und wendete Großvaters Hand; seufzte, wischte sich über die Augen und legte sie feierlich in das Etui zurück.

»Komm jetzt.« Sie hatte sich für die uralte Hand entschieden. Die Sauerbruch-Hand.

Der Sarg stand noch immer im Korridor. Großmutter blieb davor stehen. »Ich könnte ...« Sie wollte den Deckel anheben.

»Ohme, ich glaube, da ist er nicht drin.«

Mit einem Ruck richtete sich Großmutter auf. »Was sagst du da?«

»Großvater ist hier nicht drin. Er ist auf dem Dachboden.«

»Du Ugelick«, rief Großmutter hilflos. »Das Kind steht ganz und gar neben sich.«

Behutsam, fast liebevoll, bettete sie das schwarze Etui auf den Sarg.

»Das macht der Tod«, sagte sie. »Der Tod und der Schnee.«

Ich schwieg. Mein Daumen schmerzte. An der Daumenkuppe hatte sich eine Brandblase gebildet. Hinter uns klappte die Tür. Die beiden Leichenträger standen im Korridor.

»Wir müssen jetzt gehen«, sagte der Tjatjatja-Mann. Der andere nickte zustimmend.

»Sie nehmen ihn wieder mit?« Ohme wollte den Sarg ihres Mannes wieder im Wagen der Leichenträger verstaut wissen. Wieder Ordnung hergestellt wissen. Der Schnee hatte alles durcheinandergewirbelt. Er hatte den Sarg und die Leichenträger zurückgebracht.

Ohne auf Großmutters Frage zu antworten, schauten die Männer zur Uhr. »Gleich drei.«

Ich hielt meinen Daumen hoch. »Verbrannt«, sagte ich. »Das ist eine Brandblase von Ohpas Feuerzeug.« Ich hatte gehofft, dass Ohme mich fragen würde, woher ich Großvater Anselms Feuerzeug hätte.

»Zieh einen Faden durch. Dann trocknet sie aus«, empfahl der Tjatjatja-Mann.

»Mit einem Faden?«

»Und einer Nadel. Die muss vorher ausgebrannt werden. Des-in-fi-ziert.« Der Mann zog das Wort in die Länge, bis es so lang war wie sein Kollege.

Ich blickte zu Großmutter. »Ach, Kind.«

Der Tjatjatja-Mann nahm seine Brille aus der Brusttasche, um sich die Blase an meinem Daumen zu besehen.

»Seine Hand«, bat Großmutter indessen, während sie den metallenen Verschluss des schwarzen Etuis aufklickte. »Bitte schnallen Sie ihm noch die Hand an.«

Die Männer zuckten die Schultern. »Was braucht eine Leiche noch eine Handprothese«, murmelte schließlich der Kollege des Tjatjatja-Manns und rollte seinen langen Körper zusammen. »Geben Sie her.« Mit Kennermiene besah er sich Großvaters Hand.

»Ein Mensch, tot oder lebendig, braucht seine Hände«, entgegnete Großmutter ungewohnt heftig.

Und dann stieß der Leichenträger einen bewundernden Ruf aus. »Das ist eine Rarität. Was fürs Museum.«

»Ohpas Hand ins Museum?« Ich war sprachlos.

»Du Ugelick«, jammerte Großmutter.

Der Leichenträger blieb ernst. »Prothesen, Zähne, Knochen, anatomische Präparate«, erklärte er.

»Gleich drei Uhr«, wiederholte sein Kollege jetzt drängend.

»Drei?«, fragte Ohme.

Sie lief ins Zimmer zurück. Das Pendel der alten Standruhr bewegte sich hin und her. »Ich hatte sie abgestellt ...« Verwirrt faltete Ohme die Hände.

»Vielleicht das Geißlein«, rief ich. »Das siebente Geißlein hat die Uhr wieder angeschoben.« Von meinem Verdacht, dass es Großvater war, der die Uhr wieder angestellt hatte, sagte ich nichts.

Die Leichenträger traten von einem Bein auf das andere. Sie schoben die Ärmel zurück, schauten aufs Handgelenk, verglichen die Zeit mit der Geißlein-Uhr und stießen einander an. Sie standen dicht beieinander und mich beschlich das Gefühl, dass sie nicht hierhergehörten Nicht zu uns. In dieses Haus. Mit ihren schwarzen Mänteln, den Hüten und klobigen Stiefeln, die kleine Wasserlachen auf dem Parkett hinterließen. Es waren Puzzleteile, die zu einem anderen Bild passen mochten. Zu Ohmes Chaiselongue, dem Tisch mit der Fransendecke, der Stehlampe mit dem Seidenschirm, zu Großvaters Sessel, dem Wolfframm-Klavier und dem Kachelofen, in dem die Kohlen sangen, gehörten sie nicht.

Der Tjatjatja-Mann gab Ohme Großvaters Hand zurück. »Sie werden es bereuen.«

»Wie bitte?« Großmutter stemmte ihre Hände in die Hüften. »Die Hand meines Gatten gehört zu ihm.«

»Ins Museum«, unterbrach sie sein ellenlanger Kollege. »Glauben Sie mir, man würde Ihnen ein hübsches Sümmchen bieten!«

Großmutter schüttelte ihren Kopf. »Nein.«

»Haben Sie noch eine andere Hand?«

»Ja«, rief ich schnell.

»Nehmen wir eine andere Hand. Eine, die keinen Sammler und kein Museum interessiert«, schlugen die Männer vor.

»Nein.« Ohme blieb standhaft. »Es ist eine ganz besondere Hand. So viele Erinnerungen. Und die gehören zu meinem Mann, nicht ins Museum«, fügte sie mit fester Stimme hinzu, als wäre damit alles erklärt. Ich hielt meinen Daumen hoch. Die Brandblase war jetzt so groß wie mein Fingernagel.

»Ach, Kind.« Großmutter öffnete ihren Nähkasten, der auf dem Schränkchen neben der Stehlampe stand, um nach einer Nadel zu suchen.

»Luft anhalten«, empfahlen die Leichenträger, während Großmutter einen Faden durchs Nadelöhr beförderte. Ich schnappte nach Luft.

»Es schneit wieder«, brummte der ellenlange Mann ungeduldig und sah zur Uhr.

»Schnee und kein Ende.« Großmutter zog den Faden durch die Blasenhaut. Ich hatte jetzt eine Brandblase mit weißem Zwirnsfaden.

»Nicht des-in-fiziert«, bemerkte der Tjatjatja-Mann. »Schlimm.«

»Genauso schlimm wie mein Mann ohne Hand.« Ohme klang vorwurfsvoll. Die Männer schwiegen.

»Wir machen uns jetzt auf den Weg.«

»Nein«, sagte Ohme. »Ich bitte Sie ...« Wie sie so dastand, das schwarze Etui unterm Arm, wirkte sie unendlich traurig und hilflos.

»Ohme, der Daumen tut nicht mehr weh.«

»Wir ...« Die Männer sahen sich an und räusperten sich. »Mieses Wetter, die Straßen verschneit. Wir werden den Sarg bei Ihnen lassen.«

»Sie lassen ihn da?«

»Als Pfand, bis wir wiederkommen.«

»Die Leiche meines Gatten als Pfand?«

Die Männer nickten. Sie schüttelten Großmutters Hand.

»Hier!« Ich bückte mich. Der Hut des Tjatjatja-Mannes war hinter den Schirmständer gefallen.

»Tjatjaja!« Er brummte erfreut und knöpfte sich seinen Mantel zu. »Bis morgen, Kleine!« Er klopfte mir auf die Schultern.

»Auf Wiedersehen«, sagte ich, zupfte am Zwirnsfaden, der an meinem Daumen baumelte, hielt die Luft an und zählte bis zehn.

»›Auf Wiedersehen‹, das sagen wir selten.« Er wandte sich an Großmutter. »Der Schnee ...«, murmelte er entschuldigend.

Ohme warf einen seltsamen Blick auf den Sarg. Sie sah blass aus. »Bis morgen«, antwortete sie leise.

Ich lief zum Fenster und stellte mich auf die Zehenspitzen. Zwei Männer in schwarzen Mänteln, die durch den Schnee zum Tor stapften. Sie kamen mir vor wie die Pappfiguren in Ohmes Aufstellbuch. Ein altes Bilderbuch, auf dessen Seiten sich die Schlösser, Bäume, Prinzessinnen, Könige, Teufel, Zauberer, Feen, Hexen und Räuber aufrichteten, wenn man es aufschlug. Und wie von Zauberhand wieder verschwanden, sobald man die Seiten zusammenklappte. Ich blinzelte. Auf den Himbeersträuchern begannen die Schneepolster zu glitzern.

IV.

Daheim, im Gebirge

In der Vorweihnachtszeit des Jahres 1918 lauern Krankheit und Kälte nicht nur in den Armenvierteln der Stadt, auch in den Bürgerhäusern und Villen hat sich die Not der Nachkriegszeit wie ein hungriges, beutegieriges Raubtier breitgemacht. Der Krieg ist verloren. Seit dem Sommer schon. Das Volk ist ernüchtert und wütend gewesen. Der Kaiser auch. Er ist ins Exil gegangen. Den Waffenstillstand am 11. November unterzeichneten andere. Franz Friedrich Deenel schüttelte den Kopf. Er sei überrascht. Für einen deutschen Kaiser schicke sich eine Fahnenflucht nicht, sagte er zu Frau Ida. »Die Monarchie ist gestürzt. Unruhige Zeiten kündigen sich an, meine Liebe.«

»Die Contenance. Sie ist verloren gegangen.« Die Gattin nahm eine majestätische Haltung ein. Wenn auch der Kaiser Schwäche zeigte, galt das noch lange nicht für eine geborene Glanzburg.

Vor dem Reichstagsgebäude patrouillieren jetzt Arbeiter und Soldaten. Es kam zu Massenunruhen und Streiks. Verteuerungen und Mangel sind die Folge. Kohlen und Holz gibt es nur noch auf Zuteilung. Butter, Zucker und Mehl oft gar nicht mehr. Es fehlt an allem. Es fehlt an Ernährern. Die Männer und Söhne sind auf den Schlachtfeldern des Kriegs geblieben. Die Heimkehrer sind verbraucht und ausgemergelt. Und in der Heimat wartet die Spanische Grippe auf sie. Das Virus ist heimtückisch. Oft sind es die Jüngeren, die scheinbar Robusten, die an der Seuche zugrunde gehen. Junge Soldaten, blühende 20-Jährige. Auch der spanische König. Viele Erkrankte leiden an Atemnot und müssen qualvoll ersticken. Von einer tödlichen Lungenpest ist die Rede, von Gottes Züchtigung angesichts der von allen guten Geistern verlassenen Welt.

»Das ham mer nun davon, dass se den Kaiser vertrieben ham. Dass se so gottlos sind.« Schlimpel, der ehemalige Hausmann, wettert drauflos. Er hätte auch über den Kaiser gewettert, wenn der im Berliner Schloss noch am Regieren gewesen wäre. Schlimpel sieht mager aus, die Augenlider gerötet, die Wangen eingefallen. In seinen Blicken spiegelt sich dumpfe Erschöpfung wider. Hanna Jo trifft ihn beim Einkaufen auf dem Markt. Schlimpels Frau liegt im städtischen Hospital. Schlimpel berichtet von schrecklichen Zuständen dort. Nicht nur die Isolierstation sei überfüllt. Im Innenhof habe man Räucherpfannen aufstellen lassen. Überall Ärzte und Krankenschwestern mit Atemmasken. Vorn am Eingangstor würden die Kutscher mit ihren Pferdefuhrwerken warten. »Kutsche an Kutsche, so weit man sehen kann. Die Gäule treten sich in de Hacken. Und die aufm Kutschbock raufen sich um de Leichen. Der Tod ist ein gutes Geschäft. Ich nehm einen Sliwowitz, bevor ich zu meiner Rosa geh. Die Rosa hat's nur auf der Brust. Das is keene Spanische Pest«, beendet er seine Rede. Hanna Jo hält sich ein Taschentuch vor den Mund. Schlimpels Augen verengen sich. »Wie geht es dem Gatten?«

Hanna Jo setzt ihren Korb ab. »Die letzte Nachricht von ihm kam aus Trier.« Sie ringt nach Worten. »Ich war dort. Die täglichen Luftangriffe ... das Sirenengeheul Tag und Nacht. Die meisten Lazarette hatten sie schon evakuiert. Überall habe ich nachgefragt ...« Sie bricht ab.

Schlimpel kratzt sich am Ohr und zieht seinen Wollschal enger. »Ja, also. Ich geh dann wohl.« Er schlenkert mit dem Einkaufsnetz, in dem sich ein paar vertrocknete Äpfel befinden, und lüftet den Hut. Einen Bückling, wie früher, macht Schlimpel nicht. Bücklinge haben zum Kaiser gehört. In einer Räterepublik reicht ein despektierliches Nicken.

»Verlass die Stadt«, beschwört Franz Friedrich Deenel seine zweitälteste Tochter am Telefon. »Unsere heimatliche Luft wird dir guttun! Gebirgsluft!« Er macht eine Pause. »Ganz im Vertrauen. Du solltest der virulenten Umgebung schnellstens entfliehen. Hubert hat uns von grauenhaften Dingen erzählt. Überall Sterbende und Leichen. Die Leichen blauschwarz ...«

»Der Onkel in Chemnitz?« Hanna Jo ist überrascht. »Ich dachte, die Pläne für eine neue Fabrik seien im Sand verlaufen. Hast du nicht kürzlich davon gesprochen?«

»Hubert kann dickköpfig sein, was das betrifft. Ein Klottner'sches Kammgarnwerk in Chemnitz klingt verlockend.«

»Sicher ...«

»Aber das tut jetzt nichts zur Sache. Um Gottes willen, komm heim.«

Hanna Jo zögert. Die Seuche ängstigt sie nicht. Doch

als ihr Schlimpel von schweren Aufständen im Proviantamt und in den Kasernen berichtet, holt sie die Koffer vom Boden. Sie hüllt die Möbel in weiße Tücher, setzt ihre Blumenstöckchen in die Emaille-Schüssel voll Wasser und lässt sich zum Bahnhof fahren. Die Schmalspurbahn vom Chemnitzer Bahnhof braucht länger als sonst. Immer wieder kommt es zu Unterbrechungen. Die Menschen in den vollgestopften Abteilen frieren trotz aller Enge. Hanna Jo ist froh, als sie aussteigen kann. Am Bahnhofsausgang wartet ein Pferdeschlitten. Der Kutscher kennt sie. »Willkommen, Frau Krüger. D'rham ist's am schönsten!«*

»Zu Hause«, wiederholt Hanna Jo zerstreut und hebt dem Kutscher die Koffer entgegen.

Selbst auf den Straßen der Kreisstadt liegt kniehoch der Schnee. Die frostige Winterluft lässt die Konturen der Häuser und Berge schärfer hervortreten. Hanna Jo hat neben dem Kutscher Platz genommen. Im Gebirge ist die Zeit eine andere. Eine vertraute Anderszeit mit warmherziger Gastlichkeit, trotz Frost und Kälte.

Nach einer guten Stunde sind sie am Ziel. Hanna Jos Elternhaus: Auf dem Fensterbrett Bergmann- und Engel-Figuren. Die Rosenstöcke im Vorgarten sind sorgsam verpackt und der breite Weg zum Eingangstor ist mit der Akkuratesse eines Buchhalters freigeschaufelt. Wie immer. Hanna Jo stößt einen Seufzer aus.

»Ohsteign«, bittet der Kutscher jetzt. Und wiederholt es auf Hochdeutsch, weil Hanna Jo keine Anstalten macht, sich zu erheben. »Sie können absteigen, Frau Krüger.«

Hanna Jo rafft ihren Rock.

---

* »Daheim ist es am schönsten.«

»Gott sei Dank«, ruft Frau Ida. Sie mustert das Reisegepäck der Tochter. »So wenig? Gib trotzdem ein angemessenes Trinkgeld.«
Der Kutscher verbeugt sich und legt seine Hand an den Mützenrand. Hanna Jo sieht dem Schlitten nach, wie er in der Kurve verschwindet. Die Hochzeitskutsche, in der sie und Anselm vor anderthalb Jahren zur Kirche gefahren sind, hatten die Schwestern mit einer Rosengirlande geschmückt.

Der Tisch ist für fünf Personen gedeckt. Die zehnjährige Martha sitzt neben der Mutter. Der Prokurist hat neben Fabrikant Deenel Platz genommen. Als Monarchist hat ihm der kürzliche Umsturz nicht gutgetan. Seine Koteletten wirken ungepflegt und die Unterkieferpartie bohrt sich tief in den Vatermörderkragen hinein. Es gibt Kartoffelsuppe mit Pastinaken und gebratenem Speck. Martha fischt die Speckkrumen aus der Suppe und schielt nach dem Apfelgelee. »Sitz gerade«, ermahnt sie Frau Ida.

Sitz gerade. Die Worte der Mutter klingen vertraut.

Martha verdreht ihre Augen. »Hach.« Seit Kurzem hat sie sich Tante Cäcilies *Hach* zu eigen gemacht.

Die Köchin zwinkert ihr zu. Es ist eine kleine Runde. »De annern Deenels« kommen erst zu den Feiertagen, wie Hanna Jo von ihr weiß.

Der Prokurist und ihr Vater unterhalten sich über die jetzt ins Leben gerufenen Demobilisierungsausschüsse. Franz Friedrich Deenel hebt seine Stimme. »Es ist unsere vaterländische Pflicht, Verpflegung und Unterkünfte für unsere Frontheimkehrer zu garantieren ... Das Alte stürzt, es ändert sich die Zeit.« Der letzte Satz ist aus der Zeitung.

»Jaja, oh ja ...« Der Prokurist heuchelt Interesse. Frau Ida legt ihren Löffel beiseite und faltet die Serviette zusammen.

»Wir werden uns wohl oder übel wieder auf eine zivile Kundschaft umstellen müssen«, sagt Deenel. »Das Alte ist abgestürzt.«

»Du meinst die Aufträge der Heeresleitung?« Frau Ida faltet die Serviette wieder auseinander. Eine nervöse Angewohnheit.

»Meine Liebe, ich hoffe, du gehst mit meiner Meinung d'accord. Der Uniformbesatz, den das Militär in den Jahren des Kriegs en gros abonnierte, ist nur noch spärlich gefragt.«

»Doch wieder Petersburg? Hutbesatz für die russischen Damen? Sie werden doch sicher nicht barhäuptig aus dem Hause gehen.«

»Petersburg respektive Petrograd? Nein. Ich dachte ans Inland. Die Mode liegt brach. Wir sollten uns sputen. Ehe es unsere Konkurrenten tun.« Franz Friedrich Deenel hat sich in Eifer geredet.

»Natürlich, mein Lieber«, antwortet Deenels Gattin.

»Du solltest Süß konsultieren«, sagt sie zu Hanna Jo. Das Aussehen ihrer Tochter beunruhigt sie. »Nicht nur, dass du in letzter Zeit sehr zerstreut bist, du siehst auch sehr elend aus.« Ihre Stimme klingt milder. »Mein Kind, ich verstehe dich durchaus.«

»Mir fehlt nichts«, erklärt Hanna Jo und schiebt ihr Apfelgelee der Schwester zu. *Anselm fehlt mir.* Sie muss mit den aufsteigenden Tränen kämpfen.

Franz Friedrich Deenel sieht es und wendet sich ungewohnt hastig dem Prokuristen zu. Man müsse noch Umsatzprognosen abstimmen, sagt er und erhebt sich. Der Prokurist folgt nur zögernd. Die Umsatzabstimmung ist schon am Morgen geschehen.

Zwei Tage später wird Hanna Jo bei Doktor Süß vorstellig. Süß ist ein alter Korpsfreund des Vaters. Ein 50-jähriger Mann mit kahlem, schimmerndem Schädel und sanften Händen. Sein Atem verströmt hin und wieder Schnapsgeruch. Seit Jahren ist er ein enger Vertrauter und Freund der Familie.

»Revolution in Berlin, Rückzug aus Frankreich, Aufzug der spanischen Viren«, des Doktors Begrüßung fasst die Lage zusammen. Mit aufgekrempelten Ärmeln steht er am Waschbecken, um sich die Hände zu waschen. Das tut er sehr gründlich. Dann schließt er die Tür.

»Heuer stieht kaa Stackn grod.* Schlimme Zeiten«, sagt er, als er sich mit Hanna Jo allein weiß. Er bittet sie, Platz zu nehmen. Die Hand reicht er ihr nicht. Als gut informierter Mediziner ist Doktor Süß momentan sehr penibel. Nach einer ersten Welle im Frühjahr scheint nun eine weitere durch die Influenzaviren zu drohen. Die Zeitungen melden zahlreiche Grippetote. Hunderttausende, munkeln die Leute. In der Residenzstadt sind die Theater und Gotteshäuser geschlossen, Häfen und Bahnhöfe mit Quarantäne belegt. Doktor Süß hat beim Pharmazie-Versand Karbolsäure, Chlorbleiche, Lysoform, Calciumwasser und Chinarinde bestellt. Es gilt, den kleinen Ort an der böhmischen Grenze mit allen ihm zur Verfügung stehenden Drogen, Pulvern, Pillen und Desinfektionspräparaten, mit Wasch- und Bleichehilfen und Eukalyptusöl zu schützen.

---

* »Heute steht kein Stock gerade.«

Hanna Jo sieht blass und abgehärmt aus. Doktor Süß murmelt etwas Unverständliches in seinen Bart. »Na, mol sah«*, sagt er laut. Kurz darauf legt er das Stethoskop und seine Maske aus Wachstuch beiseite. »Nun, das ist erfreulich! Von Grippeindizien keinerlei Spur.«
Der Doktor empfiehlt Hanna Jo vor den Mahlzeiten Biomalz, außerdem einen Lungensaugapparat zur Stärkung der Bronchien. Eine neue Kräftigungsstrategie. Er zieht eine Broschüre aus der Schublade. »Wer bisher blass und elend erschien, sieht seine Gesichtsfarbe rosig verändert ...«, liest er.

Hanna Jos Augen schließen sich für einen Moment. Ihre Lider zucken.

»Und ... sonst?« Mit abgewandtem Blick hantiert der Doktor in seiner Patientenkartei.

»Nichts«, erwidert die Gefragte mit verschleierter Stimme. »Kein Lebenszeichen von Anselm.« Ihre Schultern beben.

Doktor Süß fährt sich über den kahlen Schädel. Er scheint etwas sagen zu wollen. Doch er besinnt sich. »De Hoffnung darf mor nie vrgassn«**, sagt er und öffnet Abschied nehmend die Tür. Wohl ist ihm nicht dabei.

Es ist noch nicht lange her, dass ihm sein Korpsfreund Deenel ein amtliches Schreiben zum Lesen gegeben hat. Der Doktor nahm es ruhig zur Kenntnis. »Wann sagst du es ihr?«

»Nicht gleich ... noch nicht. Man muss es ihr schonend beibringen, ihre Verfassung ist nicht die beste.«

Der Doktor hat die Hand seines Freundes ergriffen: »Einmal musst du es aber.«

---

* »Na, mal sehen.«
** »Die Hoffnung darf man nie verlieren.«

»Ich weiß. Bis dahin bitte ich dich, auch den anderen gegenüber, zu schweigen ...«
»Du hast mein Wort.«

Folgendes war geschehen: Nachdem Hanna Jo unverrichteter Dinge aus Trier zurückgekehrt war, ließ Fabrikant Deenel nichts unversucht, um seinen Schwiegersohn Anselm zu finden beziehungsweise Hinweise über seinen Verbleib zu erhalten. Die Wirren der Nachkriegswochen, widersprüchliche Meldungen über Lazarettverlegungen und eine überforderte Dienstobrigkeit ließen Deenels Recherchen lange ins Leere laufen. Er bat seinen Schwager Hubert um Hilfe. Huberts Verbindung zum Generalstabsarzt des Sanitäts- und Gesundheitswesens in Passau war es zu verdanken, dass Deenel eine brauchbare Nachricht erhielt. Man habe den Namen seines Schwiegersohns im Eingangsregister des Münchner Garnisonslazaretts gefunden. Hanna Jos Vater griff zum Telefon. Sein Optimismus wich jäher Verzweiflung, als er kurz darauf eine traurige Mitteilung bekam. Der Gesuchte sei vor einigen Tagen verstorben. Erschüttert faltete Fabrikant Deenel das Schreiben aus München zusammen. Er schloss es in einer Schublade seines Sekretärs ein. Es war vor dem Weihnachtsfest und Deenel wollte die Sache zunächst für sich behalten. Man solle einen würdigen Nachruf im Münchner Sonntagsblatt drucken lassen, ließ er dem zuständigen Redakteur ausrichten. Das sei schon geschehen, teilte der mit. Ein, mit Verlaub, recht ausgefallenes Inserat. Die Eltern des Toten hätten für den Nachruf Auszüge aus dem Sonett eines englischen Dichters gewählt.

Fabrikant Deenel war irritiert. Die Tatsache, dass man Anselms Eltern vom Tod ihres Sohnes in Kenntnis gesetzt hatte, Hanna Jo – seine Gattin – hingegen nicht, kam ihm seltsam vor. Und außerdem Shakespeare. Fabrikant Deenel schüttelte den Kopf.

»Ich habe Süß getroffen«, sagte er am Abend zu seiner Frau. Der Doktor und er seien der dringenden Meinung, Carolina Michaela Johanna nach Hause zu holen. »Nur eine Vorsichtsmaßnahme. Bis die Grippegefahr vorüber ist.«

Frau Ida stutzte. Es kam nicht oft vor, dass ihr Gatte alle drei Taufnamen seiner Kinder aufzählte. Und wenn, dann geschah das meist aus einem wichtigen Grund. Doch hielt sie es für ratsamer, nicht weiter nachzufragen. Franz Friedrich Deenels bekümmerte Blicke, sein steifes Nicken waren beredt genug. Sie bat das Zugehmädchen, das Zimmer der Tochter herzurichten.

Das war vor zwei Wochen gewesen.

Noch ganze acht Tage bis Weihnachten. Hanna Jo legt Hut und Mantel ab. Die täglichen Spaziergänge tun ihr gut. Im Haus riecht es nach Angebranntem. Hochrot, mit aufgekrempelten Ärmeln, hantiert die Köchin am Herd.

»De Ardäppl«*, jammert sie. Frau Ida öffnet das Fenster und wedelt den Brandgeruch in die Winterluft. Der frostklare Tag beschert eine weite Sicht. Sie schattet die Augen ab. »Besuch«, sagt sie, während sie eilig das Fenster wieder verriegelt. Und lässt eine Kanne Kaffee aufbrühen, den Speckkuchen schneiden und Butterbrote schmieren.

»Wer?«, fragt die Köchin.

---
* »Die Erdäpfel (Kartoffeln).«

»Der Nadeloswald«, antwortet Martha anstelle der Mutter. Auch sie hat den kleinen Mann mit dem Tragekorb auf dem Rücken erspäht.

Hanna Jo schneidet Brot auf. Sie ist dem Nadeloswald bereits auf ihrem Spaziergang im Unterdorf begegnet.

»Dor Nodeloswald? Dar frisst wie e Scheidraschr!«* Grummelnd zieht die Köchin einen Schlüssel aus ihrem Ausschnitt und zupft ihr Brusttuch zurecht. Der Schlüssel ist für die Speisekammer. Hier lagern Köstlichkeiten. Geräucherter Schinken, Schmalz, Eingewecktes, Dörrobst und Hülsenfrüchte. Die Zeitungen berichten, dass in den Städten jetzt Hungersnot herrsche. Von Rationierungen aller Art wird geschrieben: Brennholz, Kohle, Kerzen, Seife, Tabak. Man braucht Bezugsmarken für Mehl und Umtauschkarten für Fett und Petroleum. Selbst Tischwäsche und Taschentücher sind Mangelware geworden. Die Köchin hat die Hände über dem Busen gefaltet, als sie davon hörte. Gottlob, die Wäscheschränke ihrer Herrschaft sind voll. Tafelwäsche, litzenbesetzte Bezüge und Laken, feines Linnen, gewirkte Servietten, Umschlagtücher, Messertücher und mehr. Die Speisekammer ist ebenfalls gut bestückt.

Das mit der Speisekammer ist auch dem Nadeloswald bekannt. Schon hört man es poltern und der knotige Stock vom Oswald klopft auf das Dielenholz. Ein kleiner, freundlicher Mann steht in der Küche. Er reibt sich die Hände und lüftet galant den zerdrückten Homburger.

»Bitt scheen, von allem etwas. Un alles wie nei«**, schnarrt er und beugt sich über den Tragekorb.

---

* »Der Nadeloswald? Der frisst wie ein Scheunendrescher!«
** »Bitte schön, von allem etwas. Und alles wie neu.«

Hanna Jo schichtet die Brote auf einen Teller, Martha wirft ihre Zöpfe nach hinten. Die Köchin schenkt Kaffee ein. Der Nadeloswald nimmt Platz, beäugt den Speckkuchen und die Butterbrote, bittet um Salz und fängt wie ein Teekessel an zu summen. Die Köchin bedenkt den Gast mit scheelen Blicken. Der schnuppert plötzlich. Ein flüchtiger Geruch von verbrannten Kartoffeln hängt noch immer im Raum.

»Haste wuhl Arschr gekriecht?«*, fragt der Nadeloswald, der sich die Sache zusammenreimen kann.

»Näh«, brummt die Köchin und macht sich geräuschvoll daran, Töpfe und Pfannen zu schrubben. »Nähä!«

Die Hausherrin erscheint. Dem Nadeloswald gelingt ein vollendeter Kratzfuß. Frau Ida reicht ihm die Hand und fragt nach Birkenhaarwasser und Brillantine.

»Bitt scheen.« Als kluger Mann hat er alles dabei. Selbst Wundsalben, blutstillende Schwämme, Bandagen und Torniquets. Der Krieg hat ein Heer von Versehrten und Amputierten hinterlassen. Die Wunden des Kriegs verheilen nur langsam. Oswalds pharmazeutisches Sortiment ist gefragt. In der Hauptsache jedoch verkauft er Schnürsenkel, Bimsstein, Seife und Nadeln. Und richtig, nachdem alle Töpfe sauber sind, will die Köchin »Nodeln« kaufen. Auf Vorrat.

»Nu na, de annern Leit wulln a noch wos hom«**, mahnt der Hausierer. Der Nadel-Nachschub gestaltet sich momentan kompliziert.

Die kleine Martha nestelt an ihren Zöpfen. »Erzähl was«, bettelt sie.

---

* »Hast wohl den Hintern versohlt bekommen?«
** »Nu na, die anderen Leute wollen auch noch was haben.«

Der Nadeloswald wischt sich über die Lippen. Er kramt die Pfeife hervor und stopft sie mit Tabak. Sein Tabak ist keiner, der mit Buchenlaub oder Waldmeisterblättern gestreckt worden ist. Als Hausierer verfügt er über gewisse Quellen. Doch wenn man ihn fragt, wird er fuchsteufelswild und stößt eine Reihe wortgewaltiger Flüche aus. Die Leute tuscheln, der Nadeloswald betreibe sein Handwerk, das ihn von Tür zu Tür ziehen lässt, nur am Tag. In den Nächten jedoch verwandele er sich in einen »Pascher«. Einen Schmuggler, von denen es hier im Gebirge einige gibt. Er schmuggle Tabak und Schnaps über die böhmische Grenze. Reisigsammler hätten ihn in der Dämmerung gesehen. Wie er durchs Unterholz geschlichen ist, mit rußgeschwärztem Gesicht und einem Schießprügel in der Hand.

»Nu na«, sagt der Nadeloswald, der sehr wohl weiß, was man sich über ihn erzählt. Er zieht an der Pfeife und hüllt sich in blaue Rauchwölkchen ein.

»Lieg ich vor Kurzem so an der schönen blauen Donau, of emol zwickt mich awos am Fuß.*« Er macht eine Pause.

Martha rückt näher.

»War's fei a Krokodil!«

Hanna Jo verzieht das Gesicht. Die Köchin gackert so laut, dass ihr Busen bebt.

»Un wos soll ich sagen? Wir haben ein wenig politisiert. Auch über den Kaiser. Den mochte das Krokodil ganz und gar nicht. Es schmiedete Pläne, den hochgeborenen Deserteur mit Haut und Haaren zu fressen.« Der Nadeloswald angelt sich eine weitere Butterschnitte vom Teller und salzt kräftig nach. »Ein fahnenflüchtiger Lump. Doch was soll's.

---

* »... auf einmal zwickt mich was am Fuß.«

Hin ist hin. Die Monarchie hat also schlappgemacht. Verfault und morsch, wie sie war.« Der Nadeloswald leckt sich die Lippen. »Das Krokodil hat seinen riesigen Rachen aufgesperrt und geschrien: ›Es lebe die Republik!‹« Die Köchin reißt Mund und Augen auf. Der Nadeloswald kratzt sich am Ohr. »Bloß, dass sich ein paar dieser Möchtegern-Herrschaften in ihre Hosen geschissen haben ...«

Jetzt schreitet die Hausherrin ein. Ob er beim nächsten Mal einen wirksamen Mottenschutz mitbringen könne, versucht sie, den Nadeloswald vom Politisieren abzubringen.

Der Nadeloswald lässt Krokodil und Kaiser sein und notiert sich die Bitte. Geschäft ist Geschäft.

Die kleine Martha ist enttäuscht. Sie hätte gern mehr von den Möchtegern-Herren gehört. Verdrossen schnappt sie sich Oswalds Spazierstock und setzt seinen Homburger auf. »Nu na, a Krokodil«, ahmt sie den Oswald nach und schwingt den mit Nägeln beschlagenen Stock.

»Pass auf«, ermahnt Hanna Jo ihre Schwester.

Doch da ist es schon passiert. Der Hut rutscht ihr über die Nase und Martha stößt mit dem Stock an den Topf, in dem die neuen Kartoffeln brodeln. Der Topf mit dem siedenden Wasser kippt um. Die Köchin schlägt ihre Hände zusammen. Martha brüllt auf.

»Nu na«, ruft der Nadeloswald erschrocken und springt wie ein Gummiball in die Höhe. Dann reißt er das Fenster auf und fegt eine Handvoll Schnee vom Sims. Den pappt er geschickt auf den feuerroten, verbrühten Arm des Mädchens. Mit Brandsalbe könne er leider nicht dienen, sagt er. Die letzte Schachtel sei an den Geier-Bäck gegangen. Der habe sich beim Stollenbacken ganz mächtig de Pfoten versengt*. Umständlich müht er sich, mit seinem Taschentuch Marthas Arm zu verbinden. Die Hausherrin lässt nach Doktor Süß schicken.

Kurze Zeit später rumort es erneut im Flur. Der Doktor schüttelt den Schnee vom Mantel und setzt nach dem Hut auch seine Brille ab. Er öffnet den Bügelverschluss seines Köfferchens. Martha bekommt einen Mullverband. »Bis de heiratst, is alles gut«, sagt der Doktor, während die Köchin ihm Kaffee einschenkt.

Der Nadeloswald hat unterdessen in seinem Tragekorb gekramt. »Bitt scheen«, sagt er. Geschäftig breitet er ein paar seiner blutstillenden Schwämme und die Bandagen aus. Der Doktor setzt seine Tasse ab und sieht sich um. Und lässt das fest verschnürte braune Päckchen verschwinden, das unter den Schwämmen liegt.

»Nu na!« Der Nadeloswald wechselt mit Süß einen beredten Blick.

Die Männer zucken zusammen, als es am Ausguss zu zischen beginnt. Hanna Jo, die das diskrete Tun der beiden beobachtet hat, lächelt. Die Köchin gießt die Kartoffeln ab.

»Wenn's dampft, ist der Durst nicht weit«, ulkt Doktor Süß. Doch der Cognac, den ihm sein Korpsfreund Deenel gewöhnlich spendiert, lässt auf sich warten. So muss er auf eigene Reserven zurückgreifen. Er knöpft seine Weste auf. In ihren Innentaschen stecken zwei Fläschchen. Der Doktor nimmt einen kräftigen Schluck.

»Pfui Deibel«, knurrt er. »Jetzt hab ich Seeche** gesoffen ...«

---

* »... die Hände verbrannt.«
** Seeche ist ein volkstümlicher Ausdruck für Urin.

Die Köchin bekreuzigt sich. Ganz offensichtlich muss Doktor Süß etwas verwechselt haben. Dabei verwahre er, wie er den Damen versichert, die Urinproben seiner Patienten stets separat in der Weste auf. Während der Doktor nun laut überlegt, ob er die Probe des Kantors oder der brustkranken Gattin des Fleischers getrunken habe, eilt Frau Ida nach draußen. Nach diesem Schreck habe man sich einen Belle Meunière verdient.

Mit Kennermiene hält der Doktor die Flasche hoch. Auf Hochdeutsch sagt er: »Unsere Feinde sind nicht auf den Kopf gefallen.«

Der Nadeloswald leckt sich die Lippen. »Franzosen.«

Frau Ida entkorkt die Cognacflasche noch etliche Male, bevor sich der Doktor erhebt. Er müsse noch einen Patienten besuchen, sagt er und lässt seinen Korpsfreund Deenel grüßen.

Der Nadeloswald erhebt sich ebenfalls. Auch er hat den feindlichen Cognac nicht verschmäht. Ausgelassen tänzelt er auf die Damen zu. Der Kratzfuß vor der Köchin misslingt, weil der Tragekorb auf seinem Rücken vornüberkippt. Die Köchin blickt halb lachend, halb tadelnd auf das taumelnde Männchen. »Esu gieht's fei net«*, zürnt sie und hilft ihm hoch.

Hanna Jo lehnt in der Tür. Lange schaut sie den beiden Männern nach, wie sie gemeinsam, der Doktor mit gewaltig ausholenden Schritten, der Nadeloswald eilig hinter ihm herlaufend, durch den knietiefen Schnee stapfen.

»Nu na«, trällert Martha hinter ihr.

Frau Ida kraust ihre Stirn.

---

* »So geht es nicht.«

»Zu Tisch«, bittet die Köchin und bindet sich eine saubere Schürze um.

»Du Ugelick«, murmelt Hanna Jo, halb erfreut, halb verärgert, als sie das zusätzlich aufgelegte Gedeck auf dem Esstisch erblickt. Über den Nadeloswald und Doktor Süß hat sie Tante Cäcilie vergessen.

»Johanna.« Tante Cäcilie breitet die Arme aus. Wie immer hat sie den Vormittag mit ihrer Toilette zugebracht. Jetzt kleben zahlreiche falsche Löckchen an ihrer Stirn. »Hach«, ruft die Tante, drückt Hanna Jo an ihre knochige Brust und ein paar Küsse auf ihre Wange. Sie greift zum Lorgnon. »Hochgradig blutarm.«

Hanna Jo zuckt die Achseln.

Cäcilie drückt ihre Stirnlöckchen fest. Die Rüschenbluse passt zu ihrem kuppelförmigen, etwas zu lang geratenen Rock. Der schwarze Garbardinestoff schleift beim Gehen übers Parkett. Es schlurrt und schabt, wenn die Tante sich in Bewegung setzt. Die Herren scherzen bisweilen, dass Cäcilie den Saum ihrer Röcke wegen der Bodenhaftung mit Blei beschwere. Tatsächlich ist Tante Cäcilie eine außergewöhnlich magere, zart gebaute Person. Kein Mensch weiß, wie alt sie in Wirklichkeit ist. Und wenn sie sich flink wie ein Wiesel auf ihrem Absatz im Kreis dreht, wirkt sie fast noch wie ein junges Mädchen. Seit jeher sagt alle Welt im Deenel'schen Hause »Tante« zu ihr. Frau Ida bestreitet zwar jegliche verwandtschaftliche Verbindung, auch Fabrikant Deenel hält sich bedeckt, doch das tut Cäcilies Tantenwürde keinerlei Abbruch. Hanna Jo und die Geschwister lieben sie. Die Tage verlieren ihr ruhiges Gleichmaß, wenn Cäcilie blitzartig wie ein Komet bei ihnen auftaucht.

Die Überraschungsbesuche der Tante. Das Stubenmädchen haben sie stets in nervöse Betriebsamkeit, die Kinder in Jubel versetzt. Mit wildem Geschrei stürmten die sechs nach draußen, wenn der Horch vor der Villa parkte. Der Chauffeur bot Cäcilie den Arm. Sein Scheitel war stets akkurat von der Stirn bis zum Hinterkopf gezogen. Dann trug er die Koffer und zahlreichen Schachteln ins Haus. Hanna Jos Brüder schlossen oft Wetten ab. Sie wetteten, wie viele Hutschschachteln Tante Cäcilie dieses Mal mitgebracht habe, während die Mutter sämtliche Stühle im Haus mit Kissen polstern ließ und der Vater seinen Vorrat an Zigarillos prüfte.

Drei Tage später tauchten der Horch und sein gescheitelter Chauffeur wieder auf. »Unsere Abschiedspolonaise«, rief Cäcilie aus und ließ ihre Nichten und Neffen rasch Aufstellung nehmen. Brüllend marschierten sie, von der Tante angeführt, durch alle Räume des Hauses. »Auf Wiehiedersehen, adiós, arrivederci, good bye und adieu!« Die Tante legte Wert auf ein mehrsprachiges Verabschiedungsritual. Fabrikant Deenel erschien. Er zog seine Savonette aus der Westentasche. Gewöhnlich dauerte es eine Stunde, bis Tante Cäcilies umfangreiche Bagage und sie selbst wieder im Horch verstaut waren. Die Eltern seufzten erleichtert auf. »Adieu, meine Liebe.«

Zumindest konnte man schon immer sicher sein, dass Cäcilies Besuche nie länger als drei Tage dauerten. »Nach drei Tagen beginnt der Besuch wie ein Fisch zu stinken. Fi donc!« Tante Cäcilie hat noch nie ein Blatt vor den Mund genommen.

»Cäcilie«, sagte die gerührte Mutter. »Trotz aller Capricen ... man kann ihr nicht böse sein.« Auf der Chaiselongue lag eine Schlummerrolle aus Chintz als Dank für die reizende Gastfreundschaft.

»Spendabel«, sagte der Vater und betrachtete die neue Meerschaumpfeife. Den Geschwistern hatte Tante Cäcilie Humpty-Dumpty-Figuren im Spielzimmer aufgebaut. Zirkusfiguren von Humpty Dumpty waren damals *äußerst* beliebt. Sie wurden nach strengem Reglement aufgeteilt. Die beiden Brüder erhielten das Zirkuszelt und die Tiere. Die Löwen, Elefanten, Bären, Pferde und Tiger. Hanna Jo und ihre ältere Schwester bekamen den Zirkusdirektor, den Kettensprenger, die Frau ohne Unterleib und den Dompteur. Die beiden Kleinen mussten sich die Clowns, die Affen und Pudel teilen. Anschließend wurde Zirkus gespielt. Das »Humpty-Dumpty-Spiel« vereinte sie alle. Die Eltern argwöhnten, dass Cäcilie nach den turbulenten Tagen bei den Kindern für Ruhe und Eintracht sorgen wollte. Trotz unerschrockener Mutwilligkeit in vielen Äußerungen besaß Cäcilie auch eine diplomatische Ader.

»Du verwöhnst sie«, meinte Frau Ida gelegentlich.

»Kolossal«, pflichtete ihr Cäcilie mit feinem Lächeln bei. Und begutachtete ihre Stickarbeit, eine Weihnachtsdecke mit grünen Tannenzweigen, schwarzbraunen Zapfen und rot berockten Wichtelmännern.

Hanna Jo schreckt auf.

»Hach«, ruft Tante Cäcilies aus, während ihr Blick auf den Nähtisch fällt. »Der Nadelhausierer war da?«

»Ja«, sagt Hanna Jo. Auf dem Nähtisch der Mutter liegen zwei Nadelhefte.

»Doktor Süß auch.« Mit kindlicher Wichtigkeit drängt sich Martha dazwischen. »Ich habe mir meinen Arm verbrannt.« Sie hält ihre Rechte hoch.

»Du meine Güte. Wie ist es zu diesem Malheur gekommen?« Cäcilie begutachtet fachmännisch Marthas Verband.

»Der Nadelmensch und unser Doktor.« Die Tante wiegt ihren Kopf. »Die Herren haben beträchtlich geschwankt, als sie gingen.« Sie hat die beiden sehr wohl von ihrem Fenster aus kommen und gehen sehen.

»Pardon?« Hanna Jo hat nicht zugehört.

Die Tante räuspert sich. »Mein liebes Kind«, setzt sie an.

»Ich hab nur eine Secunda geweint.« Martha ist nicht gewillt, übergangen zu werden.

»Tapferes Mädchen. Der Doktor wird dir hoffentlich nichts von seinem Hochprozentigen gegeben haben.« Cäcilie reibt sich die Hände. Sie friert, was kein Wunder ist bei ihrer Magerkeit. Am liebsten sitzt sie, eingewickelt in ihren Plaid, in einem der Herrensessel am Ofen.

Martha kreischt auf. Ungläubig deutet sie auf den Rocksaum der Tante. Dort hat sich eine Mausefalle verfangen.

»Hach«, sagt die Tante, während sie mit geübten Griffen die Falle entfernt. Und ist keineswegs pikiert. »Hach, diese Nager.« Sie runzelt die Stirn und will zu einer Erklärung ansetzen, als die Köchin mit der Suppenterrine das Zimmer betritt. Frau Ida, die hinter der Köchin auftaucht, setzt eine tadelnde Miene auf.

»Mäuse«, moniert die Tante. Ihre Stimme bekommt einen lamentierenden Unterton. Es klingt etwas übertrieben. »Sie haben die Briefe meines Verlobten zu winzigen Pieces verarbeitet. Liebesbriefe! Außerdem haben sie das Psalmenbuch meiner seligen Mutter verspeist. Lederband und Goldverschnitt! Die Tiere werden von Tag zu Tag dreister.«

Martha erschauert. »Sie haben das ganze Buch aufgefressen?«

Tante Cäcilie nickt. »Sämtliche Psalmen«, bestätigt sie.

»Sitz gerade«, ermahnt Frau Ida die Tochter.

Cäcilies Mäusegeschichten sind keine Neuigkeit. Die Tante pflegt sie bei jeder Gelegenheit zu verkünden. Die schmalen Schultern hochgezogen, die fein gezupften Brauen ebenfalls, erzählt sie davon, dass eine Mäusefamilie ihre Korrespondenz d'amour zu Hunderten rosafarbenen Schnipseln verarbeitet habe. Ein Faktum, das Cäcilie eine Sparpackung Mausefallen bei der Firma Luchsig & Söhne bestellen ließ. Eine kostspielige Sache. Die teuren Fanggeräte hätten bislang nur wenig gegen die Nager ausgerichtet.

»Es ist eine Plage, wie sie nicht einmal den alten Ägyptern widerfuhr«, fährt Tante Cäcilie fort, während sie ihren Rocksaum von einer weiteren Mausfalle befreit. »Mon Dieu, was kann man noch tun?«

»Eine Katze«, schlägt Martha vor. »Wir haben Othello und Celestine. Und keine Mäuse.«

»Merci.« Die Tante schiebt den Teller beiseite und legt die Serviette daneben. »Die Leberknödelsuppe war delikat.«

»Du kannst eine haben, wenn Celestine Junge kriegt«, verspricht Martha.

»Nein danke, nicht noch ein Felltier in meinen Räumen.« Cäcilie schüttelt den Kopf. »Wie geht es Fritz? Was treibt Max? Was macht Charlotte?«, fragt sie und hofft auf ein anderes Thema bei Tisch.

»Charlotte hat sich gut eingelebt«, antwortet Frau Ida, Cäcilies Erkundigung nach ihren Söhnen übergehend. Hanna Jos Schwester Charlotte wohnt seit einem Monat in einem Töchterheim für Hauswirtschaft in der Nähe der Residenzstadt Dresden.

»Im Kirchenchor allerdings wird ihr Sopran vermisst.«

»Und sie vermisst Othello und Celestine«, ruft Martha.

»Martha, mein Kind!« Frau Ida legt ihre Serviette beiseite. »Wir haben das Tischgebet vergessen.«

»Hach«, Tante Cäcilie verdreht die Augen, doch sagt sie nichts.

»Komm, Herr Jesus, sei du unser Gast ...«, Marthas helle, kindliche Stimme stockt. Sie hebt den Kopf. »Fritz hat wieder einen Anfall gehabt und Max ...«

»Amen«, sagt Frau Ida. Und Tante Cäcilie verkneift sich ein Lächeln und gibt besser auch kein »Hach« von sich.

Zum Nachtisch gibt es Blaubeerkompott. Für Hanna Jo bringt die Köchin Zitronengelee. Mit dem Zitronengelee und der Köchin ist auch Othello ins Zimmer gehuscht. Tante Cäcilie hebt ihre Füße an. »Niemals Katzen«, erklärt sie würdevoll. »Ich gebe zu, dass sich Luchsig & Söhne im Saum meiner Röcke verhaken. Doch eins tun sie keinesfalls. Sich auf meinem Schuh niederlassen und an meinen Waden reiben.« Tante Cäcilie wedelt ihr Taschentuch wie ein Signalgast hin und her.

»Einen Sherry«, schlägt die Hausherrin vor.

»Einen Belle Meunière«, bittet Cäcilie.

Auf Frau Idas Gesicht ist ein höfliches Lächeln zu sehen. »À votre santé, ma chère Ida.« Die Damen erheben die Gläser.

Cäcilies Chauffeur trifft diesmal einen Tag später ein. Den alten Horch hat er gegen einen Pferdeschlitten getauscht.

Für ein Automobil ist kein Durchkommen auf der verschneiten Straße.

»Adieu, mein Kind«, sagt Cäcilie zu Hanna Jo und senkt ihre Stimme. »Ich habe gestern die Karten befragt. Bald gibt es Neuigkeiten.« Dann dreht sie sich auf dem Absatz um und eilt zum Tor.

Frau Ida fröstelt. In Cäcilies grauen Löckchen hängen winzige Schneeflocken. Die Pelzkappe tief in der Stirn, wirft Cäcilie der kleinen Martha noch einen Handkuss zu. »Au revoir, meine Lieben.« Der Kutscher schnäuzt sich geräuschvoll und ungeniert in seine Hände. Eine Tatsache, die Cäcilies Chauffeur mit scheelem Seitenblick kommentiert.

»Adieu.« Frau Ida stößt einen Seufzer aus. Cäcilies Besuche sind unterhaltsam und beschwerlich zugleich.

»Der Postmann«, ruft Martha und winkt.

Hanna Jo presst ihre Hand an die Brust. Der Postmann, ein untersetzter, kurzatmiger Mensch in meerblauer Dienstuniform, händigt den Damen einen postalischen Gruß von Tante Agnes aus; eine Ansichtskarte aus Baden Baden. Hanna Jos Lippen beben. Auf Cäcilies Kartenorakel ist kein Verlass. Und dennoch. Die Augen der Tante hatten heute einen besonderen Glanz.

»Eine Nachsendung für Sie, Frau Krüger«, verkündet der Postbote zwei Tage später und hält einen dicken Brief mit zahlreichen Stempeln und Marken in seiner Hand. Hanna Jos Lippen sind blutleer. Sie verheddert sich mehrmals, ehe es ihr gelingt, den Umschlag zu öffnen. Sie zieht ein schmales Schriftstück heraus und liest.

Herr Anselm Krüger, ehemals 15. Infanterieregiment, sei mit dem heutigen Tag nach München verlegt worden, steht mit Maschinenschrift auf dem Briefbogen, dessen Absender sich als das Bischöfliche Priesterseminar in Trier herausstellt. *Bleiben Sie stark und kühn. Unser Herrgott segne Sie, verehrte gnädige Frau.* Hanna Jo stürzt ins Kontor, um mit dem Vater zu telefonieren. Sie müsse nach München fahren, sagt sie. Gleich morgen. Hanna Jo presst den Hörer ans Ohr. Die telefonische Verbindung ist offensichtlich gestört, denn Franz Friedrich Deenels Stimme klingt seltsam verzerrt. »Carolina Michaela Johanna. Das exaltierte Benehmen kopfloser Frauenzimmer ist mir zuwider. Ich bitte dich dringend, mit deinem Vorhaben bis zu meiner Rückkehr zu warten.«

Hanna Jo müht sich, den Hörer wieder auf die Gabel zu legen. Und legt ihn mehrmals daneben, ehe es ihr gelingt. Die Heimkehr des Vaters verzögert sich. Franz Friedrich Deenel, von dringenden Geschäften mit Schwager Hubert aufgehalten, trifft erst am Vortag des 24. Dezembers ein. Er redet geduldig. Er redet davon, dass es von Besonnenheit zeuge, zunächst genauere Informationen einzuholen.

»Genauere Informationen wird man erst nach den Festtagen einfordern können«, sagt er. Hanna Jos tief liegende Augen treffen seinen flackernden Blick. Beschwörend hebt er die Hände. »Wir sollten vernünftig agieren. Das braucht einen kühlen Kopf.« Er wischt sich den Schweiß von der Stirn. »Morgen ist Weihnachten«, sagt er verzweifelt.

Hanna Jo starrt ihn an. Dann auf den Weihnachtsberg, mit seinen geschnitzten Figuren, dem meterhohen Gebirgsstock aus Bleiglanz, geleimter Pappe und Wurzelstöcken. Man hat ihn wie jedes Jahr aufgestellt. Um seine Felsbuckel lagern Rehe und Hasen, während in der Höhle aus Pappmaschee das Erz blinkt und glänzt. Drinnen das heilige Paar mit dem runzligen Wickelkind. Draußen, auf dem Plateau, sind die rot-weiß lackierten Grenadiere aus Holz aufmarschiert. Und auf der Konsole haben sich Bergleute zu einer Parade postiert. Obersteiger, Steiger, Häuer, Schmiede, Zimmerlinge. Zuletzt die Kapelle.

»Weihnachten. Du weißt selbst, dass es …« Franz Friedrich Deenel stockt. Hanna Jos Schultern zucken. »Ich bitte dich lediglich um ein wenig Geduld«, sagt der Vater leise. »Im neuen Jahr werde ich alles mir zur Verfügung Stehende in Bewegung setzen …«

Hanna Jo stellt den Schürzenengel aus Marolinmasse zurück. »Ein neuer Anstrich täte ihm gut«, sagt sie mit kippender Stimme. »Außerdem ist sein Kupferheiligenschein verbogen.« Sie dreht sich nicht um, als der Vater den Raum verlässt.

Es ist spät am Abend und Frau Ida mit gewissen Vorkehrungen für den Besuch der Mitternachtsmette beschäftigt. Im Krieg war die Kirche während des Winters nur spärlich beheizt. Das ist auch im Frieden nicht anders. Holz und Kohle seien noch immer sehr rar, hat der Pfarrer geklagt. Franz Friedrich Deenels Bemühungen, eine Wagenladung Briketts oder wenigstens Holz für das Gotteshaus zu besorgen, sind fehlgeschlagen. Die Damen wären gut beraten, Fuchs, Lamm oder Opossum für den weihnachtlichen Kirchgang zu wählen, lässt er Gattin und Töchtern ausrichten. Er selbst trägt den schweren Wintermantel mit Rotfuchskragen. Frau Ida ist überrascht, als ihr Mann das Ankleidezimmer betritt. Vorsorglich schließt er die Tür.

»Ich habe Nachricht, dass Anselm tot ist.«

»Was sagst du da?« Abrupt dreht sich Frau Ida dem Gatten zu. »Ein Irrtum«, mutmaßt sie hilfesuchend. Doch der regungslose, starre Gesichtsausdruck ihres Mannes lässt sie erkennen, dass es sich keineswegs um einen Irrtum handelt.

»Hanna Jo ... ich wollte es ihr nach den Festtagen sagen.«

»Im Schreiben aus Trier stand, dass Anselm nach München verlegt worden sei.« Frau Ida will es noch immer nicht glauben.

»Ich weiß. Doch das ist Wochen her. Die Mitteilung von Anselms Tod erreichte mich erst vor Kurzem.«

Frau Ida erblasst. »Gebe Gott, dass Hanna Jos Contenance ihr helfen wird, die nächsten Monate zu überstehen.« Sie fasst nach dem Pelzcape.

»Ja«, sagt ihr Mann. »Uns allen.«

Die Heilige Nacht ist eisig und sternenklar, als die Familie nach der Mitternachtsmesse nach Hause fährt. Heiser krächzend, die Nase blaurot vor Kälte, predigte der Pfarrer zu seiner Gemeinde von jener großen Freude, die allem Volk widerfahren sei. »Denn euch ist heute der Heiland geboren, welcher ist Christus, der Herr in der Stadt Davids«, verkündete er, während er sich die Hände warm rieb. Wie immer haben sie sich nach dem Vaterunser erhoben, um von der gnadenbringenden Weihnachtszeit zu singen. Und über den Köpfen der Sänger haben weiße Atemwölkchen geschwebt. Im Kirchenschiff ist es kalt. Franz Friedrich Deenel wirft mehr als beabsichtigt in den Klingelbeutel. Der Pfarrer bemerkt es und nickt seinen Dank.

Die Glocken läuten. Der Schnee leuchtet weiß auf den Feldern. Drüben der Wald lauert schwarz und geheimnisvoll. Fast scheint es, als würde der Schlitten schneller als sonst an den hohen Tannen, den Feldern und Wiesen vorübergleiten. Die kleine Martha drückt ihren Muff aus Hasenfell an sich und flüstert der Mutter etwas ins Ohr. Hanna Jo und der Vater schweigen.

Die Fabrikantenvilla liegt im Dunkeln. Schneeberge türmen sich neben den schmiedeeisernen Torflügeln auf. Vor dem Kirchgang hat man den Weg nochmals freigeschippt. Am Tor lehnt ein Mann. Hanna Jo stößt einen Schrei aus. Sie springt vom Schlitten. Sie weint und lacht.

Anselm umarmt sie. Sein rechter Mantelärmel ist am Saum umgeschlagen. »Ich habe nur noch eine Hand«, flüstert er tonlos.

Hanna Jo küsst ihn. »Und mich«, sagt sie. Ihre Stimme vibriert.

GROSSVATERS SARG BLEIBT,
WO ER IST

Über dem Leichenwagen lag eine dichte Schneedecke. Die Männer schienen zu zögern. Sie umkreisten das Fahrzeug, schüttelten ihre Köpfe, steckten sie kurz zusammen und machten sich schließlich daran, mit ihren Händen den Schnee vom Kühler zu wischen.

»Du Ugelick«, entfuhr es Großmutter. »Die Schwarzen werden doch wohl nicht fahren wollen. Nach so viel Schnaps.« Sie öffnete das Fenster. Die Männer winkten uns zu.

»Gehen Sie lieber zu Fuß«, rief Großmutter. »Wenigstens bis zum Bahnhof.«

Ich sah, wie die beiden gestikulierten, als wären sie miteinander in Streit geraten. Kurz darauf hakte sich der eine bei dem anderen ein. Großmutter atmete auf. »Na also«, sagte sie laut.

Der Tjatjatja-Mann und sein ellenlanger Kollege ließen sich Zeit. Alle paar Meter blieben sie stehen, drehten sich um und schwenkten die Hüte.

Ohme runzelte ihre Stirn. »Anselms Schnaps«, grollte sie. »Ich hätte wohl besser noch einen Tee angeboten.«

Ich folgte ihrem Blick. Zwei Leichenträger, Hüte schwenkend und winkend. Die alte Opitzen von gegenüber riss ihr Fenster auf. »Was ist mit den Schwarzen los?«

»Mein Mann ist gestorben«, rief Ohme ihr zu, die gleichfalls das Fenster geöffnet hatte, und fasste nach meiner Hand.

»Ach Gottchen, wie furchtbar«, schrie die alte Opitzen zurück und beugte sich noch ein Stück weiter aus dem Fenster hinaus. »Woran denn? Heute? Wann?«

Großmutter holte tief Luft. Sie mochte es nicht, wenn man ihr so viele Fragen auf einmal stellte. »Das Herz«, rief sie der Nachbarin zu.

Die Opitzen schlug die Hände zusammen. »Du lieber Gott. Dabei war Ihr Mann doch so …«

»Ja«, schrie Ohme, ohne erst abzuwarten, was Großvater »doch so« war.

Großmutter wollte das Fenster schließen. Ich stellte mich auf die Zehenspitzen. »Er ist auf dem Dachboden! Großvater Anselm ist auf dem Dachboden«, rief ich.

»Was du nicht sagst.« Die alte Opitzen hätte fast eins ihrer Alpenveilchen umgerissen.

»Er wartet auf mich.« Ich schrie jetzt auch. »Ich habe versprochen, ihm seine Hand zu holen.«

»Der Tod«, zärtlich zog Großmutter meine Zöpfe zurecht. »Für eine Achtjährige ist das schwer zu verkraften.«

»Schwierig, sehr schwierig«, rief die alte Opitzen. Sie rieb mehrmals über ihr Kinn und wickelte sich fester in ihre Jacke. Dann schrien wir alle drei auf. Mit lautem Getöse hatte sich eine Schneelawine von unserem Dach gelöst. Es stiebte, als die Schneemassen auf dem Gehweg landeten.

»Grundgütiger!« Hastig schloss die alte Opitzen ihr Fenster.

»Der Schnee«, sagte Großmutter und tastete nach ihrem Scheitel. »So viel hatten wir lange nicht.«

Am liebsten wäre ich rausgerannt, um einen Blick auf das Dachfenster zu erhaschen. *Großvater!* Ich traute ihm zu, dass er eins seiner Zauberwörter benutzt und dadurch die weiße Lawine ins Rollen gebracht hatte. Er hatte viele Wörter gekannt, die fremdartig und geheimnisvoll klangen. Zauberwörter. Auf dem Dachboden, als er das Licht zerschnitt, hatte er solche Wörter gebraucht. Ich versuchte mich zu erinnern.

»Fiat Lux«, flüsterte ich Großvaters Zauberwort.

»Was sagst du da, Kind?« Großmutters feinen Ohren war mein Gemurmel nicht entgangen.

»Fiat Lux!«

Lautlos bewegte Großmutter ihre Lippen. Ich sah, wie ihre Hände zitterten, als sie das Fenster schloss. Mehrmals strich sie über ihre Stirn, bevor sie sich zu mir umwandte. »Wir müssen den Gehweg räumen, so ist kein Durchkommen mehr. Zieh dich warm an. Es ist kalt.«

Es war nicht so kalt draußen, wie ich erwartet hatte. Ohme schien den Gehweg vergessen zu haben. Die Rhododendronsträucher neben dem Treppengeländer lagen ihr mehr am Herzen. Der Schnee drückte ihre Zweige zum Boden. Ohme rüttelte daran und war bald über und über mit Schnee bedeckt. Wie sie so dastand, die weißen Flocken auf ihrem Haar und dem Mantel, kam sie mir wie eine Fee aus dem Märchen vor. Eine Fee, die den Menschen, die ihr begegneten, drei Wünsche gewährte. Ich breitete meine Arme aus und drehte mich wippend im Kreis. »Du bist die Märchenfee, Ohme!«

Großmutter verzog das Gesicht. Sie schulterte Großvaters Schaufel, öffnete unser Gartentor und begann, den Weg frei zu schippen.

»Du könntest Asche streuen«, schlug sie mir vor.

Ich stapfte zur Aschegrube, eine metertief in die Erde eingelassene Höhlung mit schwerer Eisenklappe. Ich zog am Ring, doch die Klappe bewegte sich nicht. Sie war zugefroren. Erst als mir Ohme zu Hilfe kam, ließ sie sich öffnen.

Ich füllte den Eimer mit Asche. Die Schaufel musste noch Großvater neben der Grube abgelegt haben. Ich verteilte die Asche unter der Teppichklopfstange am Bleichplan und ließ auch den Weg zum Schuppen nicht aus. Im Nu war der Eimer leer und ich musste Nachschub holen. Zum Schluss war selbst der Trampelpfad zum Futterhäuschen mit einer dicken Schicht Asche bedeckt. Zufrieden betrachtete ich mein Werk und hielt nach Großmutter Ausschau.

Die Nachricht von Großvaters Tod musste sich wie ein Lauffeuer in der Straße verbreitet haben, denn Ohme wurde von Bekannten und Nachbarn umringt. Zwei ältere Herren schüttelten ihr so lange und heftig die Hand, dass ich befürchtete, Ohme würde wieder ihr Reißen im Arm bekommen. Die Verkäuferin aus dem Konsum und die Fleischersfrau umarmten sie lange. Die Fleischersfrau schnäuzte sich später die Nase. Ich ließ meine Blicke zu unserem Dachfenster wandern. Ich stellte mir vor, dass Großvater auf unsere Straße herunterschaute und über den Unverstand seiner Nachbarn lachte.

»Ohme?« Ich lief auf sie zu, doch die Postfrau war schneller.

»Mein Beileid«, rief sie. »Ich kann es nicht glauben.«

»Ich auch nicht.« Ohme stellte die Schaufel ab, um die Zeitung und ein paar Briefe in Empfang zu nehmen.

Ich kniff meine Augen zusammen. Einer der Briefe hatte einen blau-weiß-roten Rand. Ein Luftpostbrief! Ich atmete schneller. Luftpostbriefe stammten von meinem Vater.

»Wir haben es ihm noch nicht gesagt, Ohme.« Ich zerrte an ihrem Arm. »Wir müssen …«

Doch ehe Großmutter antworten konnte, war ein kleiner, rundlicher Herr an sie herangetreten. Er wischte sich über den Schnauzbart und tätschelte Ohmes Hand. »Ein schwerer Verlust«, sagte er. »Für uns alle. Du lieber Gott, Hanna Jo, ich kann es nicht glauben.«

»Das Herz«, entgegnete Ohme. »Seit ein paar Wochen hat er über Schmerzen in seiner Brust geklagt.« Großmutter verbarg ihre Hände in den Manteltaschen. »Ich bat ihn, zum Arzt zu gehen. Doch davon hat er nichts wissen wollen. Ein störrischer Esel, wie immer. ›Unkraut vergeht nicht‹, hat er gesagt.« Großmutter weinte.

Der rundliche Herr tätschelte ihr den Rücken. »Die Zunft der Weißkittel hat er tunlichst gemieden. Doch warum ausgerechnet Anselm? Er hat keinen ›ungesunden Usancen‹ gefrönt.«

Ich schaute zu Ohme. Großmutter schien es auch nicht zu wissen. Abwesend drehte und wendete sie den Briefumschlag mit der weiß-blau-roten Umrandung.

»Ja«, sagte sie. »Nein …«

Der Herr lüftete seinen Hut. Jetzt erkannte ich ihn. Es war der Chorleiter aus dem Gesangsverein.

»Selbstredend werden wir zur Beerdigung singen.«

»Selbstredend«, sagte Großmutter zerstreut.

»Das Lied vom Feierabend«, schlug der Herr vor, stellte den Kragen hoch und wandte sich dann zum Gehen. Seine

Schuhe stempelten rostrote Abdrücke in den Schnee. Aschereste.
»Die Asche liegt ja daumendick. Das wird ein Schmierakel, wenn's taut«, stellte Großmutter fest.
Gekränkt schaute ich auf. Und erschrak. Meine Handschuhe waren voller Ascheflecken. Die Handschuhe hatte Ohme für mich gestrickt. Weiß-blaue Fausthandschuhe mit einer weiß-blauen Bommel.
»Komm jetzt«, rief Großmutter.
Ich sah mich um, versteckte die schmutzigen Handschuhe, die jetzt so blau-weiß-rot wie Vaters Lufpostbrief-Ränder waren, unter den Himbeersträuchern und lief ins Haus.

Die Himbeersträucher meiner Großeltern bildeten selbst in der Winterzeit eine dichte, undurchdringliche Hecke. Im Frühling bauten die Vögel hier ihre Nester, im Sommer konnte man reichlich Beeren pflücken. Für Marmelade und Kuchen und ›mundräuberisch‹, wie Großvater sagte. Die Blätter nutzte Ohme für Tee. Die Himbeeren waren so gelb wie das Fell meines Teddybären. Die Sorte hieß »Goldmarie«. Das hatte mir Großvater Anselm erzählt. Die Beeren verströmten einen besonderen Duft und schmeckten nach Sonne und waren so süß wie Honig. Das sagten Ohme und Ohpa. Am besten schmeckten die Beeren vom Strauch. Ich erinnerte mich. Ich stand an der Himbeerhecke. Beere um Beere wanderte in meinen Mund. Ohme ermahnte mich, keine ungewaschenen Früchte zu essen. »Man kann dadurch Würmer bekommen«, sagte sie streng.
»Auch Tausendfüßler?«, fragte ich besorgt. Die Vorstel-

lung, dass ein Tausendfüßler in meinem Bauch herumspazierte, behagte mir wenig. Auch wenn ich die Tierchen, deren länglicher Körper durch viele Füße weiterbewegt wurde, possierlich fand. Wenn man sie antippte, rollten sie sich zu einer Spirale zusammen. Tausendfüßler konnte man unter den großen Steinen, zwischen Ameiseneiern, Asseln und Nacktschnecken finden. Ich wusste das, weil ich im Sommer, an heißen Tagen, bisweilen die schweren Grenzsteine auf den Beeten umwälzte. Ein mühseliges Unterfangen. Das Unterfangen geschah aus ganz besonderem Grund: Ich hoffte, unter den Steinen die Flügel der Elfen zu finden. Großvater hatte mir von den Elfen erzählt.

»Es sind Zauberwesen. Sie erwachen erst, wenn der Mond scheint. Dann nehmen sie ihre Flügel und tanzen über die Wiesen. Doch wenn es hell wird, beim ersten Hahnenschrei, verschwinden sie in ihren Baumhöhlen. Dann schlafen sie. Die Flügel legen sie unter die großen Steine oder in alte Astlöcher, um sie den Heuschrecken oder Libellen zu borgen. Erst in der nächsten Nacht kommen die Elfen wieder. Und tanzen.« Großvater hatte mir zugeblinzelt. »Am liebsten mögen sie Foxtrott und Walzer«, flüsterte er.

Ich seufzte selig. Großvater kannte so viele Geschichten.

»Wie machen sie das mit den Flügeln? Schnallen sie sich ihre Flügel an wie du deine Hand?«

Versonnen fuhr Großvater mit seiner Linken über den Armstumpf. Im Sommer, wenn es sehr heiß war, schmerzte die Stelle und Großvater ließ seinem rechten Arm »freien Lauf«, wie er sagte. Er war sehr geschickt darin, mit der gesunden Hand die Schösslinge von Vogelmiere, Gänsefuß, Giersch oder Hirtentäschel aus den Beeten zu ziehen oder die überschüssigen Triebe der jungen Tomatenpflanzen zu entfernen.

»Die Flügel der Elfen sind zart und zerbrechlich. Die lassen sich nicht mit dem Gurt anschnallen. Die Elfen benutzen das Blut der Bäume. Ein winziger Tropfen genügt«, erklärte er mir. Er nahm meine Hand. Gemeinsam gingen wir zu einem der Apfelbäume.

»Die Menschen nennen es Harz.« Großvater deutete auf eine klebrige, goldene Strähne am Stamm des Baumes. Ich tippte sie mit dem Finger an. »Das Blut der Bäume haftet so fest wie das Gold bei der Goldmarie«, sagte er.

Bewundernd sah ich ihn an. Ich war überzeugt, den klügsten Großvater auf der ganzen Welt zu besitzen. Die Elfenflügel entdeckte ich allerdings nie, auch wenn ich die alte Lupe aus Ohmes Nähkorb zu Hilfe nahm, um damit die Astlöcher unserer Bäume zu inspizieren und sämtliche Grenzsteine umzuwälzen.

Im Wohnzimmer schlug mir wohlige Wärme entgegen. Ohme hatte Briketts nachgelegt. Sie saß im Lehnstuhl und schaute gedankenvoll vor sich hin.

»Es waren recht umgängliche Leute, die zwei Herren in Schwarz. Ich würde jedoch einen Schluckauf bekommen, hätte ich jeden Tag mit ihnen zu tun.« Ihre Perlmuttbrosche am Blusenrevers blinkte im Lampenlicht. »Zu viel Tod«, seufzte sie.

»Ich auch. Ich würde auch Schluckauf kriegen«, erklärte ich eifrig und hickste so laut, dass Ohme mich tadelnd ansah.

»Allzu keck liegt bald im Dreck«, drohte sie.

»Was ist keck?«, fragte ich gähnend. Die Winterluft hatte mich müde gemacht.

»Keck? Unhöflich und naseweis.« Großmutter langte nach ihrem Glas und schenkte sich den Rest aus der Schnapsflasche ein. Sie stellte das leere Glas auf dem Tisch ab.

»Zwei Leichenträger, die reichlich beschwipst unser Haus verlassen. Ich habe das Ellbogen-Getränk unterschätzt.«

»Sie haben davon rote Nasen gekriegt.«

»Ja«, sagte Ohme. »Das kann wohl sein.«

»Wirst du ihn draußen lassen?«, fragte ich nach einer Weile.

»Wen?«

»Großvaters Sarg.«

»Was sagst du da?« Ohme erhob sich hastig und lief in den Flur.

Ich lief ihr nach. Neben dem gusseisernen Schirmständer stand noch immer Großvaters Sarg. Großmutter stemmte die Hände in ihre Hüften. »Liegt es am Ellbogenschnaps? Oder ist er ein störrischer Heide.« Großmutter sah sich um. Sie nahm das wollene Umschlagtuch mit den Fransen und hängte es über den Spiegel der Flurgarderobe. Prüfend trat sie zurück und faltete ihre Hände. »In Gottes Namen. Dann bleibt der Sarg hier.« So verharrte sie einen Moment vor Großvaters Sarg. »Hol uns die Rommékarten«, sagte sie freundlich.

Die Rommékarten, Großvaters Schachbrett, ein Mensch-ärgere-Dich-nicht-Spiel, die zerdrückte blaue Pappschachtel mit den Mikadostäbchen, das Holzkästchen mit dem Schiebedeckel und Vaters alten Dominosteinen aus Ebenholz, ein unvollständiges Damespiel sowie eine Anzahl von Gedulds- und Legespielen bewahrten meine Großeltern im Rollladenschrank in der oberen Diele auf – dem Dielchen; einem schmalen Vorraum, von dem drei Türen abzweigten. Über das Dielchen gelangte man in das Schlafzimmer meiner Großeltern, ins Badezimmer mit der emaillierten Wanne aus Gusseisen, die so groß war, dass ich mich der Länge nach in ihr ausstrecken konnte, und in das Zimmer meines Vaters, das mit Koffern, Kleiderkästen, aufeinandergestapelten Bücherkisten, einer riesigen Truhe, einer Couch und mehreren Wäschekörben vollgestopft war. Gegenüber dem Schlafzimmer meiner Großeltern gab es einen Verschlag aus Holz. Von hier gelangte man durch eine kleine, niedrige Tür auf den Dachboden. Die Dachbodentür besaß keine Klinke. Man musste sich nur mit der Schulter dagegenlehnen, schon sprang sie auf.

Ich legte die Rommékarten beiseite, drückte die Bodentür auf und tastete mich Stufe um Stufe die Holztreppe hinauf.

»Großvater? Ich bringe dir deine Sonntagshand.« Von Ohme unbemerkt, hatte ich Großvaters Sonntagshand unter meinen Arm geklemmt. Ich nahm sie und legte sie auf die oberste Treppenstufe. Hier würde sie Großvater Anselm ganz bestimmt nicht übersehen.

V.

Onkel Hubert

Die Einladung zum 100-jährigen Firmenjubiläum des Klottner'schen Unternehmens trifft am Johannistag des Jahres 1920 ein. Im Umschlag steckt eine Karte mit Goldschnitt. Franz Friedrich Deenel nestelt an seiner Sprungdeckeluhr, die Uhrenkette der Savonette hat sich an einem der Westenknöpfe verhakt. Schnell überfliegt er die Zeilen. Dann zieht er sie auf, seine Uhr. Das tut er sehr langsam und fährt zusammen, als die Fabriksirene ertönt. In seinem Geschäftskontor ist ihr auf- und abschwellendes Heulen selbst bei geschlossenem Fenster zu hören. 12 Uhr mittags.

»100 Jahre. Das wird gebührend gefeiert«, hat Hubert Klottner bei seinem Besuch vor zwei Wochen verkündet und lauschend den Kopf gereckt. »Die Mittagssirene!« Er musste seine begonnene Rede kurz unterbrechen, um nur noch lauter in die anschließend eingetretene Stille fortzufahren: »Gegründet vor 100 Jahren, exactement am …« Er hat die Brauen hochgezogen, als müsse er überlegen, doch Franz Friedrich Deenel weiß nur zu gut, dass Hubert Klottner das Datum genauso geläufig ist wie die Kunstseidenpreise der Konkurrenz, die Garnstärke von Viskose- und

Kupferseide oder die eigenen Jahreserlöse in Reichsmark pro Kilogramm.«... am 31. Juli des Jahres 1820. Die Gründungsschrift meines Urgroßvaters liest sich durchaus interessant. Ganze 450 Reichstaler musste er für den Kauf seiner Zwirnerei berappen.« Huberts Augen haben einen seidigen Glanz bekommen. »Gebleicht, gefärbt und gezwirnt. Die 450 hat er gut angelegt, der alte Herr. Den Stammbetrieb ausgebaut. Die Leistung erhöht. Nur wer wächst, überlebt! Ich habe heute Tausende Spindeln laufen. Selbstredend werdet ihr meine Gäste sein. Ehrengäste! Du und die Deinen.«

Franz Friedrich Deenel legt das Kuvert beiseite. Ganz ohne Zweifel: Sein Schwager Hubert, Textilproduzent und sächsischer Großunternehmer, ist ein erfolgreicher Mann. »Ein Kunstseidentyp mit karrierebeflissener Eleganz«, sagt Frau Ida. »Das sollten wir nie vergessen. So einer kann geschickt taktieren. Außerdem hat er viel Einfluss, ganz ausgezeichnete Verbindungen ... und Geld.«

Seit 30 Jahren ist Hubert Klottner Agnes' Ehemann. Wegen seines Geldes? Doch Hubert Klottner junior ist nicht nur reich. »Ein stattliches Mannsbild mit ordentlich Schneid«, hat die Schwester dem Bruder damals erklärt. Damals, als sie noch keine 20 war. Franz Friedrich Deenel muss es sich eingestehen: Schwager Hubert ist noch heute ein Mann mit ordentlich Schneid. Kein Gardemaß, doch unerwartet beweglich, mit raschen Gesten und schnellen Worten. Den Schnauzer trägt er gezwirbelt. Nur dass des Schwagers Hang zu Hochprozentigem mittlerweile Wangenpartie und Nase deutlich gerötet hat. Das pfenniggroße rote Mal an seiner Schläfe hingegen ist mit der Zeit verblasst. Derartige Hautauffälligkeiten vererben sich gewöhnlich nicht. So kann es nur einer äußerst seltenen, unerklärlichen Laune der Natur zu verdanken gewesen sein, dass ebenjenes Mal für Agnes zum Beweis eines Seitensprungs mit gewissen Folgen geworden ist.

Fabrikant Deenel blickt vor sich hin. Fast wäre es seinerzeit zum Skandal gekommen. Seine Schwester düpiert. Zur Freude der Konkurrenz, Huberts Dienerschaft, seiner Freunde und Nachbarn. Die Ehe von Hubert und Agnes ist kinderlos geblieben. Fabrikant Deenel holt tief Luft, gut möglich, dass auch Huberts illegitimer Sohn – sein Mündel, wie er betont – eine Karte mit Goldschnitt erhalten hat.

»Gebleicht, gefärbt und gezwirnt«, Hubert hat weit ausgeholt. Selbstgefällig sprach er von den Gründerjahren der Klottner'schen Kammgarnwerke. Von Baumwollgarnen und Bändern aus Schmalgewebe, von Zellulose, französischen Spinnmaschinen und einem stetig wachsenden Markt für Kunstfaserseiden. Die Männer erhoben ihr Glas. Und irgendwann landete man bei Torseletts und Korsagen, pries Unterröcke aus dünner Charmeuse und gewagte Mieder aus Spitze. Damenwäsche, die keineswegs nur zum Tragen gedacht war.

Als Agnes erschien, lenkte Hubert die Unterhaltung auf Herrenkrawatten. Agnes sah den Gatten voll Spott an. »Die Tür war nur angelehnt. Außerdem ist es bei Gott kein Geheimnis, dass unsere neuesten Lingeriekreationen sehr profitabel sind.«

»À votre santé!« Fabrikant Deenel schenkte der Schwester vom Belle Meunière ein.

»Auf unsere Väter ...« Hubert kam auf den beachtlichen Pioniergeist der Seinen. Er brannte sich eine Zigarre an und nickte erleichtert, als seine Ehefrau sich erhob. Agnes Klottner war der Zigarrenqualm stets zuwider.

»Mein Urgroßvater musste noch darben. Die beiden Zwirnmaschinen warfen nur spärlich Gewinn ab. Sein ältester Sohn expandierte bereits. Und was meinen Vater betraf ... er fand es bedenklich, von einer Raupenlarve und ihrer Fresslust abhängig zu sein. Die Produktion von Naturseide hat ihre Tücken. Wir haben uns frühzeitig nach einem geeigneten Substitut umgesehen.« Mehr und mehr hat sich Hubert in Rage geredet.

»Visionen, mein lieber Deenel! Das Klottner'sche Unternehmen würde heute nicht so erfolgreich sein, wenn meine Vorfahren dem Risiko ausgewichen wären.«

»Den Urvätern die Not, den Erben das Brot.«

»Wohl wahr, wohl wahr. Das ›Brot‹ allerdings ist von meiner seligen Mutter gekommen. Sie hat, wie du weißt, eine erkleckliche Geldsumme mit in die Ehe gebracht.« Klottner kämpfte mit einem Hüsteln. »Daran gemessen könnte man Agnes' Mitgift beinahe ... spärlich nennen.«

»Das ist deine Sicht. Während der Depression schmolz das Geld deiner Mutter dahin. Wie Neuschnee im Lenz. Agnes' Pachtzins jedoch ... Du hast profitiert. Das ihr überschriebene Anwesen im Oberfränkischen hat sich als gute Rendite erwiesen«, erwiderte Deenel.

»Schon gut. Du hast eine Glanzburg und ich eine Hugenottin mit Stammbaum aus dem Wasser gefischt.« In Huberts fröhlichem Ton schwang etwas Fremdes mit. Er lachte. Und Fabrikant Deenel schwieg. In seinen Augen lag eine dunkle Ruhe.

»Da ist noch etwas, was ich dir mitteilen wollte.« Umständlich hat Hubert seine Zigarre an der nackten Amazonenbrust des Aschenbechers abgestreift. Der Amazonen-Aschenbecher war ein Präsent von Cäcilie, eine bronzene Mehrdeutigkeit. Tante Cäcilies Präsente sind so wie sie selbst: bizarr und verblüffend. »Ich werde die Herstellung von Viskosegarn wieder aufnehmen. Die Papiergarnproduktion ist für mich passé.«

»Wie das?«

»Der Krieg ist vorbei, mein lieber Deenel. Und Zellwolle nur ein Ersatz, ein minderwertiges Substitut. Uns werden die Rohstoffe für Viskose bald wieder zur Verfügung stehen. Engpässe beim Import sind bald Geschichte.«

»Noch kürzlich bist du einer der eifrigsten Verfechter von Zellwolle gewesen. ›Papiergarn statt Kunstseide!‹ Deine Worte.«

»Ich bestreite es nicht. Papiergarn für Heereszwecke! 40 Tonnen pro Tag. Das Königlich-Preußische Ingenieur-Komitee benötigte Garn für seine Kartuschenbeutel.«

»Möglicherweise war es kein glücklicher Schachzug, in großem Stil auf Heeresaufträge zu setzen. Wir sprachen drüber. Du erinnerst dich?«

Hubert ist aufgesprungen. »Durchaus, mein Lieber. Durchaus! Mein Gedächtnis ist ausgezeichnet. Ich erinnere mich allerdings, dass auch du vom Heer profitiertest. Tressen und Epauletten. Du erinnerst dich *ebenfalls*?« Den letzten Satz beendete der Schwager mit einem gefährlichen Zischen.

»Es schien das Risiko wert zu sein. Apropos ... meine 10.000?«

»Gut und sicher angelegt. Du wirst mir zustimmen, dass es sehr sträflich wäre, Gut und Gold mit offenen Händen an die Franzosen zu zahlen. Es gibt da so einige Möglichkeiten.« Hubert hielt inne, er hatte nicht vor, Deenel in all seine Transaktionen einzuweihen. Er tippte auf die Brust der bronzenen Amazone. »Wie dem auch sei. Die Wiederaufnahme der Kunstseidenproduktion wird sich bewähren. Das Volk lechzt danach. Außerdem denke ich über Reißwolle aus Uniformen nach. Die feldgrauen Mäntel, Blusen und Beinkleider unseres deutschen Heers ...« Hubert hat verächtlich geschnaubt. »Mit Verlaub, ich fand sie nie wirklich chic, nicht wirklich achtungsgebietend. Deine Tressen und Epauletten ... geschenkt! In einer solchen Uniform kann man nicht siegen.«

Hubert Klottners Gesicht war jetzt dunkelrot, röter als sonst. Und Fabrikant Deenel war auf der Hut. Der abschätzige, frivole Ton passte nicht zu einem Mann, der im Krieg mit Heeresaufträgen ein Vermögen gemacht hatte.

»Was willst du? Ich ›diene‹ auch jetzt meinem Vaterland. Die Nachkriegsgesellschaft benötigt neue Textilprodukte.«

»Gewiss.«

»Ich werde die meisten meiner Verfahrensschritte patentieren lassen ...«

»Die Konkurrenz wird das ebenfalls tun.«

»Du sprichst von der Glanzfäden-AG? Kommerzienrat Frühwein ist kürzlich verstorben. Und was seine beiden Söhne betrifft ...« Hubert hat eine winzige Pause gemacht und dann abgewunken. »Zu grün, mein Lieber.«

»Ich bin mir nicht sicher.«

»Du solltest mit mir kooperieren. Die Glanzfäden-AG ist abgehängt.«

»Meine Geschäfte sind derzeit ... Nun ja, sie stagnieren ein wenig.«

»Ich habe es immer gesagt. Du kannst auf mich zählen. Wir müssen zusammenhalten.«

In Deenels Augen hat es aufgeglommen. »Wenn du es sagst, Hubert.«

Fabrikant Deenel lehnt sich zurück. Die Mittagssirene ist längst verstummt. Hubert Klottner, denkt er. Von jeher war das Verhältnis zum Schwager ein tastendes Abstandhalten. Es gab auch Zeiten, in denen der Abstand der Männer zur unüberwindbaren Kluft wurde. Die Wahl seiner älteren Schwester, sie wurde ihr zum Verhängnis. Agnes. Ein lebhaftes Kind mit üppiger Haarpracht, mit rotblonden Korkenzieherlocken. Den vier Jahre Jüngeren verleitete die Schwester zu mancher boshaften Wette. »Wollen wir wetten? Zwei Sammelbilder, dass ich dem Eier-Freilein ein Bein stellen werde!« Agnes gewann. Und er war um zwei seiner Sammelbilder ärmer. Das Eierfräulein war noch ärmer dran. Tagelang humpelte es wie der lahmende Gaul des Wiesenmüllers. Agnes wurde die Kuchenteigschüssel verboten. Eine empfindliche Strafe. Mit Vorliebe leckte die Schwester die Teigreste aus der Schüssel. Agnes' kleine, spitze Zunge, rosig und flink wie die einer Katze. Den Lockenkopf tief in die Schüssel getaucht, sah man weder Auge noch Ohr von der Schwester. Dass ihre Haare anschließend stundenlang ausgekämmt werden mussten, nahm sie in Kauf. Auch wenn es »graaslich ziepen tat«, wie sie dem Bruder verriet.

Fabrikant Deenels Antlitz verdüstert sich. Agnes' allseits bewunderte Lockenpracht: Sie sollte ihr Schicksal werden. Jener tragische Unfall mit dem Automobil bei Besançon. Fabrikant Deenel, gewöhnlich ein besonnener Mann, hat den

Schwager angeschrien. »Herrgott, Hubert! Reichte es nicht, einen Bankert zu zeugen? Deine verdammte Leichtfertigkeit hat meine Schwester vollends ins Unglück gestürzt.«

»Bist du dir sicher, wer wen ins Unglück stürzte?« Huberts trockene Frage ließ ihn für den Moment eines ratlosen Räusperns stocken. Dann jedoch stürzte er voll Zorn und türenknallend davon.

Fabrikant Deenel betrachtet den Aktenkonvolut, der sich auf seinem Schreibtisch häuft: Geschäftsbriefe, Kalkulationen, Rechnungsabschriften, Mahnschreiben, Mustervorlagen neuer Posamentierentwürfe. Sie werden von Fotografien seiner Familie umrahmt. Es ist ein Trophäenreigen: die Gattin, zwei Söhne, vier Töchter, die Töchtermänner, die Ehefrauen der Söhne, zwei Enkelkinder. Es würden noch mehr werden. Franz Friedrich Deenels Familie wächst und gedeiht. Agnes' Unfruchtbarkeit muss für einen Mann wie Hubert Klottner nur schwer zu ertragen gewesen sein. Und für die Schwester ebenfalls.

»Vier Kinder«, hat die Jungvermählte dem Bruder damals mit unverrückbarer Überzeugung verkündet. »Ich werde vier Kinder haben. Mindestens! Zwei Jungen, zwei Mädchen. Und alle so stattlich wie …« Agnes' verlangende Blicke sind zu Hubert gewandert. Sie ist sich so sicher gewesen, so selbstbewusst. Die Monate vergingen und wurden zu Jahren. Agnes Klottner konsultierte eine Reihe angesehener Ärzte. Die Ärzte rieten zu Moorbädern, Kefirmilch und Vibrationsmassagen. Ohne Erfolg. Auch jährliche Kuraufenthalte in den angesehensten Sanatorien des Landes, die kostspielige Therapie beim Magnetiseur in Wien waren vergebens. Agnes wurde nicht schwanger. Das neue, blutjunge Stubenmädchen brauchte keine Kuren und Therapien. Zu Agnes' 30. Geburtstag kam es mit einem gesunden Jungen nieder; eine Sturzgeburt. Kein Mensch im Klottner'schen Haus hatte von dieser Schwangerschaft gewusst. Man gab der Hausherrin Bescheid. Die eilte in die Kammer der Wöchnerin. Die üppige 19-Jährige ist errötet und Agnes erbleicht, als sie das Neugeborene betrachtete. An der Schläfe des Kindes prangte ein pfenniggroßes, rotes Mal. Huberts Sohn! Die Erkenntnis durchfuhr Agnes Klottner wie ein Blitz.

Deenel erinnert sich. Er wollte die Schwester anrufen und gratulieren. Ihr 30. Geburtstag. Doch Agnes kam ihm zuvor: »Ich bin im Hotel. Eins unserer Mädchen, ein dralles, naives Ding, ist heute Morgen von einem kräftigen Knaben entbunden worden. Hubert wird die Verantwortung für das Kind übernehmen. Ich glaube, das Geburtsdatum seines ... Sohnes lässt sich gut merken.«

»Willst du behaupten, dass dein Ehemann ...«

»Er hat mir gestanden, dass er der Kindsvater ist.«

»Du wirst ihn verlassen?«

»Keineswegs.«

»Er hat dich betrogen!«

»Unsere Ehe war längst keine mehr.«

»Was heißt das? Wo bist du?«

»Ich sagte bereits, im Hotel. Nur für ein paar Tage. Ich habe beschlossen, auf Reisen zu gehen. Du kannst Hubert ausrichten, dass er ab sofort das Doppelte meines Nadelgeldes an mich zu zahlen hat. Außerdem will ich den Vauxhall. Und seinen Chauffeur.«

»Bist du von Sinnen?«

»Er kann auch gern selbst chauffieren«, lautete die kühle Antwort der Schwester. Dann legte sie auf.

Und Fabrikant Deenel setzte sich wohl oder übel, im Namen der Schwester, mit seinem Schwager in Verbindung. Was Hubert Klottner betraf, so überlegte dieser nur kurz. Er war ganz und gar nicht gewillt, der außerehelichen Affäre ein Ehedrama folgen zu lassen. Auch er fand es ratsam, dem eigenen Heim für eine Weile den Rücken zu kehren. Agnes' Vorschlag, sie zu begleiten, kam ihm nicht ungelegen. Klottner regelte das, was in solchen Fällen zu regeln war. Das Stubenmädchen erhielt eine Summe Geld, deren Höhe es mehrmals knicksen ließ. Es knickste erneut, als ihm der gnädige Herr versprach, zu gegebener Zeit für die standesgemäße Ausbildung des Sohnes zu sorgen. Anschließend führte Klottner mit seinem Bürovorsteher ein langes Gespräch, wies Agnes die von ihr geforderte Nadelgeldsumme an und ließ den Vauxhall vorfahren. »Die gnädige Frau und ich werden auf Reisen gehen«, teilte er der Wirtschafterin, einer mürrischen 40-Jährigen, mit.

Die nickte verstehend und kniff ein Auge zusammen. »Sehr wohl, Herr Klottner.«

Am nächsten Tag harrte Hubert Klottner im Vauxhall vor dem Hotel seiner Ehefrau aus. In Begleitung des Bruders tauchte Agnes nach zweieinhalb Stunden auf. »Pardon, ich habe dich warten lassen«, sagte sie zu ihrem Gatten, und an den Bruder gewandt: »Wir werden uns amüsieren, in ... Besançon.«

»Ich hoffe es sehr«, raunte Franz Friedrich Deenel ins Ohr seiner Schwester und schaute, nach kurzer Umarmung, den beiden Davonfahrenden lange nach. Er weiß es noch gut: Da ist ein gewisses Unbehagen gewesen, das in ihm rumorte. Ob Agnes wusste, dass die französische Stadt Besançon für ihre Textilindustrie bekannt war? Ob sie wusste, dass in Besançon ein gewisser Monsieur Chardonnet wohnte? Hubert wusste es sicher. Auch Fabrikant Deenel hatte von Hilaire de Chardonnet und seinem Verfahren, Kunstseidefasern aus Cellulosenitrat zu gewinnen, gehört. Ein Durchbruch bei der Suche nach einem geeigneten Substitut für Naturseide.

Der Vauxhall bog um die Ecke. »Besançon also.« Deenel fröstelte. Hubert Klottner war keiner, der eine Chance, wenn sie sich bot, nicht auch ergriff.

Über der Reise nach Besançon schwebte kein guter Stern. Es hatte geregnet und Hubert schien von der endlosen Autofahrt übermüdet gewesen zu sein. Das Unglück geschah kurz vor Besançon. Der Vauxhall kam von der regennassen Fahrbahn ab. Hubert musste die Kurve übersehen haben. Der Wagen überschlug sich. Und dann, in der Dunkelheit, begann Agnes zu schreien. Lange und grauenvoll. Ihre Haarflechten hatten sich im Grill des Kühlers verfangen und ihr die Kopfhaut abgerissen.

Bisweilen schafft es das Schicksal, ein schlimmes Geschehen mit Glück zu vereinen. Franz Friedrich Deenel legt Huberts Karte zur Seite. Die rasche Einführung des Chardonnet-Verfahrens im Klottner'schen Unternehmen ist eine erquickliche Folge des schrecklichen Unfalls gewesen. Die Ärzte in Besançon konnten die Kopfhaut von Agnes Klottner wieder annähen. Und Hubert Klottner entpuppte sich in dieser Zeit als überaus fürsorglicher Gatte. Als solcher blieb er während der mehrwöchigen Genesungszeit bei seiner Ehefrau in Besançon.

»Das hätte jeder getan, mein lieber Deenel. Da saß ich nun in Besançon und habe meiner Frau die feinsten Tituskopf-Perücken aus New York und Paris kommen lassen. Und mir ein Treffen mit Chardonnet gegönnt. So hatten wir beide etwas davon. Agnes und ich. Monsieur de Chardonnet später auch. Wir waren uns gleich sympathisch. Ein großer Glücksfall, das.«

Des Schwagers Talent, aus jeder unerfreulichen Sache einen erfreulichen Nutzen zu ziehen, hat Franz Friedrich Deenel, wenn auch mit Widerwillen, bewundern müssen. Ein halbes Jahr später trat der französische Chemiker Hilaire de Chardonnet den Posten des Chefkonstrukteurs im Klottner'schen Unternehmen an. Und Agnes besaß ein Dutzend der besten Perücken, die es zu jener Zeit in Europa und Übersee gab.

Das Chardonnet-Verfahren brachte Hubert Klottner nur für kurze Zeit Glück. Chardonnets Cellulosenitrat entpuppte sich als ein Rohstoff, der leicht entflammbar schien. Als eine seiner Werkhallen abbrannte und dabei drei Arbeiter ums Leben kamen, entließ Hubert Klottner seinen Chefkonstrukteur. Der Umsatz brach ein. Chardonnetseide wurde als Teufelszeug verschrien. »Der Franzose war mir schon immer suspekt. Ein Comte und Chemiker! In Besançon hat Hubert fast jeden Abend mit ihm im Casino gespeist.« Agnes behauptet bis heute, dass es ihr Fluch gewesen sei.

Franz Friedrich Deenel rückt das Sepiaporträt seiner Schwester neben das seiner Ehefrau Ida. *Ein Kunstsei-*

dentyp! Innerhalb weniger Wochen ist es dem Schwager damals gelungen, die Kunstseidenproduktion auf ein Verfahren umzustellen, das profitabler und sicherer war. Vier Jahre später ist dann der Ausbruch des Kriegs nicht nur für Fabrikant Deenel ein Segen gewesen. Die britische Seeblockade verschärfte den Rohstoffmangel im Land. Ersatzstoffe waren gefragt.

Fabrikant Deenel klappt die Goldsavonette zu. Mit Namensgravur und schwerer Uhrenkette. Er muss an Anselms wachsame Augen denken, als er auch ihm eine solche Uhr überreichte. Das war zum Weihnachtsfest des Jahres 1917. Vor drei Jahren. Damals profitierten sie noch vom Krieg. Klottner und er. Der Krieg ist verloren. Die Kriegsanleihen sind wertlos geworden. Hubert Klottner bekam von ihm 10.000 Mark. Gut angelegt, wie er ihm vor zwei Wochen versicherte. Deenel verspürt ein gewisses Unbehagen. »Karrierebeflissene Eleganz, oh ja.« Er lauscht dem Widerhall seiner Worte. Den allgegenwärtigen Optimismus des Schwagers kann er nicht unbedingt teilen.

Es klopft. Frau Ida steht in der Tür.

»Was ist?«

»Ein Telegramm«, sagt sie. »Hubert hat uns ein Telegramm geschickt.« Sie drückt das zerknitterte Papier in seine Hand. »Lies!«, bittet sie und liest gleich selbst: »Agnes im Krankenhaus. Herzanfall. Jubiläum abgesagt.«

Fabrikant Deenel tastet nach der Karte mit Goldschnitt. »Agnes«, sagt er.

Frau Ida ist eine pragmatische Frau. Sie hat nicht vor, sich übermäßig in Sentimentalitäten zu verlieren. »Agnes hat manchmal schon über ihr Herz geklagt. Ich werde mit dem Krankenhaus telefonieren.« An der Tür dreht sie sich nochmals um. »Die Absage wird Hubert nicht leichtgefallen sein.«

»Gewiss nicht.« Unruhig läuft Franz Friedrich Deenel im Raum umher. »Nein, ganz gewiss nicht«, wiederholt er und blättert zerstreut im Kopierbuch, prüft die Abschriften der abgesendeten Handelsbriefe.

Zu den geschäftlichen Widernissen gesellt sich nun seine Sorge um Agnes. Das Herz also. Ida wird mit dem Krankenhaus telefonieren. Und Hubert? Alles ist akribisch geplant gewesen.

»Am Morgen ein Ständchen der Waisenhauskinder, am Abend ein Fackelzug der Fabrikfeuerwehr.« Sogar von einer Gewinnbeteiligung der Belegschaft ist die Rede gewesen. »Die Beteiligung selbstverständlich in überschaubarer Höhe.« Hubert hat ihm gönnerisch auf die Schulter geklopft und den Mund dicht an sein Ohr gebracht. »Wir müssen Stärke und Aufschwung zeigen, mein lieber Deenel.«

Laufen Klottners Geschäfte so gut, wie er sagt? Die Glanzfäden-AG habe wieder an Boden gewonnen, heißt es.

Er lässt den Prokuristen zu sich rufen. »Sie werden nach Wuppertal fahren.«

Der Prokurist streicht sich über die Koteletten. Er weiß es durchaus: In Wuppertal hat die Glanzfäden-AG ihren Firmensitz. »Man sagt, dass die zwei Frühweinsöhne sehr tüchtig sind.«

»Ja.« Franz Friedrich Deenel nickt. »Deshalb müssen Sie hin.«

Er liest die Geschäftspost. Ein langjähriger Kunde aus Berlin fragt an, ob er ihm Damenstrümpfe liefern könne.

Ein größerer Posten. Diesmal wird Deenel keinen Rabatt einräumen. Er wird den Stückpreis erhöhen. Die Ware wird er ihm selbst überbringen. Wie immer, wenn es ein Auftrag aus der Reichshauptstadt ist.

Berlin. Es kommt vor, dass Franz Friedrich Deenel, aus geschäftlichen Gründen, wie er beteuert, nach Berlin fahren muss. Das Nachtleben dort ist verheißungsvoll. Frivole Revuen, verschwiegene Separees, Varieté-Theater, Jazzlokale und Tanzpaläste. Einer, den Deenel besonders mag, in einem Hinterhaus in der Auguststraße. Wie Pilze sind sie nach dem Krieg aus dem Boden geschossen. Ein Sündenbabel. Der kleine Ort an der böhmischen Grenze hingegen ist von harmloser Einfalt. Symmetrisch und unaufgeregt. Mit fahrigen Fingern brennt sich Fabrikant Deenel eine Zigarre an. Das tut er nur selten in diesem Raum. Er stößt eine Rauchwolke aus. Das Leben ist kurz. Er summt vor sich hin. Einen Gassenhauer. Wie immer wird er seine älteste Tochter bitten, ihn zu begleiten. Er weiß, dass Magdalena – wenn es darauf ankommt – diskret und verschwiegen ist.

ES SCHNEIT NOCH IMMER

Ohme mischte die Karten. Beim Spiel war sie nicht bei der Sache. Pik fünf ohne Lücke auf Pik acht. Der Joker blieb liegen. »Du kannst den Joker nehmen«, rief ich.

»Der Joker ...« Zusammenfahrend richtete sich Ohme auf. »Den habe ich vergessen.« Sie hielt eine Spielkarte hoch. »Richard«, murmelte sie.

»Vati?«

Großmutter bewegte die Lippen. »Ich muss es ihm mitteilen.«

»Gewonnen.« Ich legte die letzte Spielkarte ab. Es war die Herzdame.

»Revanche.« Ohmes Lächeln misslang. Mit sichtbarer Zerstreutheit mischte sie die Karten erneut. »Revanche«, das hatte Großvater Anselm immer gesagt, wenn er ein weiteres Spiel einfordern wollte oder mit seinem Sohn, meinem Vater, am Telefon diskutiert hatte. Großmutter verlor auch die zweite und dritte Rommérunde. Etwas, das selten vorkam.

»Ohme?« Ich legte die Rommékarten beiseite und schob meinen Stuhl zurück. Im Ofen knackte es leise und die Gardinenkordeln bewegten sich durch die emporsteigende Heißluft hin und her.

»Ida Amalia Magdalena«, begann ich und sah zu Ohme hinüber. »Carolina Michaela Johanna.«

Doch Großmutter schwieg.

»Das sind deine eigenen Namen, Ohme«, rief ich vorwurfsvoll und setzte die Aufzählung fort. Und überlegte fieberhaft. »Großvater und seine zwei Brüder! Haben die auch so viel Namen gehabt? Wir könnten sie ebenfalls aufsagen. Oder wir denken uns welche aus.«

»Lass gut sein, mein Kind.« Mit einer knappen Handbewegung gebot mir Ohme zu schweigen. Sie sah mich ernst an. Meine Augen füllten sich mit Tränen.

»Himbeerblätter-Tee?«, fragte mich Ohme. »Soll ich uns einen Himbeerblätter-Tee kochen?«

»Nein.« Trotzig schob ich die Lippen vor. »Wenn man zu viel davon trinkt, gibt's stumpfe Zähne!« Das waren nicht meine Worte.

Durch Ohmes Gestalt ging ein Ruck, sie warf einen Blick auf ihr Handgelenk. »Gleich kommt der Wetterbericht. Was meinst du, ob es morgen immer noch schneien wird?«, fragte sie mit erzwungener Lebhaftigkeit und erhob sich. Es knackte und rauschte. Ohme drehte am Rillenschalter des Radios. Mittelwelle. Langwelle. UKW. Der rote Strich bewegte sich auf der erleuchteten Skala hin und her. *Weitere Schneefälle nicht ausgeschlossen. Auch in den folgenden Tagen Behinderungen im Straßenverkehr.* Es kribbelte. Ich hatte meine Hand auf den stoffumspannten Lautsprecher unseres Stassfurt-Gerätes gelegt. *Erhaltung des Friedens ... Lübcke rührt Kriegstrommel ... Betriebe zeigen ihr Bestes ... Verhandlungen im Moskauer Kreml ...* Ich zog meine Hand zurück. Ohme hatte das Radio abgestellt.

»Wir müssen mit Moskau telefonieren.«

»Mit Vati?«

»Ja«, sagte Großmutter.

Meine Großeltern besaßen ein Telefon, ein schilfgrünes Modell mit schwarzer Wählscheibe und einem Klöppeldeckchen als Unterlage. Das Deckchen hatte Ohme bei einer erzgebirgischen Klöppelfrau anfertigen lassen. Ohme und Ohpa waren privilegiert, wie sie sagten. Privilegiert hieß bevorzugt. Im Osten des Landes musste man auf einen Telefonanschluss lange warten. Den Anschluss hatte ihnen mein Vater vermittelt. Ohme war stolz darauf. »Richards Beziehungen. Durch ihn sind wir auf die Dringlichkeitsliste gekommen«, hatte sie zu der alten Opitzen gesagt.

»Ach Gottchen. Dringliche Anrufe.« Die alte Opitzen war beeindruckt gewesen. »Vom Sohn aus Moskau. Jaja.«

»Wir müssen mit Moskau telefonieren.« Großmutters Donnerstagsworte. Bloß, dass heute Mittwoch war. Ich hörte sie oft. Mal freudig oder verheißungsvoll, mal ernst und drohend. Dann klangen die Worte kurz und bestimmt. Sie hatten denselben Tonfall wie jene merkwürdigen Verheißungen, die man von Erwachsenen manchmal zu hören bekam. »Das sag ich dem Weihnachtsmann« oder »Sonst gibt es ein Donnerwetter«.

Richard, mein Vater, lebte seit Jahren in Moskau. »Dienstlich. Er spricht fließend Russisch«, wie meine Großeltern denen erklärten, die danach fragten. Mehr sagten sie nicht. Der Entschluss des Sohnes, nach seinem Studium in Moskau zu arbeiten, war kein Thema, worüber sie viele Worte verloren.

Gewöhnlich rief mein Vater alle zwei Wochen an und meine Großeltern riefen alle zwei Wochen zurück. Großvater Anselm hatte den Hörer mit seiner Linken immer dicht an sein Ohr gehalten. »Donnerlittchen, die Russen«, hatte er gesagt und kurz aufgelacht. Doch meist war seine Miene ernst und verschlossen geblieben. Er war nicht gesprächig am Telefon. Auf seinen Wangen zeigten sich manchmal rote Flecken.

Ohmes Telefonate mit meinem Vater schienen weniger aufregend zu sein. Auf ihren Wangen hatten sich keine Flecken gezeigt. »Das wird dich interessieren«, sagte sie und berichtete, dass der Schäferhund der alten Opitzen gestorben war. Oder über meine Rollschuhkünste auf dem Asphaltfußweg vor dem Haus. Einmal war sie auf Ohpa zu sprechen gekommen. »Das Herz deines Vaters bereitet mir Sorge«, hatte Ohme gesagt und die Stimme gesenkt. »Doch zum Arzt will er nicht. Was das betrifft, ist er stur. Da kann man nichts machen … Nein, bitte, das weißt du sehr gut. Den Starrsinn hast du schließlich von ihm!« Da hatte sie mich entdeckt und rasch von Großvaters Auftritt mit dem Gesangsverein erzählt. Und lange ausgeholt. »Sie wollen demnächst einen Mitschnitt machen. Mit dem Tonband. Die alte Schellackplatte, die habe ich noch. Anselms Aufnahmen mit der Lautsprechmaschine.« Und dann hatte Ohme den Hörer in meine Hand gedrückt. »Vati!«

Ich mochte die Telefonate mit Vater nicht sonderlich. Er stellte mir Fragen. Ich antwortete. Doch manchmal schwieg ich und nagte an meinen Lippen. Und hielt den Hörer weit weg, bis der ausgestreckte Arm zu schmerzen begann und Ohme mir den Hörer aus der Hand nahm. »Die Verbindung ist schlecht«, rief sie und legte auf.

Die fremde, verzerrte Stimme – bei der es mir schwerfiel, mir vorzustellen, dass sie meinem Vater gehörte – verwirrte mich. Dagegen waren es immer Freudentage, wenn einer von Vaters Briefen in unserem Briefkasten steckte. Für mich waren die Karten bestimmt. Karten mit russischen

Märchenfiguren, die ich nicht kannte. Väterchen Frost und das Schneeflockenmädchen, Iwan der Tollpatsch auf seinem braunen Rösslein und eine Hexe, die Baba Jaga hieß. Das war eine ganz besondere Hexe. Keine hiesige. Denn die hausten nicht in einer Hütte, die sich auf einem Hühnerbein in alle Windrichtungen drehen konnte. Vaters Schrift ließ sich nur mühsam entziffern. Winzige Buchstaben, eng aneinandergereiht. Manchmal gebrauchte er ein russisches Wort, das er größer schrieb als die anderen. *Privjeti*, schrieb er. Das hieß »Grüße«. *Doswidanija*, stand ein anderes Mal in Druckbuchstaben auf der Karte.

»Doswidanija, dein Vati«, las ich und sog das fremde, russische Wort in mich auf. »Doswidanija«, grüßte ich die alte Opitzen von gegenüber. Oder ich rief es dem neunjährigen Nachbarsjungen zu.

»Du mit deinem Angeber-Russisch«, hatte der mit verdrießlichem Blick gesagt. Ich tänzelte stolz vor ihm her. Nicht jeder besaß einen Großvater, der fünf Hände hatte, und einen Vater, der russische Worte schrieb.

»Wir müssen mit Moskau telefonieren«, wiederholte Großmutter und strich über mein Haar. »Vermutlich wird die Verbindung so schlecht sein, dass man kein einziges Wort versteht.« Sie sah in den Garten hinaus. »Der Schnee legt das Land lahm.«

Sie ging in die Küche, nahm einen Topf und legte prüfend die flache Hand auf die Herdplatte, bevor sie sie anstellte. »Ich koche uns einen Himbeerblätter-Tee!« Es war keine Frage.

»Wenn man zu viel davon trinkt, gibt's stumpfe Zähne«,

hatte Großvater augenzwinkernd gesagt, wenn Ohme ihm seine Mistkäfertasse mit Tee statt wie erhofft mit Bohnenkaffee gefüllt hatte. Ohme hatte den Kopf geschüttelt. Sie schwor auf die heilende Wirkung der Himbeerblätter. »Für gute Durchblutung, bei Übelkeit, Blähungen, Schwermut und Kopfweh. Bei Unlust und Schlaflosigkeit«, hatte sie gesagt und Großvater Anselm streng angeschaut.

Im Frühsommer, nach der Himbeerernte, kam die Ernte der Himbeerblätter an die Reihe. Dann machte sich Ohme daran, die zarten Blattspitzen der Himbeersträucher abzuschneiden. Die breitete sie auf den Dielen des Dachbodens aus, sodass es hier oben bis weit in den Winter nach Himbeerblättern, nach Sommer und frisch geschnittenem Gras duftete.

Der Dachboden! Fast hätte ich Großvater Anselm vergessen. »Ich muss auf den Dachboden«, rief ich.

Großmutter setzte die Tasse ab. »Bald wird es dunkel«, sagte sie. »Auf dem Dachboden gibt es kein Licht.«

»Ich nehme die Nikolauslampe mit!«

Die blaue Stablampe hatte im Dezember in meinem Nikolausstiefel gesteckt. Großvater Anselm hatte die Nikolauslampe benutzt und mir die Anfänge des Morsens beigebracht. Geschickt hatte er mit seiner linken Hand das Glas des Lampentrichters bedeckt und wieder leuchten lassen. »Kurz, lang, kurz! Die Seelen der alten Fahrensleute auf See müssen gerettet werden«, hatte er ausgerufen, seine Backen aufgeblasen und ein gewaltiges Sturmgeheul ertönen lassen. »Hilfe, das Schiff sinkt!« Ich morste los und Großvater hatte gelächelt. »Ein Notruf, den jeder versteht. Auch heute noch«, hatte er gesagt.

Den Notruf, den jeder verstand, hatte ich so oft geübt, dass beide Batterien kurz vor Weihnachten aufgebraucht waren. Großmutter hatte verärgert dreingeschaut. Fürs Morsen war die Stablampe nicht gedacht gewesen. Für die Nikolauslampe hatte es einen anderen Grund gegeben.

Im letzten Jahr war in unserer Siedlung für mehrere Stunden der Strom ausgefallen. Ohme hatte sich während der Marmeladensuche im Keller den Kopf eingestoßen, und Großvater hatte statt des elektrischen Rasierers seinen Rasierpinsel nehmen müssen. Die Zeitung hatte am nächsten Tag von Sabotage geschrieben, von einem Anschlag des Klassenfeindes auf unseren Staat. »Also der Westen«, hatte Großvater Anselm geknurrt und seine Stirn war genauso zerknittert gewesen wie seine Zeitung. »Wer's glaubt. Ich nicht.«

Es hatte am hiesigen Umspannwerk gelegen, eine kleine Notiz in der Wochenendbeilage. »Ha!«, hatte Großvater Anselm gesagt. Mehr nicht.

Umspannwerk oder Sabotage, Großmutters Misstrauen war erwacht. Sie war in die Stadt gefahren und mit Streichhölzern, Taschenlampen, zwei Packungen Pyramidenkerzen und einem Dutzend Geburtstagskerzen zurückgekommen. Pro Person zwei Packungen für die Pyramide, mehr gebe es nicht, hatte sie Großvater mitgeteilt. Großvater Anselm war auch in die Stadt gefahren. So kam es, dass in der Weihnachtszeit in Ohmes Stubenbüfett vier Packungen Pyramidenkerzen lagerten und eine Taschenlampe in meinem Nikolausstiefel steckte.

Ohme war eine praktische Frau. »Das Praktische habe ich von meiner Mutter«, erklärte sie mir stets. Großmutters

Geschenke waren es auch: praktisch! Zu Weihnachten hatte auf meinem Gabentisch neben den neuen Skiern, dem Märchenbuch und der Bernsteinkette aus Moskau eine Holzhäkelnadel mit grüner und weißer Wolle gelegen. »Wie wäre es, wenn du daraus einen Topflappen machst? Grün-weiß. Passend zu meinen Gardinen.«

Großvater Anselm hatte Ohmes Pläne durchkreuzt. »Wir könnten die himmlischen Musikanten der Engelkapelle in ägyptische Mumien verwandeln«, hatte er vorgeschlagen und listig geblinzelt. »Die grün-weißen Flügel ... passend zur Wolle. Großvaters Vorschlag hatte mir besser gefallen. Wir hatten uns rasch ans Werk gemacht. Ohmes Grünhainicher Engelkapelle war gut bestückt. Engel mit Geige, Trompete, Schellen und Flöte, mit Triangel, einer Harfe und einem Kontrabass, dessen Farbe schon abgeblättert war. Es gab viel zu tun, die himmlischen Musikanten einzukleiden. Selbst Petrus erhielt einen grün-weißen Wollverband. Zuletzt hatte ich unter Großvaters Anleitung drei Pyramiden aus Pappe gebaut. Und mit der restlichen Wolle umwickelt.

»Du Ugelick.« Entgeistert hatte Ohme die Hände zusammengeschlagen. »Heidnische Pyramiden am Weihnachtsabend.«

Großvater hatte vergnügt vor sich hin gepfiffen. Am Weihnachtsabend war vieles erlaubt.

Ich betastete meinen Daumen. Die Brandblase schmerzte nicht mehr. Ich zupfte am Zwirnsfaden, dessen Enden noch immer wie bei einem losen Heftstich an meinem Finger hingen.

»Mit der Taschenlampe auf den Dachboden«, stellte Ohme fest und bewegte dann lauschend den Kopf. »Die

Schindeln«, flüsterte sie und legte ihre Hand flach auf die Brust, als wolle sie ihr pochendes Herz beruhigen. »Anselms Leichentuch hat sie verstummen lassen. Der Schnee ...«

Ich spitzte die Ohren. Von den Schindeln war nichts zu hören. »Nein«, rief ich trotzig. »Sie klappern! Es liegt kein Tuch auf dem Dach. Sie klappern ganz laut, Ohme!«

Großmutter blickte mich sinnend an. »Ach, Kind«, sagte sie.

Das Dach meiner Großeltern war mit Schieferplatten gedeckt. Eine graue glänzende Schuppenhaut, die sich bis an den Giebel unseres Hauses schmiegte. Das Klappern der Schindeln war ein vertrautes Geräusch, das wie die Himbeerhecken, Ohmes gestärkte Scheibengardinen, die Geißlein-Uhr und Großvater Anselms wacklige Gartenbank zum Haus meiner Großeltern gehörte. Ihr unablässiges Tak-Tak hatte mich so manches Mal vor dem Zubettgehen nochmals auf den Dachboden schleichen lassen. Die Schindeln hatten ihr Lied gesungen und ich hatte mich auf die harten Dielen gekauert und ihnen zugehört.

»Pass auf, dass du nicht kopfüber in unsrer Weihnachtskiste verschwindest wie Gotthelf, der unglückselige Junge«, sagte Ohme, als sie bemerkte, wie ich die blaue Stablampe aus der Schublade unseres Stubenbüfetts hervorkramte. Gotthelf! Ich schluckte. Eine schmerzliche Geschichte.

VI.

Eine Prothese und ein Millionenjunge

Der Krieg ist seit fünf Jahren zu Ende. Anselm sitzt am Schreibtisch und putzt seinen Kneifer. Das tut er mit beiden Händen. Seine rechte Hand, die das Brillenglas hält, kann er mit einer mechanischen Kopplung bewegen. Anselm hat es darin zu einer gewissen Geschicklichkeit gebracht. Er sollte dankbar sein. Es ist eine teure Prothese; eine Sauerbruch-Hand. Fabrikant Deenel hat sie bezahlt.

Hanna Jo ist es gewesen, die ihren Vater um Hilfe gebeten hat. »Du musst etwas tun. Anselm unterhält sich fast täglich mit einem Knochenstück. Und ich habe die Nesselsucht, obwohl ich keine einzige Blaubeere verspeist habe.«

Das seltsame Gebaren des Schwiegersohns und die rotfleckige Stirn der Tochter haben Franz Friedrich Deenel bewogen, mit einem Belle Meunière unterm Arm, Korpsfreund Süß einen Besuch abzustatten. Die Herren politisierten.

»Berlin bleibt ein Tollhaus, Süß.«

»Wenigstens hat er das Freikorps bemüht.«

»Wer?«

»Noske. Der hat hier bei uns einen Posten gehabt.« Doktor Süß besitzt ein hervorragendes Gedächtnis.

Fragend sah Deenel den Freund an.

»Chemnitz. Erst Stadtverordneter der Sozis, dann ...« Doktor Süß nahm einen kräftigen Schluck. Neben der Medizin interessierte er sich bisweilen für Politik, wobei seine Meinung ebenso schwankte, wie es sein alkoholischer Pegelstand tat.

»Dann wurde Noske Marinereferent der sozialdemokratischen Reichstagsfraktion.« Süß lässt seine Sätze nie unvollendet.

Fabrikant Deenel lächelte freudlos. Er mache sich Sorgen, gestand er dem Freund. Nein, dieses Mal würden sie nicht das Geschäft betreffen. Der Fabrikant goss sich ein zweites Mal ein.

»Hanna Jo«, begann er und seufzte. »Ich hatte gehofft, dass Anselms Heimkehr ihren Trübsinn beheben würde. Stattdessen leidet sie jetzt verstärkt an der Nesselsucht.«

»So glücklich war deines Schwiegersohns Heimkehr nun wiederum nicht«, warf der Doktor ein. »Man bedenke, dass eine Extremität seines Corpus im Kriege geblieben ist.«

»Die Hand, mein Lieber. Nur seine Hand. Bei Gott, du kannst auch ohne sie deinen ehelichen Pflichten genügen. Als ich mir vor drei Jahren den Arm gebrochen hatte, habe ich dennoch meine Gattin beglückt. Und außerdem gab's ... eine apfelwangige Kür in Berlin!« Genüsslich schnalzte er mit der Zunge. Der Alkohol hatte ihn redselig werden lassen. Betroffen schlug er sich auf den Mund. »Süß, ich bitte dich. Unwesentliche, wenn auch sehr reizende, Amouren. Auf keinen Fall sollte Ida damit behelligt werden.«

Der kahle Schädel des Doktors begann zu glänzen. »Anselm Krüger«, brummte er, die übrigen Bemerkungen des Freundes diskret übergehend.

Nachdenklich sah er Franz Friedrich Deenel an. Ein Mann mit gebrochenem Arm war das kleinere Übel. Doch eine fehlende Hand? Sie hatte aus Deenels Schwiegersohn einen Krüppel gemacht. Und Süß dachte keineswegs nur an gewisse zärtliche Stunden. Wie alle Kinder des Freundes kennt der Doktor auch dessen zweitälteste Tochter von Geburt an. Die kleine Johanna war ein ruhiges, rundgesichtiges Kind. Nur manchmal hat ein widerspenstiges Funkeln in ihren grauen Augen geglommen. Dann hat sie auf befehlende Weise das Kinn gereckt und, was es auch immer gewesen war, ihren Kopf durchgesetzt. Süß ist sich sicher: Die Heirat mit Anselm Krüger muss auf diese Weise ertrotzt worden sein.

»Ihr solltet Anselm zur Konsultation nach München schicken«, empfahl er dem Freund.

»München?« Deenel sah ratlos aus. »Von da kommt er her. Anselms Erfahrungen während seines Aufenthalts im Lazarett und bei den Marienschwestern sind, wie du weißt, nicht die besten gewesen.«

»Ein Doktor Sauerbruch praktiziert in München. Auf dem Gebiet der Prothetik eine Koryphäe, las ich. Sauer... bruch! Schlimm genug, wenn man Süß heißt ... Nichtsdestotrotz. Ein Sanitätsoffizier, dessen Name, angesichts Tausender Kriegskrüppel, in aller Munde ist.« Der Doktor sprang auf und kramte in einem Zeitungsstapel. »Überzeuge dich selbst!«

Fabrikant Deenel nahm seine Brille und las.

»Und?«, fragte Süß.

»Oh ja, er scheint recht erfolgreich zu sein«, erwiderte der Gefragte, leerte sein Glas in einem Zug und erhob sich.

Noch am selben Tag verfasste Hanna Jos Vater ein Schreiben an die chirurgische Unfallklinik in München. Mit höflichen Worten bat er darin Professor Doktor Ferdinand Sauerbruch um baldige Antwort.

Anselms Stolz, sein ganzer Gerechtigkeitssinn rebellierte, als er erfuhr, dass es dem Schwiegervater nur mithilfe einer stattlichen Summe gelungen war, einen Konsultationstermin bei Doktor Sauerbruch zu ergattern. Er werde nicht fahren, nicht unter diesen Umständen, sagte er und ein verbitterter Zug hatte sich in sein Gesicht gegraben. Erst als Hanna Jo sich anschickte, einen heiligen Eid zu schwören, dass sie andernfalls ihre Koffer packen und ihn verlassen würde, packte Anselm Krüger mürrisch und widerstrebend den seinen.

Ganze vier Wochen brachte Anselm in der Münchner Klinik bei Doktor Sauerbruch zu. Man präparierte Anselms Unterarm und versah seinen Armstumpf mit einem Stift aus Metall für die Führung künstlicher Fingergriffe. Eine langwierige, schmerzhafte Prozedur. Mit der neuen Prothese umzugehen, war für Anselm anfangs nicht leicht. Daheim, auf dem Bahnsteig, lief Hanna Jo ihm entgegen. Langsam, fast zögernd. Sie nahm die neue Prothesenhand in ihre gesunde und küsste sie scheu. »Deine neue Hand, Anselm.«

»Für die Mehrzahl der Kriegskrüppel unbezahlbar.« Anselms schnelle, heftige Antwort, der abweisende Glanz seiner Augen ließen Hanna Jo Krüger verstummen. Sie wandte sich ab und hielt nach einem Gepäckträger Ausschau.

»Gib ihm ein angemessenes Trinkgeld«, sagte Anselm und tätschelte ihren Rücken. So, wie der Vater immer. Doch seine Worte sind die von der Mutter gewesen. Und Hanna Jos Hände haben zu zittern begonnen.

Hanna Jo ist verzweifelt. Anselm hat sich verändert. In sich gekehrt und wortkarg, macht er sich samstags im Garten zu schaffen, pflanzt Ehrenpreis und Gloxinien in ihre Blumenkästen, begutachtet die neue Teppichklopfstange und schneidet die Sommer-Himbeeren zurück. Oder er legt, den Kopf auf die neue Prothese gestützt, mit der anderen Hand Patiencen. Ein Zeitvertreib, der zu Tante Cäcilie passt. Zu Anselm Krüger, dem engagierten Sozialdemokraten und Lehrer, nicht. Er hat die Leitung des Laientheaters und seine Mitarbeit im Reichsausschuss für das Unterrichtswesen gekündigt. »Glaub mir«, hat er zu Hanna Jo gesagt. »Von den Theaterpossen im Reichsausschuss und im Lyzeum hab ich genug.«

Ganz ohne Zweifel: Die neue Prothese sei ein Gewinn, versicherte Hanna Jo kürzlich am Telefon ihren Eltern. Anselm würde jetzt immer weniger fremde Hilfe brauchen. Sie senkte die Stimme. »Und dennoch ...«

»Er muss unter seinesgleichen!« Frau Ida erzählte der Tochter vom neu gegründeten »Heimatverein für künstliche Glieder«.

»Ha!« Anselm blätterte während des Telefonats in den Verordnungen über Pädagogische Begutachtungsrechte. »Der Vorschlag deiner Mutter ist reichlich abgeschmackt.«

»Du könntest ihre Idee in Erwägung ziehen. Du wärst unter ...« *Deinesgleichen*. Hanna Jo sprach nicht aus, was sie sagen wollte. »Mir zuliebe«, bat sie Anselm stattdessen. »Der Heimatverein für künstliche Glieder wird sicher einiges auf die Beine stellen.«

»Auf die ... *Beine stellen*?« Anselm lachte kurz auf und legte die Begutachtungsrechte beiseite. »Denkst du tatsächlich, dass mir die Gesellschaft von Amputierten hilft?«

»Ja«, war Hanna Jos überzeugte Antwort. »Das Finanzielle ... Ich meine, es wird ein Beitrag zu zahlen sein. Mein Vater würde das sicherlich übernehmen.«

»Der wichtigste Hinderungsgrund scheint somit beseitigt.«

»Anselm!« Hanna Jos flehende Stimme. »Es wäre auch gut für mich.«

Der Schatzmeister des Heimatvereins für künstliche Glieder war erfreut. »Eine Sauerbruch-Hand? Alle Wetter!« Die dürren Greisenfinger des Kriegsveteranen krallten sich in Anselms Arm – es ist der gesunde –, als er sich aus seinem Stuhl erhob.

»Mit Stolz in die Zukunft sehen, mein Sohn!« Der ehemalige Rittmeister war um Haltung bemüht. Er hat die hölzernen Krücken unter die Achseln geschoben und geächzt. Er für seinen Teil betrachte es als große Ehre, eines seiner Beine fürs Vaterland geopfert zu haben. »Die Schlacht bei Sedan!«

Anselm presste die Lippen zusammen. Er habe eine andere Meinung, erwiderte er kühl und sah sich nach einer Sitzgelegenheit um. Wie hoch der monatliche Beitrag sei?

Für Aktive 50 Pfennig im Monat, die Nichttätigen hätten eine Reichsmark zu entrichten. Außerdem, sichtlich erschöpft ließ sich der Rittmeister in seinen Stuhl zurückfallen, wäre in diesem Fall kein Bürge nötig. »Platz nehmen«, befahl er Anselm.

In dessen Augen blitzte es auf. Er setzte sich hin und schnallte seine Hand ab. Der Armstumpf ist stark vernarbt, die gelegten Kanäle bereiten noch immer Schmerzen. »Nicht tätig«, war Anselms Antwort.

»Passiv im Heimatverein?« Der Rittmeister stemmte seine Arme auf die Tischplatte.

»Jawoll, passiv!«

»Gut, gut. Passiv fürs Vaterland!«

Anselms Augen wurden zu schmalen Schlitzen. *Fürs Vaterland? Nein, für Hanna Jo!* Schweigend ließ Anselm die brüderliche Umarmung des Rittmeisters über sich ergehen.

Anselm legt den blank geputzten Kneifer beiseite. Die Arbeitsplatte des Schreibtischs ist von Tintenflecken übersät. Auch mit der neuen Prothese passiert ihm hin und wieder ein Missgeschick. Die marmorne Schreibgarnitur ist ein Geschenk Hanna Jos. Sie hat das Tintenfass, die Löschwiege und den Briefbeschwerer auf der tintenfleckigen Unterlage zurechtgerückt und ist dann zwei Schritte zurückgetreten. »Die Arbeit mit deinen Schülern wird dich auf andere Gedanken bringen!« Ungestüm hat sie ihn umarmt und seinen Kopf umfasst.

»Du erstickst mich«, hat Anselm halb erfreut, halb verärgert gebrummt. Die Bestimmtheit ihrer Berührungen verblüffte ihn stets aufs Neue. »Die Arbeit am Lyzeum? Trotz Sauerbruchs Kunst, die er sich gut bezahlen ließ, bin ich ein Krüppel.«

Und Hanna Jo baute sich vor ihm auf, während er das zu ihr sagte. Verzweifelt, aufrecht und stolz. »Ich liebe dich Anselm, mit oder ohne Hand! Es ist mir egal.«

»Hanna Jo.« Er riss sie an sich. Seine Umarmung war von durstiger, schmerzlicher Intensität.

Anselm tippt die Löschwiege an und beobachtet das wippende Auf und Ab. Er hasst die verhüllte Besorgnis seiner Mitmenschen, ihre betonte Sanftheit, hinter der das Mitleid lauert. Und er liebt seine Frau. Die nicht lockerlässt. Ihre Entschlossenheit, ihn – den Invaliden – allen Widernissen zum Trotz die Grauen des Kriegs vergessen zu machen, hat etwas Männliches an sich. Die Zeit hat auch die Frauen der Heimkehrer, der Versehrten, der Gefallenen verändert, sie hat Hanna Jo verändert. Anselms Blicke irren im Raum umher. *Carpe diem.* Die Zettelnotiz haftet nur lose zwischen den Bücherrücken des alten Bücherschrankes. Er muss Hanna Jo beim Staubwischen herausgefallen sein. »Carpe diem. Nutze den Tag? Aber es gibt nichts zu nutzen. Nicht so bald.«

Der Bücherschrank gehörte Anselms Großmutter. Die Witwe eines königlich-sächsischen Majors hatte ihn ihrem ehemaligen Stubenmädchen zu dessen Vermählung geschenkt. Gott allein weiß, weshalb sie der Mutter von Anselms Mutter, die in ihrem Leben außer dem Kochbuch nur ein paar Psalmen in der Bibel gelesen hatte, damals ein solches Präsent zukommen ließ. Anselms Großmutter bedankte sich artig und verwandelte den Bücherschrank ihrer Dienstherrin kurzerhand in eine Speisekammer. Die Jahre in der großmütterlichen Küche hinterließen am Bücherschrank ihre

Spuren. Fettflecke, Saftspritzer und die runden Abdrücke etlicher Einweckgläser. Die kunstvollen Schnitzereien der beiden Rundbögen wiesen Löcher eingeschlagener Nägel auf. Die Großmutter hängte daran Salbei, Rosmarin, Beifuß und Bohnenkraut zum Trocknen auf. Am besten sei es, er schenke das geschundene Möbelstück dem städtischen Waisenhaus, meinte Frau Ida damals. Doch Anselm war eigensinnig: »Der Schrank oder ich! Auch wenn er in seinem Leben mal eine Speisekammer gewesen ist«, sagte er zu seiner Schwiegermutter, wohl wissend, dass diese Drohung nur eine rhetorische war. Anselm stützt den Kopf auf die Linke. Als Kind ist er gern bei seiner Großmutter gewesen.

Draußen klappt eine Tür.

»Anselm!« Hanna Jos Stimme hat einen hellen Klang. Unbemerkt ist sie eingetreten. Ein ungewohntes Leuchten geht von ihr aus. Unsicher, ob dieses Leuchten vom Lampenlicht kommt, erhebt er sich. Und weiß nicht, ob er ihr einen Kuss auf die Wange oder den Mund geben soll.

»Ich bin schwanger, Anselm!« Hanna Jos sanfte Feierlichkeit, das Strahlen ihrer grauen Augen lassen ihn schwanken. Hilfesuchend greift er nach der Stuhllehne. Lange, bevor er den Sinn ihrer Worte begreift. *Schwanger.*

Von Anfang an hat ein leidenschaftliches, sinnliches Begehren ihre beiden Körper zusammengebracht. Anselm ist das heimliche Verlangen in Hanna Jos Augen nicht entgangen, beim ersten Mal, in der Hochzeitsnacht. So ist es geblieben. Hanna Jo war verliebt und lebensvoll und gewissen Dingen nicht abgeneigt. Mit Anselms Heimkehr jedoch wich ihr Eheleben einem scheuen Umgang. Hanna Jos Lippen zuckten, wenn Anselm ihr unbeholfen die Kleider vom

Leib streifte. Das hat ihn zornig gemacht. Und wütend. Und immer häufiger hat er ihre Umarmung gemieden. Und irgendwann hat sich Hanna Jos Trauer, noch immer nicht schwanger zu sein, mit Anselms Weltschmerz vermischt.
»Freust du dich?« Hanna Jos Stimme dringt an sein Ohr.
»Oh, ich glaube, das tue ich ...« Anselm wischt sich über die Augen. Die Märzsonne blendet. Er lockert den Hemdkragen. »Ein Kind«, sagt er heiser und küsst sie. »Bald wird es Frühling.«
Hanna Jo schmiegt sich an ihn. »Im Herbst«, sagt sie leise.
»Erinnerst du dich an unser erstes Zusammensein?«, fragt Anselm und mustert ihre Gestalt mit raschem Blick. Die Schwangerschaft ist noch nicht zu sehen. »Du trugst einen Strohhut, groß wie ein Storchennest.«
»Der Hut meiner Schwester. Er war furchtbar unbequem.« Hanna Jo nickt. Sie weiß noch genau: Die harten hölzernen Gartenstühle des Ausflugslokals, die Fächer der Damen, die aufgeknöpften Kragen der Herren. Sie plauderte über das Wetter, den fehlenden Regen. Dann über andere Dinge. Und irgendwann kam Hanna Jo dem Antrag des jungen Lehrers zuvor. Sie wünsche sich Kinder, verkündete sie Anselm. Und Anselm, verdutzt über so viel unverhohlene Kühnheit, nahm ihr Magdalenas unmöglichen Hut ab. Und küsste sie.
Das war vor fünf Jahren. Doch Hanna Jo kommt es vor, als wären es hundert. Der Krieg ist vorbei. Der Frieden grassiert. Hunger und Inflation ebenfalls. Das Land hat seine Hybris mit Reparationen in Goldmark, in Sachgütern und Devisen zu zahlen. In schwindelerregendem Tempo verliert die Mark ihren Wert. Es ist der März des Jahres 1923.

Anselm trägt immer noch seinen alten Wintermantel mit Schnallengürtel und Flauschfutter. Der Dollar ist auf einen Kurs von mehr als 30.000 Mark gestiegen. Und Hanna Jo Krüger ist schwanger.

»Ein Junge«, sagt sie. »Ich weiß, dass es ein Junge wird.«

»Ich sehe da eine Chance von 50 Prozent«, sagt Anselm mit ernster Stimme. Er hält sich noch immer an der Stuhllehne fest. Und ernst versucht er sich auch zu geben. Doch seine Augen strahlen vor Glück. *Endlich*, denkt Hanna Jo und dreht schnell den Kopf weg. Anselm soll ihre Tränen nicht sehen.

»Ein Sohn«, sagt sie mit Nachdruck, breitet die Arme aus und sieht so aus, als wollte sie heute die ganze Welt umarmen.

Es ist eine schwere Geburt. Hanna Jo klammert sich an den Bettpfosten und stöhnt. Die Hebamme träufelt Hoffmannstropfen auf ein Stück Zucker. »Komm 'Se, Frau Krüger.« Ungerührt flößt sie Hanna Jo das aufgeweichte Zuckerstück mit den Tropfen ein. Eine robuste, untersetzte Person mit erprobter Geschäftigkeit. Sie hat schon vielen Kindern auf die Welt geholfen. Sie kennt sich aus. Dutzende Tücher, ein Fläschchen Carbol zum Desinfizieren, Bandmaß und Nabelschnurschere sind längst auf der Wachstuchdecke des Beistelltischchens aufgereiht, das Anselm bereitwillig neben das Bett seiner Frau getragen hat. Die Wehen dauern schon mehrere Stunden. Die Hebamme streift sich die Ärmel hoch. »Jetzt woll'n wir mal«, sagt sie forsch. Aber das Kind in Hanna Jos angeschwollenem Leib will nicht. Hanna Jo wimmert, ihr Haar trieft vor Schweiß. »Gleich ham wir's«, sagt die Hebamme und ist jetzt puterrot im Gesicht. Mit geübtem Griff spreizt sie Hanna Jos Schenkel und lächelt ihr aufmunternd zu. Die Blicke der Frauen begegnen sich. »Tsstss, erst wenn ich es sage. Sie machen das gut, Frau Krüger«, die Hebamme betupft Hanna Jos blutig gebissene Lippen. Nicht jede Frau, die in den Wehen liegt, ist so tapfer und klaglos.

»Rrrraus, Herr Krüger!« Anselm ist von der Hebamme aus dem Raum geschickt worden. So hat er sich in sein Arbeitszimmer zurückgezogen. Ungeduldig läuft er im Zimmer umher, steigt über Heftestapel und auf dem Boden verstreut liegende Bücher: das Handbuch der Gynäkologie, die Prophylaxis des Kindbettfiebers, Schmerzlinderung bei der Geburt. In den zurückliegenden Wochen hat sich Anselm über das Hebammenhandwerk belesen. Doch seine Ratschläge scheinen nicht erwünscht. Müde streicht er sich über das Kinn. Er ist unrasiert. Das Tägliche ist heute nebensächlich. Anselm schnallt die Prothese ab. Er geht mit leisen Schritten zur Tür und lauscht. Im Nebenraum ist es still.

Auf dieses Kind, das sich noch immer mit aller Macht sträubt, den Körper der Mutter zu verlassen, wartet sein Vater seit jenem Tag, an dem ihm Hanna Jo von ihrer Schwangerschaft erzählt hat. Das Zimmer steht seit Wochen bereit. Türkis und mit golddurchwirkten Kordeln an den Volants. Es war Hanna Jo damit ernst gewesen. Und Anselm hat sich unerwartet gefügig gezeigt.

Gleich Mitternacht. Anselm klappt seine Goldsavonette zu und klopft an das Weckglas, das er seit Hanna Jos Schwangerschaft aus der untersten Schublade des Bücherschranks ans Tageslicht befördert hat. Nun hat es seinen

Platz neben der Löschwiege und dem Briefbeschwerer gefunden. Die Putzfrau stand lange davor. »Was ist das?«
»Andere haben ein Goldfischglas auf ihrem Schreibtisch. Bei mir ist's ein Knochensplitter in Spiritus.«
Die Putzfrau hat ihn angesehen. »Soso ...«
»Erwin«, sagt Anselm und klopft an das Glas. »Ich glaube, du hast dich geirrt. Shakespeare und Zehen reichen nicht aus. Ich hab viel gelesen, die Grundformen des Lebens ...«
»Ich gratuliere, Herr Krüger!«
Anselm springt auf. Die Hebamme hält ein weißes Bündel im Arm. Verwirrt schnallt sich Anselm seine Prothesenhand an. Das dauert länger als sonst. Anselms Finger verheddern sich wieder und wieder.
Die Hebamme wird ungeduldig. »So nehm' Se ihn doch!«
»Ihn?« Anselm tastet nach seinem Kneifer. Er kann nichts sehen. Das weiße Bündel verschwimmt vor seinen Augen.
»Jetzt woll'n wir mal!« Die Hebamme holt geräuschvoll Luft und drückt ihm das Neugeborene in den Arm. Anselm erstarrt. Mit unverwandtem Blick betrachtet er das winzige Wesen und wagt kaum zu atmen. Mit beiden Händen hält er es fest.
»Wohlauf und gesund. Ein kräftiger Junge«, sagt die Hebamme nicht ohne Stolz, denn stolz ist sie immer, wenn sie einen neuen Erdenbürger wohlbehalten ans Licht der Welt befördert hat. Und fährt in vertraulichem Ton halblaut fort: »Das hat sie gut gemacht, Ihre Frau.« Sie nimmt ihm das Kind wieder ab und Anselm eilt in den Nebenraum.
»Johanna«, sagt er und sagt tatsächlich Johanna, kniet nieder und beugt sich dann über sie. Und küsst ihre Hand. Der erste und einzige Handkuss in seinem Leben.

Hanna Jos Antlitz ist so weiß wie das frisch aufgeschüttelte Kissen, auf dem sie ruht. Dunkel halten ihre Augen die seinen eine Sekunde lang fest. Und Anselm weiß, dass er nicht aussprechen muss, was es zu sagen gäbe. »Ein Junge«, flüstert er nur und streicht ihr über die Stirn.

»Ja.« Hanna Jo Krüger ist unendlich müde und unendlich glücklich. »Unser Sohn«, sagt sie. Es klingt feierlich.

Nicht nur die Wöchnerin ist von der Geburt erschöpft. Die Hebamme ist es auch. Sie hat das Kind abgenabelt, gemessen, gebadet, gewogen und seine Atemfunktion überprüft.

»Wie viele Zehen hat er?«, fragt Anselm.

Die Hebamme gibt einen genervten Schnaufer von sich. »Zehn! Und keine einzige mehr.« Mit einem Klacken lässt sie den Metallverschluss ihrer Tasche zuschnappen.

»Ganz sicher?«

»Du meine Güte, Herr Krüger ... wir sind hier nicht in der Lotterie.« Sie schnäuzt sich. »Frischgebackene Väter«, murmelt sie dann und zieht sich einen der Stühle heran. Sie zückt ihren Stift und blickt zur Uhr. Zehn Minuten nach Mitternacht. Ihre Stimme klingt überlegt. »Wir könnten vordatieren. Das Kindgeld vom Monat Oktober wäre dann ... «

»Ja«, fällt ihr Anselm ins Wort.

»Nein«, entgegnet die Wöchnerin. »Mein Sohn ist am 1. November geboren.«

Die Hebamme zuckt mit den Schultern. Sie schenkt sich vom Kaffee ein, den Anselm ihr hingestellt hat. Unbemerkt lässt sie ein Zuckerstück in ihrem Ärmel verschwinden.

»Wie soll Ihr Sohn heißen?«

»Richard«, sagt Anselm.
»Franz«, sagt Hanna Jo.
»Erwin«, sagt Anselm.
»Drei Namen«, triumphiert Hanna Jo.
Anselm runzelt die Stirn. Schon will er entgegnen, dass man sich auf einen, höchstens zwei der unterbreiteten Vorschläge einigen könne, doch nach einem Blick auf seine überglückliche Frau nickt er zustimmend.
»Richard Franz Erwin.« Die Hebamme trägt die Namen auf dem Geburtsschein ein.
»An einem Montag geboren«, sagt sie gedehnt und wiederholt ihr Angebot. »Noch könnten wir einen Sonntagsjungen draus machen?«
»Nein!« Mühsam richtet sich Hanna Jo auf. »Meine Schwester wurde an einem Sonntag geboren. Das hat ihr nur Pech gebracht. Ihr goldener Tauftaler ist bei der Taufe verloren gegangen, als Fünfjährige hat sie sich dreimal den Arm gebrochen, sie wäre fast von einer Schneelawine begraben worden. Und dann ist da noch die Sache mit dem Großwildjäger gewesen, den sie gern genommen hätte und nicht bekommen hat. Sie hat einen betuchten Kaufmann geheiratet, Tuche und Stoffe, und in der Hochzeitsnacht ...« Hanna Jo stockt. Sie sollte nicht so geschwätzig sein. »Mein Schwager ist immer noch bei den Engländern interniert«, beendet sie ihren Satz.
»Der Ärmste!« Die Hebamme seufzt.
Anselm seufzt auch. Es muss das Adrenalin sein, denkt er, wohl wissend, dass seine Frau nur selten mit Fremden über private Dinge aus der Familie spricht.
Hanna Jo sieht erschöpft aus, sie schließt die Augen. Die Hebamme gibt Anselm ein Zeichen und der verlässt leise den

Raum. »Ein Sohn, Erwin«, sagt er und zieht das Weckglas mit dem Knochensplitter des Freundes zu sich heran. »Ich habe jetzt einen Sohn mit zehn Zehen. Wir haben ihm ganze drei Namen verpasst. Auch deinen.« Anselm wird Erwins Eltern schreiben. Und irgendwann wird er sie in Berlin besuchen. Gemeinsam mit Hanna Jo und seinem Sohn.

Am nächsten Tag geht Anselm Krüger zum Standesamt. Auf seinen Rücken hat er einen Tornister geschnallt. In Zeiten der Inflation benötigt man einen geräumigen Transportbehälter für das viele gebündelte Geld.

»Eine Million Papiermark, um Richard Franz Erwin anzumelden«, sagt er zu Hanna Jo, als er heimkommt. »Wir haben einen Millionenjungen! Es tröstet mich einigermaßen.« Er senkt das Kinn. Hanna Jo kann dennoch seine funkelnden Augen sehen. »Sicherlich bringt das weniger Pech als ein Sonntagskind.«

Hanna Jo faltet die Hände. »Ich danke dir, Herr!« Nicht Sauerbruchs teure Prothesenkunst oder der Heimatverein für künstliche Glieder haben Anselms Frohsinn, seinen hintersinnigen, unverwechselbaren Humor zurückgebracht. Es ist der Sohn, der seinem Vater zu neuem Lebensmut verholfen hat.

Im Alter von vier Monaten erhält der kleine Richard im elterlichen Wohnzimmer seine Namensweihe. Die humanistische Taufe seines Erstgeborenen sei ein passabler Grund für ein paar Worte, verkündet der frischgebackene Vater und knöpft seine Weste auf. »Kurz und knapp«, verspricht er.

Hanna Jo verbeißt sich ein Schmunzeln. Sie kennt ihren Mann. Sie sieht zur Uhr, nimmt ihren neuen Mantel – der

Schwager hat Twill geschickt –, ihr Kind und den Hut und verlässt das Haus. Magdalena kennt Anselms Gepflogenheit, länger zu reden als ursprünglich eingeplant, auch. Anselms Rede zu ihrer Hochzeit mit Husemann hatte länger gedauert als die Predigt des Pfarrers, die Segnung des Brautpaars, das Vaterunser und alle drei Kirchenlieder. Rasch eilt sie der Schwester nach.

»Anselms Rede. Ich fürchte, sie wird ziemlich lang … und möglicherweise politisch«, sagt sie zu Hanna Jo.

»Möglicherweise«, sagt Hanna Jo, während sie den Kinderwagen in behutsames Schaukeln versetzt.

»Wann ist die richtige Taufe?«

»Anselms?«

»Richards!«

»Ostern vielleicht. Könnte dein Mann zwei Meter Lamé besorgen?«

»Warum nicht Onkel Huberts Viskoseseide?«

»Kunstseide? Ein Substitut? Nicht für die Taufe.« Die Schwestern lachen.

Immer noch lachend beugt sich Magdalena über den Kinderwagen. »Ganz und gar«, sagt sie. »Er sieht dir ganz und gar ähnlich.«

Hanna Jo bleibt stehen. Das Lachen der Schwester hat zu laut geklungen. Zu lange. »Was macht Husemann?«

»Ausgezeichnet! Es geht ihm ganz und gar ausgezeichnet. Die Internierung auf der Isle of Man hat ihr Gutes gehabt. Husemanns geknüpfte Kontakte beleben unser Geschäft. Er hatte schon immer ein Händchen dafür. Das Private allerdings …« Magdalena winkt ab. Sie dreht sich auf ihrem Schuhabsatz einmal herum und sieht dabei Tante Cäcilie verblüffend ähnlich. Anders jedoch als die Tante kleidet sich Magdalena in letzter Zeit nach englischem Chic: Mäntel und Röcke aus Tweed, Flanellkleider, Blusen aus Vollzwirn. Der Saum ihrer Röcke bedeckt nur knapp die Knie.

Hans-Martin Husemann betrachtet Magdalenas modische Metamorphose vergnügt. Englische Tuche und Stoffe seien die kleidsamsten, sagt er. Eine Behauptung, die Franz Friedrich Deenel zum Widerspruch reizt. Er bitte sich etwas mehr nationale Einstellung von seinem Schwiegersohn aus. »Du weißt, dass Hubert eine Aktiengesellschaft zur Herstellung von Viskoseseide gegründet hat? Er wird ein ernst zu nehmender Konkurrent für die Engländer sein.« Auch Fabrikant Deenel hat einige Aktien erworben.

Als Hanna Jo und ihre Schwester zurückkommen, bringt Anselm einen Toast auf seine Frau, seinen Sohn und alle Gäste aus.

»Magdalena behauptet, er sehe mir ähnlich. Ganz und gar«, sagt Hanna Jo und legt dem Gatten den Sohn in den Arm.

»Die Kinnpartie hat er von dir«, erwidert Anselm. Er hat sein Glas abgestellt. Magdalena holt Bowle und Bier. Cäcilie erhält einen Sherry, der Täufling Biomalz. Belle Meunière gibt es nicht. Fabrikant Deenel hat wegen unaufschiebbarer Angelegenheiten, die ihn nach Wuppertal führen, abgesagt. Frau Ida hat ebenfalls abgesagt. Sie findet die heidnische Begrüßungszeremonie für ihr viertes Enkelkind, wie sie der Tochter schreibt, durchaus entbehrlich.

Von Hanna Jos Brüdern ist nur Max gekommen. »Ein reichsweites Verbot, das ist nicht ihr Ende«, sagt er mit lauerndem Blick in seines Schwagers Richtung. Er meint das Verbot der Nationalsozialen. Anselms Rede, sein diesbezügliches Frohlocken, scheint ihm missfallen zu haben.

Eine befangene Stille breitet sich aus. Anselm antwortet nicht. Wortlos betrachtet er die Schmisse auf Max' Wange. Er weiß sehr gut, dass Max den Nationalsozialisten nicht abgeneigt ist. Und dass er seit einem Jahr nur einen unbedeutenden Posten in der Justizverwaltung innehat. Max ist kein Mann, der sich mit einer solchen Position lange zufriedengeben wird.

Breitbeinig steht Max im Raum. Drohend und provokant. Wie ein Tier hat er Witterung aufgenommen. Anselms Armstumpf zuckt. Hanna Jo hat dem Bruder eine Frage gestellt. Was er jetzt sei, wollte sie wissen.

»Auskultator«, antwortet Max mit flacher Stimme. Er schenkt sich Bier nach. Magdalena und Fritz, in dessen Vertretung er hier ist, sind die Paten des Kleinen. Und Cäcilie. Sie hat einige Dosen Ovomaltine und Fleischextrakt mitgebracht. Außerdem einen Kanarienvogel, der, wie sie versichert – und ihr wiederum ist es vom Besitzer der Zootierhandlung neben dem Kaufhaus Tietz versichert worden –, vortrefflich das Hohl- und Klingelrollen beherrscht.

Auf Hanna Jos Bitten hin hat Anselm auch seinen Brüdern geschrieben. Doch die lehnten ab. Beim besten Willen! Die lange, beschwerliche Reise von Buenos Aires nach Deutschland lohne sich wegen irgendeiner Namensfeier des Neffen nicht. »Deutsche Techniker sind in Argentinien begehrt. Das Auswandern hat sich gelohnt. Jeden Tag Tango und Rinderhüften, meinen Brüdern geht es ganz ausgezeichnet.« Nur Hanna Jo bemerkt die Verbitterung in Anselms Stimme.

»Mi Dios«, sagt Magdalena.

»Ein Auskultator. Was ist das?«, fragt Tante Cäcilie unterdessen Hanna Jos Bruder.

»Ein Zuhörer«, antwortet Anselm an seiner Stelle. »Und noch dazu unbezahlt.« Es schert ihn wenig, dass Max einen zornigen Blick in seine Richtung wirft.

Tante Cäcilie gibt sich mit dieser knappen Antwort zufrieden. »Schnickschnack, was soll es. Mit einem gut situierten Vater kann man sich eine unbezahlte Stelle nach dem Assessorexamen leisten.« Sie nippt am Sherry. Es hat eine winzige Nuance sarkastisch geklungen, doch das ist bei Tante Cäcilie sehr häufig der Fall.

»Du Ugelick.« Hanna Jo ist verärgert. Durch ein Versehen hat die Konditorei anstelle der Apfeltorte eine mit Blaubeeren geliefert.

»Bullrich Salz«, schlägt ihr Magdalena vor.

»Oder verzichten.« Tante Cäcilies Stirnlöckchen sind etwas derangiert. Bis jetzt hat sie sich noch nicht dazu durchringen können, ihre grauen Haare zu tönen. »Eine schlanke Taille setzt in der Jugend einen rasanten Stoffwechsel voraus. Je später die Leute korpulent werden, desto länger bleiben sie jung und leistungsfähig.«

Hanna Jo hebt ihre Schultern. »Durch knappe Ernährung Gewichtszunahme bekämpfen zu wollen, hat keinen Zweck. Blutarmut und Nervenschwäche sind die Folge.« Sie füllt Cäcilies Sherryglas auf. »Ich habe den Artikel im ›Elisabeth-Blatt‹ auch gelesen«, sagt sie halblaut.

»Reaktol«, sagt Cäcilie. »Diese Kur erfordert keine Diät. Reaktol gibt es in der Apotheke zu kaufen.«

»Reaktionär.« Anselm hat nur mit halbem Ohr zugehört. »Die Großdeutsche Volksgemeinschaft ist eine erbärmliche

Farce, gleichzeitig eine Kampfansage gegen uns Demokraten und Pazifisten.«

Magdalena schneidet hastig die Torte an. Die Augen ihres Bruders sprechen Bände. Woran sie jetzt arbeite, fragt sie Tante Cäcilie und deutet auf den Handarbeitskorb. Cäcilie sieht erst Max, dann Magdalena scharf an. Sie stricke an einem Sparstrumpf, antwortet sie. »In Anbetracht dessen, dass die Inflation sämtliche nicht in Kurantmünzen gehaltenen Geldrücklagen wertlos gemacht hat, stricke ich Strümpfe. Unser verbleibendes Geld gehört keineswegs einer Bank anvertraut, my dear!« Sie wischt Max' Entgegnung, dass eine Sparstrumpfhysterie in deutschen Landen lächerlich und unangebracht sei, verärgert beiseite.

Hanna Jo hat während Cäcilies Bemerkungen ihren Teller unauffällig beiseitegestellt. Der Teller ist leer. Sie hat auf die Blaubeertorte verzichtet. »Du Ugelick«, flüstert sie und führt mit abgespreiztem Finger die Kaffeetasse zum Mund.

»Deutschland ...« Magdalena schenkt ihrem Bruder ein zeremoniöses Lächeln. Die unaufhaltsam voranschreitende Geldentwertung, der tägliche Kampf mit Papiergeldmassen hat dem Tuche-Absatz ihres Gatten gutgetan. »Unsere Kunden aus Übersee zahlen in Dollar, ein lukratives Geschäft. Onkel Huberts Idee, die Angestellten mit Stoffen zu bezahlen, hat sich auch bei uns durchgesetzt.«

Hanna Jo sieht die Schwester überrascht an. »Du redest, als hätte man dich mit der Prokura eurer Firma beauftragt«, stellt sie fest.

Magdalena holt tief Luft. »In der Tat, kaufmännische Aspekte finde ich weit interessanter als die Zubereitung von

Rheinischem Apfelkraut. Ich bleibe dabei. Der Inflation sollte auf jede erdenkliche Weise Einhalt geboten werden.«

»D'accord!« Tante Cäcilies Wangen sind stark gerötet. »Dieses verlogene Geld aus Papier! Ich habe sehr unerfreuliche Erfahrungen damit gemacht. Der Kursverfall ist das eine. Außerdem haben die Mäuse einen beträchtlichen Teil meiner Schatzanweisungen gefressen.«

»Daher deine äußerst praktischen Präsente«, erwidert Anselm gedehnt. Er hängt ein Tuch über den Käfig des Kanarienvogels.

Er habe eigentlich auf ein paar Dollar von der Tante gehofft, vertraut er Hanna Jo später an.

GOTTHELFS GESCHICHTE

»Pass auf, dass du nicht kopfüber in unsrer Weihnachtskiste verschwindest wie Gotthelf«, hatte Ohme gesagt. Das sagte sie immer, wenn sie mich auf den Boden schickte, um Himbeerblätter oder eins ihrer Stollenbretter zu holen, die dort gelagert wurden. Die große Weihnachtskiste aus Kiefernholz mit all den erzgebirgischen Habseligkeiten von Ohme und Ohpa lagerte ebenfalls hier. Sie war so groß wie die Hundehütte des Schäferhunds der alten Opitzen von gegenüber. Man hätte sich gut und gern in der Kiste verstecken können. Nur dass sie mit Weihnachtszeug bis an den Deckelrand vollgepackt war. Von Gotthelf und seinem tragischen Ende hatte mir Ohme mindestens zwanzigmal – oder mehr – erzählt. Es war eine ernste, tieftraurige Geschichte von einem kleinen Jungen, der seinen Tod in einer Kiste gefunden hatte. Ich liebte sie dennoch. Das Schicksal des kleinen Gotthelfs ließ mich wohlig erschauern. Ich rückte ganz nah an Ohme heran, um mir kein einziges Wort entgehen zu lassen. Doch insgeheim hoffte ich, Großmutter hätte sich alles nur ausgedacht.

Dreimal kurz, dreimal lang, dreimal kurz. Ich morste den Notruf, den jeder kannte, und ließ die blaue Stablampe kreisen. »Der kleine Gotthelf …«, versuchte ich, Ohmes Erzählkunst auf die Sprünge zu helfen. Und hoffte, dass Großvater Anselm verstehen würde, dass man von Gotthelfs verhängnisvollem Los nie genug bekommen konnte. Oft hatten wir Ohmes Erinnerungen gemeinsam gelauscht. »Donnerlittchen«, hatte er manchmal gebrummt oder ein kurzes »Ha« eingeworfen und in seinen Augen hatte es hin und wieder merkwürdig aufgeblitzt. Doch niemals hatte er je ein Wort darüber verlauten lassen, dass er den wundersamen Geschichten seiner Frau so wenig Glauben schenkte wie sie den seinen.

Ohme zupfte am Faltenwurf der Gardinen, zupfte die Stehlampe mit dem gelbseidenen Schirm an, um es sich schließlich in Großvaters Sessel bequem zu machen. Sie tastete nach ihrem Scheitel. Eine silberne Haarsträhne schimmerte in ihrem Haarkranz auf. Die hatte es gestern noch nicht gegeben.

»Der kleine Gotthelf«, begann sie. »Es war eine ganz furchtbare Tragödie. Der arme Junge. Er war gerade mal viereinhalb Jahre alt. Des Pfarrers jüngster Sohn. Ein stilles, zurückgebliebenes Kind mit sanften, traurigen Augen, die sich mit Tränen füllten, wenn ihm seine älteren Brüder ein Bein stellten oder mit derben Hieben auf sein Hinterteil schlugen. Er schrie niemals. Er lief auch nicht weg. Er stand nur stumm da und die Tränen rannen ihm übers Gesicht. Wir Schwestern spielten gern mit ihm. Gotthelf war nicht nur in seiner geistigen Entwicklung etwas zurückgeblieben. Auch, was sein Wachstum betraf, musste er irgendwann einfach stehen geblieben sein. Ich erinnere mich, dass er einen Kopf kleiner war als meine dreijährige Schwester Martha. Für uns Mädchen war er ein begehrtes Spielzeug, eine menschliche Puppe aus Fleisch und Blut. Wir packten Gotthelf in unseren Puppenwagen und fuhren ihn durch den Garten spazieren. Wir schwatzten und sangen dabei, nur Gotthelf durfte nie einen Mucks von sich geben. Da lag er nun, zugedeckt bis zum Kinn, ein Häubchen auf seinem Kopf, und sah uns mit seinen sanften, traurigen Augen an. ›Schlafen‹, befahlen wir ihm und er klappte brav seine Augen zu. Der kleine Gotthelf ... Er quiekte, krächzte, schwieg, schrie oder schlief, wenn man es von ihm verlangte. Wir waren begeistert. Dieses lebendige fügsame Wesen gehörte ganz uns. Wir fütterten ihn mit unreifen Beeren, zwangen ihn, alles zu essen, was wir ihm auftischten: Löwenzahn, Gras, den selbst gebackenen Kuchen aus Sand.«

»Igitt.« Ich schüttelte mich.

»Wir stopften dem kleinen Gotthelf eine Handvoll Sauerlump in den Mund. Er würgte und übergab sich. Wir schimpften mit ihm. Ein bockiges, unartiges Kind, das sein Essen nicht mochte. Stumm sah er uns an und gab einen winzigen Gluckser von sich.« Versonnen blickte Großmutter vor sich hin. »Wir herzten und küssten ihn. Wir liebten ihn, wie wir unsere Puppen liebten. Wir brachten ihm Schokolade, lasen ihm vor, kämmten und wuschen ihn. Die Pfarrerin, seine Mutter, muss sich so manches Mal über ihr sauberes, nach teurer Seife duftendes Kind gewundert haben. Wir Mädchen waren's zufrieden. Gotthelf anscheinend auch. Klaglos ließ er sich unsere Schelte und Küsse gefallen. Ein abgerichtetes Zirkuspferd, das keinen eigenen Willen hatte. Es ist mir bis heute ein Rätsel, weshalb der kleine Gotthelf an jenem Tag plötzlich auf eigene Faust losgezogen ist.« Ohme schwieg eine Weile.

»Wegen der Weihnachtskiste«, warf ich ein.

»Das Pfarrhaus, in dem der kleine Gotthelf gemeinsam mit seinen Brüdern aufwuchs, war ein großer, verwinkelter Bau mit zahlreichen Räumen«, fuhr Großmutter fort. »Man konnte sich schnell verlaufen, wenn man es zum ersten Mal betrat. Neben der Pfarrküche, gleich am Eingang zu ebener Erde, gab es eine Kammer, deren Fensterläden auch am helllichten Tag verschlossen waren. Selbst die Tür blieb verschlossen. Wie Kinder standen flüsternd davor. Manchmal glaubten wir, drinnen ein seltsames Wispern oder dumpfes Poltern zu hören, und stürzten kreischend davon, wenn die Söhne des Pfarrers mit ihren Fäusten voll Mutwillen an die Kammertür schlugen. In der Kammer treibe Knecht Ruprecht mitsamt der wilden Bergteufel sein Unwesen, behauptete das Stubenmädchen und schwor einen heiligen Eid, dass sie selbst gesehen habe, wie der Rupperich* in der Dämmerung an ihr vorbeigestapft und in der Kammer verschwunden sei. Und die bucklige Schneiderin blickte sich furchtsam um. ›Wull wahr!‹** Der Pfarrer, der unseren kindlichen Fantasien meist nachsichtig gegenüberstand, war diesmal verärgert. ›Erfundene Schauergeschichten sei dös‹***, sagte er und gab wie sein jüngster Sohn einen Gluckser von sich. Er nahm uns beiseite. Knecht Ruprecht, der gottlose, raue Gesell aus dem Wald, hause ganz sicher nicht unter dem Dach eines Pfarrers. Und die Bergteufel auch nicht. Die grüben wohl eher, wenn es sie gäbe, in alten Silbergruben nach Schätzen. Nicht Ruprecht, sondern das prachtvoll geschnitzte Jesuskind aus feinem Lindenholz wohne in jener Kammer und halte hier seinen wohlverdienten Schlaf bis zum nächsten Christfest. Wir waren enttäuscht. Kein spukendes Wesen mit Rute und Bart? Kein Bergteufel in schwarzer Kutte, mit lang gestrecktem Hals wie ein Pferd? Das Jesuskind und die getischlerte Weihnachtskrippe voll Heu kannten

---

* Ruprecht
** »Wohl wahr …«
*** »Erfundene Schauergeschichten sind das.«

wir. Die Krippe wurde in der Heiligen Nacht feierlich in die Kirche getragen. Dort stand sie dann, neben dem Altar, und über ihr hing der große Adventskranz aus Tannengrün. Waren die Weihnachtstage vorbei, räumte der Kirchendiener das Jesuskind und seine Krippe wieder weg. ›Das Heu bekommen die Hasen, das Jesuskind kommt in die Weihnachtskiste‹, sagte der Pfarrer. ›Die Kiste hat in der Kammer, neben der Saftmaschine und dem Harmonium ihren Platz. Ihr könnt es mir glauben, in unserer Weihnachtskiste ruht es sich gut. Man muss nur die Fensterläden geschlossen halten.‹ Wir Mädchen sahen uns an. Das Jesuskind also. Nur Gotthelf riss seine Augen auf. ›Es hat geschnarcht‹, flüsterte er. Mein Bruder Max griente so unverhohlen, dass der Pfarrer pikiert abwiegelte. ›Jesus schnarcht nicht.‹ Wir trollten uns. Allen Erklärungsversuchen des Pfarrers zum Trotz blieb jene Kammer noch einige Zeit geheimnisumwittert und rätselhaft. Doch irgendwann hatte sie ihren Reiz verloren. Wir wandten uns anderen Dingen zu. Nur Gotthelf nicht. Wir sahen ihn immerfort an der Kammertür stehen und lauschen. Wir lachten ihn aus und neckten ihn. ›Das Jesuskind schnarcht!‹ Gotthelfs Brüder und Max trieben es mit seiner kindlichen Furcht noch viel ärger. Grimmige Bergteufel, aus deren Rachen giftiger Hauch entquoll, mit glühenden Augen, Hämmern und Hacken in der Hand, ließen das Jesuskind keine Nacht schlafen, raunten sie ihm ins Ohr. Gotthelf zitterte vor Aufregung und Mitgefühl. Er gluckste. ›D-d-das Jesuskind‹, stotterte er.« Ohme räusperte sich. »Ich denke es mir so: Gotthelf hat ihn beschützen wollen. Jesus! Vor allem Ungemach! Vor dem ›Rupperich‹ und den Bergteufeln, von denen bei uns im Gebirge die Alten berichten. Auf unbegreifliche Weise muss er an den Schlüssel der Kammer gekommen sein. Ein mutiger, verzweifelter kleiner Junge. Und ist bei dem Rettungsversuch in die Weihnachtskiste gefallen. Kopfüber! Der Deckel der Weihnachtskiste muss zugeklappt sein. Und Gotthelf ... Er ist jämmerlich erstickt!« Großmutter faltete ihre Hände. »Das Stubenmädchen hat ihn entdeckt. Stundenlang hatten wir alle nach ihm gesucht. Ich werde den Anblick nie vergessen. Wie Gotthelf in dieser Kiste lag, das hölzerne Jesuskind fest im Arm. Der Pfarrer hat bei der Trauerpredigt für seinen Sohn einen schlimmen Kruppanfall bekommen. Der ist ihm seit diesem Tag bei jeder Aussegnung aufs Neue in seinen Hals gesprungen. Es war wie ein Fluch.« Großmutter hustete jetzt auch. »Wir Schwestern haben niemals mehr unser Beerdigungsspiel gespielt.«

»Ohme?« Ich strich über die Schokoladenflecken des gelbseidenen Lampenschirms und versuchte, wichtig zu klingen. »Ich muss auf den Dachboden.«

Großmutter schwieg eine Weile, dann hob sie den Kopf. »Pass auf, dass du nicht kopfüber in unserer Weihnachtskiste verschwindest. Wie Gotthelf.« Über ihr Antlitz glitt ein rätselhafter, nachdenklicher Ausdruck.

»Ich passe auf!«

»In der Dämmerung kann einem so manches begegnen«, sagte Ohme und musterte die Taschenlampe in meiner Hand.

»Ich werde den Notruf morsen!« Wie ein Schwert schwang ich die blaue Nikolauslampe. Ein achtjähriges Mädchen, das sich weder vor Geistern noch vor Gevatter Tod fürchtete. Wusste ich doch Großvater Anselm in meiner Nähe.

VII.

20er-Jahre

Es ist der 1. September 1926. Im Behandlungsraum riecht es nach Kampfer und Chloroform. Doktor Süß schnäuzt sich lange und ungeniert. Dann greift er zur Nickelbrille, um den kleinen Richard Franz Erwin Krüger besser in Augenschein nehmen zu können.

»Keinerlei negative Wachstumsfugen«, sagt er zu Hanna Jo. »Nun ja, das haben wir auch nicht erwartet!« Er gibt dem Dreijährigen einen Klaps auf den Po. »Rachitis bei Kindern hat ihren Ursprung in ungenügender Mineralisation. Ein Kuriosum nach dem letzten Kuraufenthalt im Böhmischen.« Süß legt seine Hand auf die Schulter des Kleinen. »Der Enkelsohn meines Korpsbruders ist kerngesund.«

Mit dem Ärmel wischt er seinen Behandlungstisch sauber und fischt aus der blechernen Vorratsdose ein Kandisstück. »Hat es den Damen in Karlsbad gefallen? Übrigens: Glaubersalz hilft bei so manchem. Nicht nur bei Krampfanfällen und Skrofulose.« Er kaut und zerknackt mit den Zähnen den Kandis. Und klopft sich auf seine Brust: »Ich verschreibe Glaubersalz auch bei Bleichsucht.« Vorsorglich stellt er die Vorratsdose auf das Regal zurück. Hanna Jo springt auf, um ihrem Sohn das Süß'sche Hörrohr zu entwenden, das er sich vom Untersuchungstisch geangelt hat. Der Doktor hält sie zurück. Mit durchgedrückten Knien steht der dreijährige Richard, barfuß und nur mit seinem Leibchen bekleidet, da und dirigiert. Er ist ganz vertieft darin.

»Dreh's emol annersch rim.«* Doktor Süß ist amüsiert. »Ein zukünftiger Musikus«, prophezeit er auf Hochdeutsch. Hanna Jo macht sich an ihrem Sohn zu schaffen. Sie zieht ihm seinen Matrosenanzug über.

»Oder ein Obermaat«, sagt der Doktor, mustert die blauweiße Tracht und wischt sich die Augen. Eine erneute Hustenattacke hat sie tränen lassen. Der Doktor zieht die obere Schublade seines Schreibtischs auf und kramt ein Päckchen Tabak hervor. Er beginnt, seine Pfeife zu stopfen.

»Dos is mol 'ne Ausnahm.«** Der Doktor erhebt er sich und rückt das Standspeibecken vom Fenster weg. »Erbstücke«, brummt er fast liebevoll und klopft mit der Hand an den Beckenrand. »Dor Spuckkibel un de Pfeif.«*** Er legt die frisch gestopfte Pfeife auf dem Spuckkübel ab. »'s ging hie un har.«****

Hanna Jo ist im Bilde. Der Doktor und seine Schwester haben sich nach ihres Vaters Tod einen heftigen Streit geliefert. Der Schwester, einer robusten Person mit dunklem, ungewöhnlich kräftigem Damenbart, ging es neben anderen Stücken um die wertvolle Porzellan-Tabakspfeife des Toten. Die beanspruchte der Bruder für sich. Eine Tat-

---

* »Drehe es einmal anders herum.«
** »Das ist mal eine Ausnahme.«
*** »Der Spuckkübel und die Pfeife.«
**** »Es ging hin und her.«

sache, die die unverheiratete Schwester zu einem leidenschaftlichen Vortrag über die Rechte der Frau veranlasste. Der Doktor blieb standhaft und das Pfeifendrama wurde zum Gespräch im Ort. Die meisten haben mit Doktor Süß sympathisiert. Möglicherweise hätten dem Fräulein die kritischen Jahre zugesetzt, meinte Frau Ida und spielte dabei nicht nur auf die Klimax der Frauen an.

Wie sich das äußere? Cäcilies Frage hat scharf geklungen. Die Damen saßen im Rauchsalon.

»Meine Liebe, du solltest wissen, dass Fräulein Süß das Haar a lá Bubikopf trägt und Zigarre raucht«, war Frau Idas Antwort.

»Ersteres habe ich auch schon erwogen, Letzteres ist nun weiß Gott kein Verbrechen mehr. Hach.« Cäcilie winkte hoheitsvoll ab. »Die Damenwelt raucht, soweit mir bekannt ist, neuerdings auch in der Öffentlichkeit.« Nach diesen Worten beförderte Cäcilie ein silbernes Zigarettenetui aus ihrem Pompadour.

»Ich weiß noch, wie mich das Fräulein Süß auf dem Bürgersteig heftig umarmt hat.« Die Gattin von Hanna Jos ältestem Bruder Fritz klang pikiert. »Und all das nur, weil, wie sie sagte, wir Frauen zum ersten Mal reichsweit wählen dürften. Die deutsche Nationalversammlung …«

»Mademoiselle Moustache scheint eine Sympathisantin der Suffragetten zu sein.« Tante Cäcilies dünnhäutige Hand zitterte.

Hanna Jo pflichtete der Tante bei. »Schon möglich.« Anselm hatte ihr von der Suffragettenbewegung erzählt.

»Suffragetten?« Frau Ida und ihre Schwiegertochter sahen einander an. Tante Cäcilies Stimme klang trocken:

»Moderne Amazonen, allerdings ohne drei Brüste ... Bei Fräulein Süß bin ich mir übrigens nicht so sicher.«

Das war vor drei Wochen.

Hanna Jo knöpft sich die Handschuhe zu, bevor sie dem Korpsfreund des Vaters die Rechte reicht. Ganz offensichtlich plagt den Doktor ein böser Katarrh.

»Ich soll vielmals grüßen.« Die Erleichterung ist ihr anzusehen. Die Ärzte in Karlsbad haben ihr unnötige Angst gemacht. Sie setzt dem kleinen Richard die Tellermütze aufs Haupt und nimmt ihm das Hörrohr ab.

»Was Karlsbad betrifft«, sagt sie zu Doktor Süß gewandt, »wir konnten nicht klagen. Die Trinkkur hat vor allem Fritz' Gattin und ihrem Töchterchen gutgetan.«

Der Doktor hustet. »Partus praecox*«, bemerkt er. Er weiß sehr wohl, dass Franz Friedrich Deenels älteste Enkeltochter Käthe von zarter Gesundheit ist. Der Neunjährigen ist noch immer das Zerbrechliche eines Siebenmonatskindes anzusehen. Trotz Lebertran-Gaben und Hühnerbrühe, trotz Ovomaltine und teurer Mauxion-Schokolade. Die rohe Leber, die ihr der Doktor zur Blutbildung verordnet hat, scheint ebenfalls wenig Erfolg zu haben. Das allerdings hat einen anderen Grund. Käthe füttert die Katze damit. Dem Tier schmeckt es gut. Es gedeiht. Käthe hingegen bleibt weiterhin blass, mit blau geäderten Schläfen und schmal.

»Richard Franz Erwin«, ruft Hanna Jo und greift nach dem Mantel mit Deenel'scher Bortenverzierung.

Der Kleine trollt sich nur zögernd. An der Tür dreht er sich nochmals um. »Adieu«, sagt er brav und stopft sich

---

* Frühzeitige Geburt

bei dieser Gelegenheit noch einen der Aderlassschnepper in seine Hosentasche. Der Instrumentenschrank des Doktors enthält so einiges, das nicht in Kinderhände gehört: Spuckflaschen, Schröpfköpfe, Spritzen aus Glas und Metall, die Vaginaldusche. Des Doktors Reflexhammer hätte Hanna Jos Sohn noch mehr gereizt, doch seine Kinderarme reichten nicht hin. Die Zäpfchengießform hat der Doktor vom Nadeloswald zu dessen Lebzeit erworben. Und später dann, nachdem man den Nadeloswald erfroren in einem Steinbruch im Böhmischen gefunden hatte, sind die Wundsalben und Bandagen des Toten dazugekommen. Die Leute sagen, der Nadeloswald habe eine halb geleerte Branntweinflasche im Arm gehabt. Den Tragekorb hat man dem Pfarrer übergeben. Der nahm sich daraus die Brillantine, die Schnürsenkel und die Bartbinden als Lohn für das letzte Vaterunser an Oswalds Sarg. Die Bäckersfrau hat sich verstohlen nach der Steckenpferd-Seife und dem Birkenhaarwasser erkundigt. Von der Seife ist noch ein Stück da gewesen. Die Flaschen mit Birkenhaarwasser jedoch sind zu Bruch gegangen. So ist es gekommen, dass der Nadeloswald nach frühlingsfrischer Birke geduftet hat, obwohl es ein frostkalter Januartag war, als man ihn fand. Nur nach dem Tabak hat man vergeblich in seinem Tragkorb gesucht.

»Na, so was«, sagt Franz Friedrich Deenel, als er den Aderlassschnepper inmitten seiner Kragenschoner entdeckt. Er müht sich, ein strenges Gesicht aufzusetzen.

Schuldbewusst senkt sein jüngster Enkelsohn Richard das Haupt. Da steckt die alte Kurtl ihren Kopf durch den

Türspalt. »Du Ugelick«, jammert sie und ringt ihre Hände. »De Gunge hom Schiffbruch erlitten.« *

Deenel runzelt die Stirn. »Schiffbruch?«, vergewissert er sich ungläubig.

»Gekentert!« Die alte Kinderfrau wischt sich mit dem Schürzenzipfel übers Gesicht und weint laut auf. »Im Mühlgraben!«

Fabrikant Deenel stürzt aus dem Raum.

Wilhelm, Max' ältester Sohn, ein lebhaftes, tollkühnes Kind mit einem listigen Zug um den Mund, hat den Einfall mit dem Wäschezuber gehabt. Eine Bootspartie auf dem Mühlgraben, der durch das Deenel'sche Anwesen fließt. Wie jedes Jahr hat die Schneeschmelze den Mühlgraben auf seiner ganzen Länge mit Wasser gefüllt. Wilhelm ahnt, dass das Boot schnell an Fahrt gewinnen wird. Mit Käthe und dem Bruder hat er den Zuber über die Wiese zum Wasser geschleppt. »Eine Expedition. Wir sollten Käthes Botanisiertrommel mitnehmen«, erklärt er der Cousine und seinem vierjährigen Bruder Wolfgang. Doch Käthe bleibt stur. Sie fahre keineswegs mit, beteuert sie, aber die Botanisiertrommel könne er haben.

Über Wilhelms Antlitz zuckt ein zorniger, boshafter Zug. Dann sieht er den Bruder an. Der weicht zurück. Wilhelms Augen beginnen zu glimmen. »Määhdchen ...«, zischt er, den Zuber nur noch mit Mühe am Rand des Mühlgrabens haltend. »Spring rein, oder ich mache, dass du ins Wasser fällst und ersäufst.« Käthe schreit auf. Wolfgangs verzweifelter, täppischer Sprung hat den Zuber zum Kentern gebracht. Der Vierjährige ist mit ihm untergegangen.

---

* »Die Jungen haben Schiffbruch erlitten.«

»Jesses Maria!« Fabrikant Deenel kniet neben dem Enkelsohn. Und Käthe kniet neben ihm.

Sie rüttelt an seiner Schulter. »Stirb nicht«, bittet sie. Wolfgangs Lippen sind blau vor Kälte. »Nein«, murmelt er und verliert das Bewusstsein.

»Du Ugelick.« Kurtl, die alte Kinderfrau, faltet die Hände. »Der Herr hat's gegeben, der Herr hat's genommen«, sagt sie auf Hochdeutsch und wiegt ihren Kopf. Und ist vom Herrgott enttäuscht. Es hätte den anderen der beiden Knaben treffen sollen, den mit dem hinterlistigen Blick.

Hanna Jo und die Köchin sind mit dem Legen der Wäsche beschäftigt. Mit ausgebreiteten Armen schreiten sie aufeinander zu. Die rechte Kante des Lakens muss auf die linke gelegt werden. Es ist eine Maßarbeit, bei der Käthes unerträgliches Wehgeschrei stört. Die beiden Frauen werden aus Käthes Gestammel nicht schlau.

»Ertrunken?« Hanna Jo hebt die Augenbrauen.

»Dos is fei allerhond.« Die Köchin schmunzelt.

Käthe schluchzt und bebt am ganzen Körper. »Der Wolfi«, schreit sie. Und Hanna Jo durchzuckt ein furchtbarer Gedanke.

»Was ist's mit dem Wolfgang?«, ruft sie und schüttelt die Nichte so heftig, dass sie vor Schmerz noch lauter brüllt.

»Is war e heilluses Dorchenann'r. Dar Gung is hie!«* So schnell, wie es ihre Beine erlaubten, ist die alte Kurtl ins Haus zurückgeeilt

Hanna Jos Antlitz wird so weiß wie das Betttuch in ihrer Hand. Und Käthe sagt jetzt, noch immer schluchzend und schlotternd, ihr Tischgebet auf. »Segne, Vater, diese Speise, uns zur Kraft und dir zum Preise ...«

---

* »Es war ein heilloses Durcheinander. Der Junge ist hin.«

»Ach, Kind«, Hanna Jo legt die Arme um ihre Nichte. Käthe verstummt. Es ist jetzt sehr still im Raum. Die Frauen zucken zusammen, als Wilhelm die Wäschekammer betritt. Hemd und Hose des Jungen triefen vor Nässe. Er wirft einen trotzigen Blick in die Runde.

»Vater«, schreit Hanna Jo, als kurz darauf Fabrikant Deenel mit schweren Schritten das Zimmer betritt. Die alte Kurtl hat sich geirrt. Wolfgang ist nicht ertrunken. Die hölzerne Botanisiertrommel ist seine Rettung gewesen. Sie hat ihn über Wasser gehalten, bis ihn sein Großvater herausfischen konnte.

»In letzter Sekunde …«, ruft Deenel mit heiserer Stimme den Frauen zu. Er bettet Wolfgang auf die Chaiselongue, während Käthe und Hanna Jo einen Stapel zusammengefalteter sauberer Laken heranschleppen.

»Dos is fei allerhond«*, murmelt die Köchin, als sie in der Küche Wasser für Tee aufsetzt. Sie wirft einen schnellen Blick auf Wilhelm, der in eine Decke gewickelt am Küchentisch sitzt und behaglich an einem Butterbrot kaut.

Zwölf Monate später, man schreibt das Jahr 1927, hat sich die Schar der Deenel'schen Enkel um zwei weitere Enkeltöchter vergrößert. Fritz, Hanna Jos ältestem Bruder, ist eine weitere Tochter geboren worden.

»Wieder so prosslderr wie de gruse Maad«**, sagt die alte Kurtl, nachdem sie die Kleine in Augenschein genommen hat, und zu Käthe gewandt: »Dös klaane Weibl kimmt net in' Sandkasten.«***

---

* »Das ist ja allerhand.«
** »Wieder so prasseldünn, wie das große Mädchen (ihre Schwester).«
*** »Das kleine Weib kommt nicht in den Sandkasten.«

»Nein.« Gekränkt wendet sich Käthe ab. Insgeheim jedoch ist sie erschrocken. Die alte Kurtl scheint über die unheimliche Gabe des Gedankenlesens zu verfügen.

Auch Hanna Jos Schwester Charlotte wird Anfang Juli von einer Tochter entbunden. Seit Januar ist sie mit dem Vikar aus der Kreisstadt verheiratet. Ein Siebenmonatskind ist beider Töchterchen allerdings nicht, sooft das der Gatte, ein rühriger Mensch mit fahrigen Gesten und bürstenkurzem Haar, auch allen beteuert.

»Ehrwürden, dieser propere Säugling kann schwerlich ein Siebenmonatskind sein.« Anselm kann es sich nicht verkneifen, seinem neuen Schwager augenzwinkernd Bescheid zu geben.

Charlottes Ehemann macht eine rasche Bewegung und holt tief Luft. Doch nach einem Blick auf seine errötende Ehefrau belässt er es bei einem verlegenen Nicken.

Nur Magdalenas Taille bleibt schlank und biegsam wie eh und je. So bleibt auch die Ellenanzahl der teuren Stoffe, die der Ehemann, ein erfolgreicher Tuchhändler, für seine Frau zur Vervollständigung der Garderobe kauft, unverändert. Die Schönheit der 31-Jährigen auch. Magdalenas Gatte ist stolz auf den mädchenhaften Liebreiz seiner Frau. Was ihn betreffe, so könne er gern auf eigenen Nachwuchs verzichten, sagt er zu ihr.

»Vielleicht hätte ich auf den afrikanischen Großwildjäger warten sollen«, vertraut sich Magdalena Tante Cäcilie an. »Vor zehn Jahren, in der Silvesternacht. Ich weiß es noch gut. Wir haben Blei gegossen. Hanna Jos Bleigebilde war ... ein Stahlhelm! Und richtig, Anselm hat in den Krieg gemusst. Bei mir war's ein Männerkopf ... Ein bärtiger Großwildjäger.«

»Schnickschnack, my dear.« Wieselflink dreht sich Cäcilie auf ihrem Schuhabsatz um. »Was hättest du bei den Wilden gemacht? Auf dem Fell von Schakalen gelegen?«

Wider Willen muss Magdalena lachen. Die Tante bemüht mitunter drastische Worte, um ihre Umgebung aufzuheitern.

»Du scheinst den Hang zur Unfruchtbarkeit von deiner Tante Agnes geerbt zu haben. Der Großwildjäger hätte daran nichts ändern können.« Ein Tante-Cäcilie-Trost. »Sei's drum«, sagt sie. »Aus meinem Leib ist auch kein erbberechtigtes Wesen geschlüpft. Glaub mir, das muss kein Nachteil sein.«

»Vielleicht«, sagt Magdalena. Doch ihr *vielleicht* klingt resigniert.

Cäcilie bemerkt es. »Du könntest deine Unfruchtbarkeit ein wenig sanktionieren.« Eine Zigarette, my dear?« Aus unerfindlichen Gründen ist Cäcilie von ihren *Hachs* abgekommen. Sie sagt jetzt *Schnickschnack* und *my dear*. »Leichte Regatta, elegant schlankes Format, nikotingeminderter Rauch.« Cäcilie zückt ihr silbernes Feuerzeug. Die winzige blaue Flamme flackert, als sich Magdalena, eine Regatta zwischen den Lippen, darüberbeugt.

»Wie das?«

»Die Aufzucht der süßen Kleinen kann für die Eltern durchaus beschwerlich sein.« Cäcilie fixiert Magdalena durch ihre halb geschlossenen Augen. »Für dich indes ... Chouchouter! Du kannst sie verziehen, verwöhnen, verhätscheln.«

Schweigend inhaliert Magdalena den Rauch ihrer Zigarette. In Cäcilies Gesicht zeigt sich ein wissender Eifer. »Du bist ihre Tante. Wer wollte es dir versagen? Sie werden dich vergöttern, my dear. Glaub mir, glänzende Kinderaugen, das ist wie ein Aphrodisiakum. Es kann süchtig machen.«

Magdalena versteht. »Oh, ich erinnere mich gut. Die Humpty-Dumptys, die du uns mitgebracht hast. Die scheppernden Aluminium-Wanderausrüstungen, die hüpfenden Blechfrösche und die trommelnden Affen. Mutter mochte sie nicht ...« Magdalena hält inne. »Du hast dir also mit deinen Präsenten selbst das größte gemacht?«

»Natürlich, my dear.« Cäcilie nickt. »Da ist nur ein Haken. Die Eltern werden dich weniger mögen, als es ihr Nachwuchs tut.«

»Ein Tausch also. Der Unmut der Eltern gegen die Liebe der Kinder.«

»Schnickschnack. Nichts ist umsonst. Der Tod nicht und auch nicht die Liebe.« Tante Cäcilie erhebt sich. Draußen vor dem Deenel'schen Anwesen wartet bereits der Chauffeur. Sein Mittelscheitel ist akkurat wie immer. Und seine Manieren auch. Nur, dass sein Haar jetzt so grau ist, wie Tante Cäcilies geworden ist, und seine Hände hin und wieder zu zittern beginnen.

Magdalena hat sich Tante Cäcilies Ratschlag zu Herzen genommen. Sie kauft Schokoladentäfelchen, Katzenzungen, Toffees, Fondantfiguren und Marzipan. Und Spielzeuge aller Art: Schildkröt-Puppen für Käthe und ihre Schwester, einen Märklin-Metallbaukasten für Wolfgang. Wilhelm erhält einen Säbel und Richard eine Elastolin-Feldhaubitze.

»Kriegerisches Gerät«, stellt Anselm stirnrunzelnd fest, als er bei Richard die Feldhaubitze und ein Dutzend Massesoldaten entdeckt.

Hanna Jo legt ihren Arm auf Anselms Schultern. »Lass ihr die Freude«, sagt sie sehr leise. »Wir haben den Sohn. Und sie seine strahlenden Augen. Wenigstens das.«
Anselm schweigt.
Eine Woche danach ist die Feldhaubitze auf unerklärliche Weise verschwunden. Magdalena, die sehr wohl weiß, dass Schwager Anselm an diesem Verschwinden nicht unbeteiligt gewesen ist, tröstet den Neffen mit Aachener Printen. Richard verzehrt die Printen so hastig, dass sich ein schrecklicher Schluckauf einstellt. Hanna Jo lässt den Doktor rufen. Doktor Süß gibt dem Kind einen kräftigen Klaps auf den Po, sodass es verstummt.

Magdalena muss auch behandelt werden. Sie mache sich Vorwürfe, dass durch ihr Zutun ein solches Malheur geschehen sei, sagt sie dem Doktor. Der rät zu einem Spaziergang und Baldriantropfen. Seit diesem Vorfall ist Magdalenas Eifer, die Neffen und Nichten mit teuren Liebesgaben, mit ausgelassenen Spielen und Küssen zu überhäufen, einer seltsamen Apathie gewichen. Richards Missgeschick hat ihr einen größeren Schrecken eingejagt, als sie sich selbst eingesteht.

Deenel entgeht die Kopfhängerei seiner Ältesten nicht. Er müsse demnächst aus geschäftlichen Gründen nach Berlin, erklärt er. Sie könne ihn auf seiner Reise begleiten. »Wie früher, weißt du noch?« Doch Magdalena ist sichtlich bemüht, des Vaters Blick zu meiden.

»Berlin«, erklärt sie dem Gatten später. »Papa spielte auf eine gewisse Vertrautheit an. Für meine Person verspüre ich wenig Lust. Beim letzten Mal war er … Nun ja, ich habe die Abende ohne ihn im Hotel verbracht. Und wusste sehr wohl, dass er bei seiner Affäre war.«

»Bah, was soll's. Die Annehmlichkeiten der Hauptstadt werden eine willkommene Abwechslung sein«, entgegnet Hans-Martin Husemann. »Man hört ja so allerlei, was das dortige Amüsement betrifft.« Er lächelt und betrachtet seine madonnengescheitelte Ehefrau. Hans-Martin Husemann ist nicht der Mann, der Magdalena keine Zerstreuung gönnt. Und außerdem gibt es da noch eine sehr praktische Überlegung.

Magdalena wehrt ab. »Papa...«, beginnt sie erneut, doch der Gatte fällt ihr etwas gereizt ins Wort.

»Dein Vater«, sagt er, »das weißt du so gut wie ich, ist früher auffallend gern und auffallend oft nach Berlin gefahren. Und du hast ihn hin und wieder begleitet. Ein Alibi für deine Mutter? Doch lassen wir das. Ich sage dir, Stoffe und Tuche sind in der Hauptstadt begehrt. Es könnte für die Handelstätigkeit unserer Firma recht erfreulich sein, sich in gewissen Berliner Kreisen umzusehen.« Hans-Martin Husemann räuspert sich heftig. Seit seiner Internierung, die ihn für zwei Jahre auf der Isle of Man ausharren ließ, scheint er unter chronischer Heiserkeit zu leiden. Beifällig gleitet sein Blick erneut über die mädchenhaft schlanke Gestalt seiner Frau. »Schöne Frauen sind die allerbeste Visitenkarte«, sagt er.

Magdalenas Wangen röten sich. Das Kompliment ihres Gatten lässt ihre Augen leuchten. Der praktische Realismus ihres Mannes hat auf sie abgefärbt. Schon längst besitzt sie nicht mehr das hitzige, unzufriedene Temperament ihrer Mädchenzeit. Sie wird die neuen Visitenkarten mitnehmen. Was das Geschäftliche angeht, ähnelt Magdalena der Mutter. Die ist seit eh und je eine äußerst pragmatische Frau.

Berlin im Oktober 1927. Das Brandenburger Tor ist festlich geschmückt. Magdalena Husemann ist es ebenfalls. Die bunt gestickte Borte am Kragen ihres perlgrauen Mantelkleides flattert im Wind, ebenso wie die zahlreichen farbenprächtigen Girlanden, mit denen Berlins berühmtes Triumphtor verziert ist. Die junge Frau vergräbt beide Hände in ihre Manteltaschen, obwohl der heutige Tag mild und sonnig ist. Seit einer Woche sind sie nun hier. Magdalena genießt das städtische Leben in vollen Zügen. Der kleine erzgebirgische Ort, in dem sie lebt, kommt ihr auf einmal provinziell und eintönig vor. Womöglich ist es ein Fehler gewesen, den Ehegatten zum Kauf eines Hauses in heimatlichen Gefilden überredet zu haben, denkt sie.

»Hindenburgs Achtzigster, meine Güte«, sagt sie und zieht die dunklen, fein geschwungenen Brauen hoch. Eingekesselt inmitten Hunderter Schaulustiger steht sie mit dem Vater am Straßenrand. Reichspräsident Hindenburg fährt an den jubelnden Menschen vorbei.

»Vivat«, schreien die Menschen. Sie jubeln, winken und lachen. Magdalena kräuselt die Lippen. Berlin ist Kulisse und Bühne zugleich. Ein inszeniertes Spektakel. Hindenburgs Winken ist auch inszeniert, nachdem er vor 16 Jahren mit schwarzem Adlerorden in den Ruhestand verabschiedet worden ist. Die Huldigung seines Volkes an diesem 2. Oktober nimmt er auffallend gnädig an.

Franz Friedrich Deenel beobachtet, wie seine älteste Tochter kühl und zurückhaltend ihre Umgebung mustert. Das schreiende Volk ist auch ihm zuwider. Er legt seine Hand auf Magdalenas Schulter. »Lass uns zu …« Er überlegt kurz. Und sagt: »Lass uns zu Schlichter gehen. Das unausgesetzte Vivat-Geschrei hat mich durstig gemacht.«

Magdalena nickt und so bahnen sie sich einen Weg aus der Menge. Vorbei an den Menschen, den Männern mit Gambler und Schiebermütze, den Frauen mit Bubikopf und knielangen Röcken. Magdalena drängelt sich zwischen zwei Herren hindurch, die ihr ungeniert nachstarren. »Asymmetrie ist en vogue. Wir schwimmen gerade gegen den Strom«, ruft sie dem Vater zu. Der hebt die Schultern.

Das Schlichter ist ein beliebtes Restaurant in Berlin und Franz Friedrich Deenel ein gern gesehener Gast. Ab und zu kommt es vor, dass sich in seiner Begleitung eine Dame befindet. Die Dame trägt keinen Ehering, obwohl sie das sichere Auftreten einer Ehefrau hat. Doch das Personal ist diskret. Und Deenels Trinkgelder ein gutes Stück mehr als angemessen.

»Frau Magdalena Husemann. Meine älteste Tochter«, stellt Franz Friedrich Deenel vor.

Der Ober verbeugt sich. »Die Leber mit Äpfeln und Zwiebeln ist heute empfehlenswert. Oder geröstete Leberklöße, wie der Herr Vater gewöhnlich?« Er lächelt kaum merklich.

Magdalena wählt Roastbeef und knöpft ihre Handschuhe auf. Das mokante Lächeln des Oberkellners ist ihr genauso wenig entgangen wie ihres Vaters ungewohnt lebhafte Art, sie vorzustellen. Der Fabrikant beherrscht im geselligen Umgang die Kunst einer ausweichenden Leutseligkeit. Doch seine älteste Tochter weiß noch genau, wie damals jener reservierte Ton zwischen den Eltern aufgetaucht ist. Ein Ton, der – befremdlich genug – selbst Außenstehenden nicht verborgen blieb. Der Vater war misslaunig und gereizt. Die Mutter machte mit spitzen Widerworten die Stimmung nicht besser.

Magdalena erinnert sich. Anselms und Hanna Jos glanzvolle Hochzeit brachten die elterlichen Diskrepanzen eine gewisse Zeit zum Stillstand. Frau Ida in blassblauer Seide und mit einem koketten Zug um den Mund sah damals ebenso triumphierend und stolz aus wie die Braut. Familienfeiern können Zusammenhalt oder Zerwürfnis befördern. Vaters Affäre war längst nicht beendet. Er besaß nur die Klugheit, es seine Frau durch galante Zuvorkommenheit und Freundlichkeit glauben zu lassen.

Der Oberkellner bringt eine Flasche Château Lafite.

»Auf Hindenburg«, sagt Franz Friedrich Deenel.

»Auf dich, Papa. Und dass der jetzige Aufschwung nicht nur eine bloße Fata Morgana ist. Kapitalien gegen geringfügige Hypotheken, Cessionen mit mäßigem Zinsfuß.« Magdalena ist keine, die auf den Kopf gefallen ist. Ihres Vaters Berlinreise hat auch gewisse private Gründe. Dass der Vater im Schlichter nicht nur mit seinen Kunden und Kommissären verkehrt, ist ihr bekannt. Sie weiß sehr wohl, dass er gestern keineswegs frühzeitig schlafen gegangen ist, wie er ihr sagte.

»Ich werde für Mama ein Hindenburg-Tässchen kaufen«, sagt sie und deutet auf eine der zierlichen Tassen aus Biskuit-Porzellan. Bei Schlichter gibt es Hindenburg an der Theke; Tassen und Teller aus Steingut und Porzellan, verziert mit dem Konterfei des streng dreinblickenden Reichspräsidenten mit faustlangem Schnauzer und Bürstenschnitt.

Schweigend und sichtlich angespannt klappt Franz Friedrich Deenel die Menükarte zu. »Wie findest du Berlin in der heutigen Zeit?«

»Das Amüsement ist unterhaltsam. Tingeltangel-Theater, wohin das Auge reicht. Tabubrüche überall.« Unbekümmert spricht Magdalena aus, was sie denkt. »Die guten Sitten, die Konventionen ... Hier geht jetzt nahezu alles perdu. Berlin scheint der Nabel der Welt zu sein, der Nabel des Lasters. Und das ist ganz ungemein reizvoll. Du wirst es wissen«, sagt sie halblaut.

Eine der dicken braunen Flechten hat sich aus Magdalenas Haarkranz gelöst. Sie legt das Besteck beiseite und muss an das kürzlich geführte Gespräch mit Anselm denken. Seit seiner Entlassung aus dem Lazarett ist Anselm ernster geworden. Nachdenklicher. Und daran hat auch die Geburt seines Sohnes vor vier Jahren nichts ändern können.

»Es scheint so, als wollte alle Welt noch ein letztes Mal die eigene Lebensfähigkeit auskosten«, hat er zu seiner Schwägerin gesagt. »Bevor es zur Apokalypse kommt ...«

»Ist das nicht Schwarzmalerei?«

»Ich habe nicht das Gefühl, dass ich eine seherische Unheilsvision bediene. Es ist Realität.« Anselm hat das Tintenfass zugeschraubt. Und Magdalenas Aufmerksamkeit blieb an dem Weckglas haften, das neben der Löschwiege auf der tintenfleckigen Schreibunterlage stand. Sie kennt die Geschichte. Der Schwager und sie haben sich angesehen. Ernst und wissend.

»Berlin ...«, sinniert Fabrikant Deenel. »Ich habe mir überlegt, meine Geschäfte in Sankt Petersburg wieder aufzunehmen«, sagt er.

»Petrograd. Lenin...grad«, entgegnet Magdalena gedehnt. »Monsieur Lenin, dieser spitzbärtige, paranoide Verschwörer. Sein Name verbindet sich nun mit einer der prachtvollsten russischen Städte. Wenn du mich fragst, eine unnötige Erhöhung des Toten. Das hat nicht mal Bismarck geschafft.«
»Immerhin. Der Reichskanzler hat uns den Bismarckhering beschert. Das stößt sauer auf.« Deenel schmunzelt. Magdalena lacht. Ein Anselm-Bonmot. Der Vater hat es sich rasch zu eigen gemacht.

»Du willst mit den Bolschewiken Geschäfte betreiben? Schau sie dir an, die Russen. Jetzt Lenins Nachfolger, dieser Stalin, mit seiner obskuren Ideologie. Das ist wirtschaftlich unbedarft und naiv. Man sagt, dass der Russe derzeit ein äußerst simples Privatleben führt. Selbst Anselms einstiger Enthusiasmus hat sich gelegt.« Magdalena fixiert den Vater. Scheinbar absichtslos fragt sie: »Apropos Privatleben. Mutters Blässe in letzter Zeit hat mich besorgt gemacht. Weiß sie ...?«

Mit harter Hand setzt Deenel sein Glas ab. »Es steht dir nicht zu, eine solche Frage zu stellen«, erwidert er knapp.

»Ich kaufe die Tasse für Mama«, sagt Magdalena entschlossen. »Cäcilie bat mich übrigens, ihr einen Morphium-Mörser mitzubringen.«

Deenel winkt ab. Er bittet den Oberkellner, die Rechnung zu bringen, und Magdalena bittet, die Tasse sorgfältig einzupacken. Sie sagt es mit heiterem, harmlosem Blick.

Frau Ida ist über die Tasse entzückt, nur Hindenburgs Konterfei findet sie überflüssig. Auch Tante Cäcilie ist hocherfreut, als Magdalena ihr den Mörser und das Pistill überreicht. »Morphin ist der Absinth der Frauen. Man sagt, er stamme von Monsieur Dumas.« Tante Cäcilie entfernt eine Mausefalle aus ihren Rockfalten. »Schnickschnack. Morphin, zerrieben mit Weingeist und Essigsäurehydrat ...«, beginnt sie und verstummt, als Käthe ins Zimmer stürmt. »Später«, flüstert sie Magdalena zu und bricht ihre Ausführung über das populäre Rauschmittel ab.

Neben dem Morphium-Mörser hat Magdalena auch an ihre Nichten und Neffen gedacht. Tante Cäcilie lächelt, als sie die vielen Lakritztaler, Brausepulverpäckchen, Pralinen und Bonbons sieht. Nur Aachener Printen sind nicht dabei. Für Käthe gibt es ein Paket Kraftpillen, die schnelle Gewichtszunahme versprechen. »Echt orientalische«, versichert ihr Magdalena. Und Richard erhält eine Mundharmonika. Das Mundharmonikaspiel beuge dem Schluckauf vor, beteuert die Tante. Magdalena hat an alle gedacht. Auch an den Gatten. Sie legt ein flaches, in Seidenpapier gewickeltes Päckchen auf den Tisch. »Für dich.«

Hans-Martin Husemann schnalzt mit der Zunge. Zum Nachtisch hat es Russische Creme mit reichlich Arrak gegeben. »Aha«, sagt er heiter, als er das Portemonnaie aus braunem Rindleder auspackt.

»Ich habe es bei Rosenhain auf dem Kurfürstendamm erworben«, sagt Magdalena. »Kurfürstendamm Nummer 232.«

»Aha.« Hans-Martin beäugt sein Geschenk. Im Seitenfach steckt eine Karte. »Albert Rosenhains Schacht-Tresor für Scheine und Hartgeld.« Er blinzelt erfreut.

»Und sonst?« Er sieht jäh hoch, sodass ihm die kunstvolle Haartolle in die Augen fällt. »Absonderlichkeiten? Pikantes? Was tut der Berliner?«

»Er tanzt und sündigt«, sagt Magdalena und lässt ihren Fuß auf und nieder wippen. »Charleston und Shimmy. Negerkapellen* sind chic. Der Rhythmus liegt ihnen im Blut.« Sie ist aufgesprungen und wiegt sich im Takt. »Apropos. Wolltest du früher vielleicht einmal Großwildjäger werden? In Afrika?«

»Berlin ...«, erinnert sie Hans-Martin Husemann, der mit Magdalenas Frage wenig anfangen kann.

»Berlin ist eine Stadt, die man liebt oder hasst. Bordelle und Bürgersteige so hoch wie ein Hundertmarkschein. Der Champagner fließt in Strömen. Und hie und da ein schneeweißes Pulver, das hemmungslos glücklich macht. Hemmungs-los.« Sie leckt sich über die Lippen. »Es gibt noch skurrilere Dinge. Der Rezeptionist im Hotel erzählte mir, dass das Publikum in den nächtlichen Amüsements neuerdings vom Durchleuchtungswahn besessen sei. Ein alles durchdringendes Licht, ein unsichtbarer Strahl ... Er sagte, dass die Tanzenden, einmal angestrahlt, als Skelette sichtbar würden. Dass man mit diesem Strahl alles Mögliche durchleuchten könne.« Magdalena zählt das Mögliche an den Fingern auf: »Möbel, Mumien, Menschen ...«

»Ich las davon. Die Innovation eines Physikers.«

»Tanzende Totengerippe!«

»Phrenesie in Berlin. Ein ranziger, fäulnisbehafteter Moloch in Samt und ... Seide!« Hans-Martin Husemann verschränkt die Arme hinter dem Kopf. »By the way, die

---

* Das Wort wird hier im historischen Kontext und als damals gebräuchliche, somit authentische, wörtliche Redewendung gebraucht. Ungeachtet dessen distanziert sich die Autorin von jeglichen rassistisch interpretierbaren Termini.

Modewelt ist momentan recht konträr aufgestellt. Doch mehr und mehr mischt sich Kunstseide ein.«

Magdalena tut einen tiefen Atemzug. Der Gatte bringt stets das Geschäftliche mit ins Spiel. »Onkel Hubert? Sicher. Zurzeit ist er sehr erfolgreich. Dennoch ein Trend, der sich ändern kann. Jener Exporteinbruch vor zehn Jahren, als die Chinesen keine Zopfbänder mehr benötigt haben. Sie hatten sich ihre Zöpfe abgeschnitten und die Taftbandproduktion stand plötzlich still. Bis dato hatten wir reichlich nach China geliefert. Taftbänder für chinesische Zöpfe!«

»Du willst damit sagen, dass schottische Stoffe der jetzigen Mode zum Opfer fallen?« Hans-Martin ist aufgesprungen, unfähig, im Sitzen zu argumentieren.

»Nicht unbedingt. Sie schnitten sich ihre Zöpfe ab, weil ... Es war ein Protest. Das Kaiserreich hatte ausgedient. Kein Kaiser von China mehr ...« Sie lacht. »Schnipp, schnapp waren die Zöpfe ab. Und wir hatten das Nachsehen.«

»Aha.«

»Es schert keinen mehr, was morgen passiert. Man lebt für das Heute, das Jetzt. Tanzende Totengerippe.« Sie hat sich jetzt auch erhoben.

»Spökenkiekerin!« Husemann gibt seiner Frau einen warmen Gewohnheitskuss.

De Zeit gitt darhie. Doch Ukraut vrgieht net.* Ganz unversehens sind Magdalena die Worte der alten Kurtl in den Sinn gekommen.

---

* Die Zeit geht dahin, doch Unkraut vergeht nicht.

AUF DEM DACHBODEN

Der Lichtkegel meiner blauen Stablampe tanzte über die Deckenbalken. Ich stieß ein paar Atemwölkchen aus und ließ die Hände in den Ärmeln meiner Strickjacke verschwinden. Die Schindeln schwiegen. Widerwillig gestand ich es mir ein: Der Schnee war daran schuld. Auch, dass Großvaters Sarg noch immer im Korridor stand. Weil auf den Straßen kein Durchkommen war. Die ganze Welt war in eine dichte, weiße, wattige Hülle aus Schnee gepackt. Ich tröstete mich, dass es irgendwann tauen würde.

»Gegen die Frühlingssonne kann kein Schneemann bestehen.« Großvaters Worte. Ein Schatten huschte an mir vorbei. »Ohpa?«

Doch nur das Knarren der alten Holzbalken antwortete mir. Großvater musste den Dachboden längst verlassen haben. Seine Sonntagshand lag noch auf der unteren Treppenstufe. Dort, wo ich sie abgelegt hatte. Es war nichts Neues, dass Großvater Anselm seine Hand vergaß. Manchmal war Ohme ihm hinterhergeeilt. »Deine Hand, Anselm«, hatte sie ausgerufen und Großvaters Rechte wie eine Fahne geschwenkt.

Fremde erschraken darüber. Eine Frau, die ihrem Mann mit einer hölzernen Hand nachlief.

»Absonderlichkeiten« nannte es Ohme. Dinge, die nicht alltäglich waren und dennoch passierten. Es kam nicht oft vor, dass eine Frau die Hand ihres Mannes hinter ihm hertrug. Weil der sie vergessen hatte. Oder ein Kind in die Weihnachtskiste kletterte und erstickte.

Die Weihnachtskiste. An ihr lehnte ich. Ich drückte mich ganz fest an die hölzerne Kistenwand. Weihnachten. Das war vor einem Monat gewesen. Ich erinnerte mich, wie ich Großvater Anselm geholfen hatte, die uralten, verschnörkelten Kerzenhalter an den Zweigen des Weihnachtsbaums festzuknipsen. Und Ohme hatte den Pappkarton mit den roten, blauen und grünen Glaskugeln hervorgeholt. Zuletzt das Lametta. »Engelshaar«, hatte sie gesagt und die silbernen Fäden durch ihre Finger gleiten lassen. »Die sind aus dem Westen.«

Für Ohme war die Weihnachtszeit eine besondere Zeit. Sie putzte die Fenster, polierte das Stubenbüfett und jenes Monstrum von Bücherschrank, von dem sie behauptete, dass es gut und gern eine ganze Kompanie Holzwürmer versorgen könne. Hatte der Rasen hinterm Haus eine Schneedecke bekommen, schleppte sie den Wohnzimmerteppich ins Freie und holte den Teppichklopfer. Wenn Ohme ihre Putzarbeiten beendet und sich eine neue Bluse angezogen hatte, stiegen wir drei auf den Dachboden. Dort stand die Weihnachtskiste. Die stammte aus dem Erzgebirgischen. Wo meine Großeltern herstammten. Großvater Anselm sah mich an. Dann spuckte er in seine Linke, beugte sich über den Kistendeckel und klopfte mit dem Handknöchel mehrmals darauf.

»Hokuspokus, dreimal schwarzer Kater«, rief er.

»Anselm«, mahnte Ohme.

»Hoc est enim corpus meum. Das ist mein Leib«, erwiderte Großvater unbeirrt.

»Was ist dein Leib, Ohpa?«, fragte ich interessiert.

»Latein. Das sei ein Zauberspruch, dachten die Leute früher. Sie kannten die Sprache der Pfaffen nicht ... und haben aus dem Leib ›Hokuspokus‹ gemacht.«

»Hokus ... pokus?«, wiederholte ich.

»Das ist es tatsächlich«, sagte Ohme verärgert. »Wie kann ein erwachsener Mann nur solche Albereien veranstalten.«

Großvater schnaufte verdrossen. »Man wird ja wohl noch seinen Spaß machen dürfen«, brummte er.

Ich schwieg. Es kam selten vor, dass sich meine Großeltern stritten.

Nach der »Alberei mit dem Hokuspokus« schob Großvater Anselm den Deckel beiseite und beugte sich noch ein Stück tiefer.

»Pass auf, dass du nicht kopfüber in unserer Weihnachtskiste verschwindest. Wie Gotthelf«, sagte Ohme.

Und Großvater sagte: »Das werde ich nicht.«

Großvater beförderte nun erstaunlich viele Pappschachteln, Päckchen, verschnürte Schatullen und Kistchen aus der großen Kiste ans Licht. Und nacheinander wurden sie alle nach unten geschafft. Unten, im Wohnzimmer, packten wir drei dann das Weihnachtsfest aus. Zuerst den Baumbehang, die Scherenschnittsterne, vergoldeten Nüsse und Eiszapfen aus Glas. Zuletzt den großen Leuchter, der aus einer gedrechselten Docke und 16 geschnitzten Armen aus Holz bestand, zusammengesteckt und an den Haken der Blumenampel gehängt wurde. Großvater Anselm hatte ihn selbst gebaut. Er hatte die Docke gedrechselt, die Arme mit einer Laubsäge ausgesägt, mit weißer, grüner und roter Farbe lackiert, mit goldenen Sternen bemalt und Holzperlen aufgefädelt. Und jedes Jahr hatte er dann die Ketten unter die Sockel an 16 Hängelager gehängt. Und auf dem Sockel die kleinen Figuren aus Gips befestigt. Das habe er jedes Jahr so gemacht, als er noch beide Hände besaß, wie er mir sagte. Dann hatte es Ohme für ihn gemacht. Und später half ich ihr dabei, die Weihnachtsfiguren auf ihre Sockel zu schrauben. Ich schraubte Maria und Josef an. Die Krippe. Die Engel und Schafe, die Hirten, zwei Palmen und Bergmannsleute mit winzigen Grubenleuchten, hohen Hüten und einer schwarz-weiß-silbernen Tracht. Ich zählte.

»Die Bergleute sind in der Überzahl«, rief ich.

»Die Erzgebirgischen«, sagte Großvater Anselm. »Das muss so sein.« Er zog sich den Schemel heran. »Die sind ein eigenes Völkchen. Herzlich und rau. Das Erz gab früher Arbeit und Brot. Und drinnen im Berg, da musste man noch etwas rauer sein.« Er schielte zu Ohme. »Auch wegen der Bergteufel.« Großvater Anselm tippte einen der Bergleute an. »Der hier! Der mit dem Handstock, das ist der Steiger. Am Weihnachtsabend klopft er sie alle heraus aus dem Berg. Und spricht ihnen Dank und Segen aus.«

»Dann singen sie«, sagte Ohme.

»Zuletzt geht's ans Essen. Bratwurst mit Sauerkraut, später noch einen Kräuterschnaps.« Großvater strich sich über den Bauch ...

In der Weihnachtskiste knackte und knisterte es. Ich kniete mich neben sie und versuchte, den Kistendeckel beiseitezuschieben. Ich zerrte und schob. Weihnachten lag hier oben gut verwahrt. Zaghaft klopfte ich an die Kistenwand. »Hokuspokus«, wisperte ich.

Die Schindeln begannen zu klappern. Ich umklammerte meine Taschenlampe. »Heidnische Zaubersprüche«, sagte eine vertraute Stimme.

Ich wandte mich um. »Ohme?«

Großmutter stand vor mir. »Du solltest achtsam sein, bei dem, was du sagst«, mahnte sie.

»Großvaters Leib.« Stumm umfasste ich meine Knie.

»Ich werde uns etwas zum Abendbrot machen«, sagte Großmutter. »Du könntest mir leuchten!« Mit tastenden Schritten stieg sie die Treppe hinab.

»Flockenpudding«, rief ich ihr nach, während ich meine Lampe schwenkte. »Kannst du mir Flockpudding kochen?«

Großmutters Flockenpudding bestand aus Haferflocken und heißer Milch mit Eiern, Butter und Zwieback. Und überhaupt. Großmutters Kochkunst wurde von unseren Gästen, von allen, die bei uns in der Goethestraße vorbeikamen, geschätzt. Unsere Gäste, das waren die Tanten und Onkel, Großmutters Nichten und Neffen, die Kinder der Nichten und Neffen, die Cousins und Cousinen, die Kinder von ihnen, Großvaters ehemalige Lehrerkollegen, die Mitglieder seines Gesangsvereins und hin und wieder auch seine früheren Schüler, die Schülerinnen, die Leute aus dem Siedlerverein, die Nachbarn, die alte Opitzen. Und einmal im Jahr auch mein Vater. Wenn Großmutters jüngere Schwestern ihren Besuch ankündigten – es kam oft vor, dass uns die Tanten gemeinsam besuchten –, machte sich Großvater Anselm daran, seine alte Tabakpfeife zu stopfen. Er nahm seine Joppe, klemmte sich die Wochenpost-Zeitung unter den Arm und verschwand.

»Anselm«, rief Großmutter, wenn es klingelte. Doch von Großvater fehlte jede Spur. »Du Ugelick!« Ohme band sich die Schürze ab, zog meine Zöpfe zurecht, lief zum Gartentor, bewegte ihre Arme wie eine Windmühle und schrie los. Die Tanten schrien zurück. Sie breiteten ihre Arme aus und rannten mit einer Geschwindigkeit auf uns zu, dass ich nun ebenfalls schrie.

»Da ist ja die Kleine«, riefen die Tanten und schickten sich an, mich heftig zu drücken und zu umarmen. Ich rang nach Luft. Ohmes Schwestern rochen nach Schlangengift; eine Einreibung, die auch Großmutter gegen ihr Rheuma benutzte. Und manchmal rochen sie nach dem Maiglöckchen-Parfüm, das sie Ohme als Geschenk mitbrachten.

»Ohpa«, rief ich gellend und hoffte, dass Großvater Anselm sich wie ein schützendes Schild zwischen die Tanten und mich stellen würde.

»Emilia Friederike Charlotte! Maria Ricarda Martha!« Großvater streckte den beiden seine Sonntagshand entgegen, in seiner Linken hielt er die Tabakspfeife und stieß in einem fort riesige Rauchwolken aus.

»Pfui Teufel, Anselm! Dein Tabak stinkt ganz entsetzlich. Wie hältst du das aus, Hanna Jo?« Die Tanten hielten sich ihre Nasen zu und von Großvater fern. Großvater stieß noch größere Rauchwolken aus. Bald war er ganz eingehüllt von ihnen. Ich hatte mich in der Zwischenzeit den liebesbedürftigen Tanten entwunden und hinter Großvaters Rücken versteckt. »Wo ist das Kind?« Suchend stellten die Tanten sich auf die Zehen, um über Großvaters Schulter spähen zu können. Durch Großvaters Pfeifenrauch konnte ich auch nichts sehen und stellte mich ebenfalls auf die Zehen.

»Wieder ein Stück gewachsen«, riefen Ohmes Schwestern, hoben mein Kinn an und schrien laut auf vor Freude.

»Wir gießen sie täglich«, erwiderte Großvater Anselm und klopfte die Pfeife am Fenstersims aus. Pfeife rauchte er nur zur Begrüßung der »Deenel'schen Formation«, wie er sagte. »Ein scheußlicher Tabak, doch das ist's mir wert.«

Ohmes jüngste Schwester – es war die, deren Namen ich am allerliebsten aufsagte – war eine lebhafte, lustige alte Dame. Sie trug einen Haarkranz, der Ohmes wie ein Ei dem anderen glich.

»Hanna Jo«, rief die Tante begeistert aus. »Das Kind wird dir immer ähnlicher.«

»Wie schrecklich. Dann wäre unsere Enkeltochter bereits eine Dame von über 70«, entfuhr es Großvater Anselm, während er seine Schwägerin belustigt fixierte.

Die Tante erhob ihren Zeigefinger. »Nu na, Anselm«, sagte sie und an ihre Schwester gewandt: »Dein Mann ist und bleibt unverbesserlich.«

Bei ihrem letzten Besuch überreichte sie mir einen verschnürten Karton. »Für dich!«

Ich war enttäuscht. Im Karton lag ein plumpes Stoff-Ungetüm, das nach Mottenpulver roch. Ratlos hielt ich es hoch.

»Ein Muff«, mutmaßte Ohme und sah genauso ratlos aus wie ich.

»Ein Teewärmer«, klärte die Tante auf. »Für deine Aussteuer. Ich war genauso alt wie du jetzt, als ich ihn zu meinem Geburtstag bekam.

»Tante Cäcilie!« Über Ohmes Antlitz glitt ein Lächeln. »Ihre Geschenke hatten mitunter einen bizarren Beigeschmack. *Den* Teewärmer willst du an meine Enkeltochter weiterreichen?«

»Schnickschnack!« Großvater brüllte vor Lachen. »Martha«, sagte er und schlug mit seiner Linken so kräftig auf die schmale Schulter der Tante, dass die sich an der Tischkante festhalten musste. »Du bist noch immer für Überraschungen gut.«

Ohmes Schwester verzog pikiert das Gesicht. »Tante Cäcilie. Sie ist eine drollige alte Dame gewesen. Das Herz am richtigen Fleck! Ihr Teewärmer ... Ich trenne mich ungern von ihm. Doch glaube ich, dass es Zeit dafür ist.« Sie zog ihr Taschentuch, ein weißes mit hellblauem Häkelrand, aus dem Jackenärmel.

»Nicht doch, Martha.«

»Maria Ricarda Martha«, rief ich aus und stolzierte mit erhobenem Haupt hin und her. Ich hatte den Teewärmer auf meinen Kopf gesetzt.

»Zum Totlachen«, rief die Tante und lachte so laut, dass ihr Gesicht feuerrot anlief und ich schon befürchtete, sie würde es wirklich tun.

Ein halbes Jahr später war sie tot. Großmutter hielt einen Brief in der Hand. Stumm reichte sie ihn an Großvater Anselm weiter. »Martha.« Sie weinte und lief aus dem Zimmer.

»Hat sie sich totgelacht?«, fragte ich Großvater Anselm, als wir allein waren.

Forschend sah er mich an. »Nein«, antwortete er. Mehr sagte er nicht. Seit dieser Zeit hatte der Teewärmer einen Ehrenplatz auf meinem Kopfkissen.

»Wenn ich das Ohr drauflege, höre ich Großmutters Schwester lachen«, versicherte ich dem Nachbarsjungen. Der verzog das Gesicht. »Wie bei den Riesenmuscheln«, erklärte ich ihm. »Da hört man das Meer rauschen.« Ich lief ins Haus, um den Teewärmer zu holen. Und drückte ihn an sein Ohr.

Er japste und schüttelte sich wie ein Hund, der aus dem Wasser kommt. »Mottenpulver!«

Ich war gekränkt. »Das ist eine teure Erinnerung«, sagte ich zu ihm. »Ohmes Schwester hat mir eine teure Erinnerung geschenkt, bevor sie sich totgelacht hat!«

Das Licht der blauen Stablampe glomm jetzt nur noch sehr spärlich. Auch ohne den SOS-Notruf schien ihre Batterie aufgebraucht.

Irgendwo raschelte es. Mit einem Mal hatte ich das Gefühl, nicht mehr allein zu sein. Großvater Anselm war es nicht. Ich musste an die Sage von den Bergteufeln denken. Auch wenn mir Ohme versichert hatte, dass es nur erfundene Spukgeschichten seien, wurde mir unheimlich zumute.

»Hokuspokus«, stammelte ich. Ein leises Kichern antwortete mir. Mich befiel ein seltsames Grausen und ich tastete mich rückwärts Schritt für Schritt zur Treppe.

»Flockenpudding«, tönte Großmutters Stimme von unten. Ich atmete auf und polterte in Windeseile die Treppe hinunter. Und schlug die Bodentür hinter mir zu.

VIII.

Erste Schatten

Seit Jahren ist es Tradition, dass Anselm und Hanna Jo die Sommerferien im kleinen Ort an der böhmischen Grenze verbringen. Hanna Jos Eltern und ihre Brüder leben hier. Auch Magdalena mit ihrem Mann. Gebirgsluft und provinzielle Beschaulichkeit haben gewisse Vorteile gegenüber der Stadt. Hanna Jos jüngere Schwestern sind wie sie selbst aus dem kleinen Ort weggezogen. Charlotte, weil deren Ehegatte eine Vikarstelle in der Nähe der Residenzstadt erhalten hat, und Martha, weil sie in »diesem Provinznest ganz sicher an Langeweile und Ödnis sterben würde«, wie sie behauptet.

Anselm ist missgelaunt. Der erste Augusttag des Jahres 1929 ist verregnet und kühl. Gemeinsam mit Hanna Jo, dem sechsjährigen Richard, drei Koffern und vier Hutschachteln steht er am Bahnsteig. Hanna Jo hat den Regenschirm aufgespannt. Das Bahnhofsvordach bietet nur wenig Schutz vor der Nässe. Die Leute mit ihren Schirmen gehen vornübergebeugt. Sie hasten und eilen, um schnell den Regenschwaden zu entkommen. Anselm nimmt seinen Kneifer ab.

»Richard«, ruft er.

»Lass ihn doch.« Hanna Jo hat den verdrießlichen Blick ihres Mannes bemerkt.
»Er muss nicht in jede Pfütze springen.«
Anselms Tonfall ist rüde. Hanna Jo klappt ihren Schirm zusammen. »Du politisierst zu viel!«
»Vielleicht.«
»Der Zug kommt.« Hanna Jo drückt ihm den Schirm in die Hand. Anselm klemmt den Regenschirm unter den Arm. Seinen rechten.
Heraus zum Volksentscheid! Gegen den Young-Plan! Ein Plakat am Waggon der ersten Klasse. Anselm liest halblaut.
»Das ist doch...« Dann ein zorniger Hieb mit dem Schirm durch die Luft und Hanna Jos besorgte Miene. »Die Leute, Anselm!«
Anselm kräuselt die Lippen. »Man geht mit der Zeit. Auch bei der sächsischen Staatseisenbahn.« Er knurrt. Es ist ein tiefer, bedrohlicher Ton. Und Richard weicht ängstlich zurück.
Hanna Jo hat recht. Anselms offensichtlicher Groll, der seinen humorig getränkten Verriss von einst überdeckt, kommt nicht von ungefähr. Der Machtkampf, das Posten-Schachern im Parlament. Die Landtagswahl und ihr Ergebnis haben Anselms Verärgerung noch verstärkt. »Der Stimmenanteil für die Nationalsozialisten nimmt zu«, hat er erst neulich zu seiner Frau gesagt und mit der flachen Hand auf den Tisch gehauen. »Gott verdammich.«
Die Lokomotive der Schmalspurbahn, die sie in den kleinen Ort an der böhmischen Grenze bringt, schnauft schwer. »Of de Barg, do is halt lustig.« Anselm begegnet Richards erschrockenen Augen – des Vaters Zornausbruch hat ihn

erschreckt – mit gespielter Munterkeit und erinnert sich wieder. An jenen Sommertag vor zwölf Jahren. Damals war er das erste Mal Hanna Jo begegnet. Einem schreckhaften jungen Mädchen mit grauen Augen, ständig bemüht, die rotfleckige Stirn, die Wangen und seinen Mund zu bedecken, von dem Anselm weiß, dass er sehr sinnlich sein kann. Zum Glück hat sich Hanna Jos Nesselsucht nicht auf den Sohn vererbt. Und wenn auch. Anselm betastet die Holzhand. Die Welt ist seitdem eine andere geworden. Es gibt Schlimmeres als die Blaubeeren-Allergie seiner Gattin.

Der sechsjährige Richard schaut seinen Vater fragend an. »Warum siehst du traurig aus, wenn es doch lustig ist, auf den Bergen?«

Die Unterhaltung der Fahrgäste ist plötzlich abgeklungen. Anselm, dem das Schweigen der Leute nicht entgangen ist, nimmt seinen Kneifer ab. »Setz dich auf meine Knie«, schlägt er Richard vor. »Wir sind bald da.«

Fabrikant Deenels Geburtstag. Franz Friedrich Deenel, im festlichen Stresemann, strafft sich. Am Flügel haben sich seine vier ältesten Enkelkinder postiert. Wie Orgelpfeifen. Zuerst kommt Käthe. Schlank und zartgliedrig wie ein Insekt. Wilhelm steht neben ihr. Er hat die schmale Hand seines jüngeren Bruders Wolfgang umfasst und hält sie wie in einem Schraubstock gefangen. Richard betrachtet Wolfgang mitleidig, dann sieht er zum Vater.

»Zehn Jahr ein Kind«, singt Anselm mit kräftigem Bass. Die anderen fallen ein.

»Hundert Jahr Gnad vor Gott«, wiederholt Max' Frau die letzte Liedzeile, während sie ihrem Schwiegervater einen

Strauß Bouvardien überreicht. »Deine Lieblingsblumen.« Ihr feines, milchblasses Antlitz erglüht. Franz Friedrich Deenel überräuspert die aufsteigende Rührung.

»Richard«, mahnt Hanna Jo. Und Richard tritt vor.

Er drückt seine Knie durch und tastet nach der roten Kappe, die ihm die Mutter aufgesetzt hat. »Hier ist die Norag samt Detektor, die Norag ist für dich und Hektor. Die Norag ist für jedermann, der das Geld bezahlen kann. Die Norag ist für kluge Schädel, für kluge Jungen, kluge Mädel. Die Norag gratuliert mit Freude, wenn du Geburtstag feierst heute.«*

Der Fabrikant klatscht. Anselm nickt Richard zu. Es ist seine Idee gewesen, den Radiospruch der Nordischen Rundfunkgesellschaft für den 65. Geburtstag seines Schwiegervaters zu nutzen. Er weiß, Fabrikant Deenels Begeisterung für das neue Medium ist groß. Das Erkennungslied des Nordischen Rundfunks tönt auch durch die Deenel'schen Räume, weit weg von der Hamburger Binderstraße. Hanna Jo hat für den Auftritt des Sohnes den Anzug genäht, die Zwergenkappe, das rote Trikot. Ein Funkheinzelmann. Richard zu überreden, ihn anzuziehen, hat Anselm mehr Zeit gekostet als Hanna Jo das Nähen. Der Erstklässler kann mitunter so stur wie sein Vater sein. Es ist offensichtlich. Aus Anselms und Hanna Jos Sohn ist ein selbstbewusstes Schulkind geworden. Die bunte Schultüte zum Osterfest hat er mit Stolz getragen.

»Lehrersohn«, sagte Hanna Jos Schwester Magdalena, als Richard nach kurzer Zeit den Buchrücken ihres Almanachs über und über mit seinen drei Namen bekritzelt und

---

* Werbespruch der Nordischen Rundfunk AG (NORAG) 1931.

sämtliche Einkaufstütchen im Kaufmannsladen mit Preisen versehen hat. *30 Pfennig für Zucker; 28 Pfennig für Mehl; 38 Pfennig für Brot* ...

»Ein Glück für ihn, dass wir die Reichsmark haben. Der Platz auf den Tütchen hätte nicht ausgereicht. Ein Dutzend Nullen mehr!« Ihr Lachen hat wie das von Tante Cäcilie geklungen.

Ein hohes, hüpfendes dreigestrichenes C, sagt Anselm, wenn er die Tante oder die Schwägerin lachen hört.

»Beeindruckend«, sagt Franz Friedrich Deenel. Und beeindruckt ist er tatsächlich, während er seinem Enkelsohn auf die Schulter klopft. »Ein Radioapparat, Musik aus dem Äther. Eine technische Evolution. Zu Bismarcks Zeiten hätte sich's niemand träumen lassen.«

»Zwei Reichsmark pro Monat und Kopf. Reichskanzler Bismarck hätte das sehr vergnügt. So wie es heute die Staatskasse freut. Zwei Reichsmark für funkisches Ablenken, Geselligkeit, leichte Muse. Wieso den Rundfunk nur apolitisch agieren lassen? Das kann ich euch sagen. Verdummung und Ablenkung ...«, Anselm betastet seine Prothesenhand.

»Ihr wollt euch doch heute nicht allen Ernstes über das Portfolio des Rundfunks streiten.« Frau Ida streicht über Käthes Kopf.

Die zieht ihre schlohweißen Kniestrümpfe höher als nötig und knickst. Mit dünner Stimme stimmt sie das Lied vom Fuchs, der die Gans gestohlen hat, an. Die Anwesenden applaudieren.

»Die heutigen Füchse geben sich sicherlich nicht mit einer Gans zufrieden«, brummt Anselm.

»Schau doch, der Wolfgang«, fällt Hanna Jo ihm ins Wort. Mit linkischer Förmlichkeit führt Max' Jüngster eine Scharade auf. Allein, nur mit der Mutter, ist sie ihm besser geglückt. Max misst seinen Sohn mit misstrauischem Blick. Als er sich anschickt, wie Käthe in einem Knicks zu versinken, schreitet er ein. »Du bist kein Mädchen«, herrscht er ihn an. Wilhelm verdreht in komischer Manier die Augen. Käthe bekommt einen Lachanfall. Keuchend presst sie die Hände auf ihre Brust. Hanna Jos Bruder Fritz führt seine Tochter ans Fenster.

»Sie wird doch nicht Fritz' asthmatische Disposition geerbt haben?«, flüstert Frau Ida dem Gatten zu.

»Wenn Asthma durch eine Grimasse verursacht wird, dann müssen wir Wilhelm schelten«, erwidert Wilhelms Mutter sehr sanft.

»Ich bitte euch«, sagt Hanna Jo. »Zu Papas Geburtstag sollten wir ...«

»Großpapa«, ruft Wilhelm. Geräuschvoll klappt er den Deckel des Flügels zurück. »Ich habe ein feines Stück eingeübt.«

Wilhelms Mutter duckt sich wie unter einer schweren Last. »Er hat es selbst ausgewählt.« Beklommen betrachtet sie ihren Sohn.

Der hämmert jetzt seinen Marsch in die Tasten, eine bekannte Melodie. Doch dann fängt er an zu singen. Und singt einen anderen Text als erwartet. »Deutsch ist die Saar ...«

Der Jubilar zuckt zusammen. Max lächelt. Die Schmisse in seinem Gesicht leuchten auf.

»Hinaus mit euch«, ruft Fabrikant Deenel halb scheltend, halb lachend, als Wilhelm geendet hat.

»Im Garten gibt es Kuchen und Saft, verspricht Frau Ida und müht sich, das rüde ›Hinaus mit euch‹ ihres Gatten zu mildern. Und freundlich mahnend an Wilhelm gewandt, der sichtbar enttäuscht, weil nur der Vater applaudierte, am Flügel steht: »Expeditionen zu Land und zu Wasser müssen heute nicht sein.«

»Eine neue Generation wächst heran.« Franz Friedrich Deenel wendet sich seinen Gästen zu. »Gott möge sie vor allzu eifriger ... Prätention schützen.«

Im Raum wird es still. Max' säuerliche Miene. Er schlägt die Hacken zusammen. »Auf Deutschlands Zukunft!« Er sagt es in drohendem Ton. Und salutiert.

Fabrikant Deenel schweigt. Stumm steht er am Fenster, dessen Flügel weit offen stehen. Er tut einen tiefen Atemzug. Und dann ertönt aus dem Garten ein fürchterliches Geschrei.

»Was gibt's?«

»Der Wolfgang ist auf den Tisch geklettert und runtergefallen«, schreit Richard.

»Ein Junge weint nicht, mein Sohn.« Max ist zum Vater geeilt und beugt sich jetzt ebenfalls aus dem Fenster.

»Käthe ist es, die weint«, sagt seine Frau, deren Züge schneeweiß geworden sind. Und richtig, es ist die Stimme von Käthe, die um ihr verschüttetes Glas Mirabellensaft weint.

Max hebt die Schultern. »Gut, gut.« Verdrossen nippt er an seinem Wein.

Über Anselms Miene wetterleuchtet es, doch weiß er es nur zu gut: Für Hanna Jos siebenjährigen Neffen ein Wort einzulegen, hätte alles nur schlimmer gemacht.

Wolfgang. Max' Jüngster kommt nach der Mutter, einer bemerkenswert schönen Frau mit üppigem dunklem Haar. Er ist ihr auch wesensgleich, ein sanftes Kind mit leiser Stimme.

»Du solltest ein Mädchen werden. Ich habe mir so eine Tochter gewünscht.« Die schöne Mutter nutzt jede Gelegenheit, um ihren Tochterwunsch zu betonen. Sie fährt ihrem Jüngsten durchs Haar. »Ein Mädchen«, sagt sie.

Mit hängendem Kopf schleicht sich ihr Sohn davon.

»Mach aus mir ein Mädchen«, bittet er Gott, nachdem er sein Gutenachtgebet aufgesagt hat. Doch Gott stellt sich taub.

»Ich muss ein Mädchen werden.« Wolfgang betrachtet die elfjährige Käthe wie eine begehrliche Sache: die blassen Wimpern, das bastblonde Haar, ihr Nachmittagskleid aus blau kariertem Wollstoff mit Schluppen und einem silber gestreiften Band.

»Ich habe gebetet, doch Gott hilft nicht«, vertraut er ihr an.

»Beten ist sinnlos. Ich habe auch keine sprechende Puppe bekommen, nur eine Schwester, die schreit. Im Übrigen brauchen wir Gott dazu nicht. Das schaffe ich ohne ihn.«

Käthe kramt in ihrem Kleiderschrank. Und schleppt alles an, was hilfreich ist: den Garbadinemantel, ein Samtkleid, ihr Jungmädchenkleid mit seidenen Blenden, das rosafarbene Hängerkleid, Hüte, Strümpfe, Handschuhe, Haarschleifen.

»Anziehen«, befiehlt sie.

Gehorsam zieht Wolfgang die Jungssachen aus und Käthes Kleid an. Das rosafarbene mit breiter Schärpe.

»Hach«, ruft Käthe begeistert, die Tante Cäcilies Hachs ebenso mag, wie ihre Tanten, und sucht nach dem passenden Hut.

»Du zitterst ja«, stellt sie fest und packt den Jungen am Arm. Und zerrt ihn zum Zimmer der Mutter.

»Ich habe aus ihm ein Mädchen gemacht«, ruft Käthe und prallt zurück. Wolfgangs Mutter ist nicht allein im Raum.

»Was soll dieser Unsinn, seid ihr verrückt …?« Max' Hände sind zu Fäusten geballt. Seine Augen sprühen.

»Gütiger Himmel! Wie ungeschickt.« Der Anblick des Sohnes entlockt seiner Mutter ein hilfloses Schluchzen.

Käthe schiebt trotzig die Unterlippe vor. »Wir haben doch nur …« Sie zögert. »Es steht ihm. Ich finde, er sollte ein Mädchen bleiben.«

Da holt Max zum Schlag aus. Käthe duckt sich. Doch Max' Zorn gilt dem Sohn. Hart schlägt er ihn ins Gesicht. »Nie wieder«, droht er bebend vor Wut und stürmt aus dem Raum. Käthe starrt den Cousin an. Der hat seine Fäuste geballt. Seine Nase blutet.

»Doch, tue ich! Wieder und wieder!« Wolfgangs gequältes Auflachen, die ungewohnt trotzigen Worte, die tief aus seinem Inneren strömen und seine Kinderaugen kalt aufblitzen lassen, haben auch seine schöne Mutter erschauern lassen.

Am Abend seines Geburtstags: Franz Friedrich Deenel thront am oberen Ende des Tischs und sieht in die Runde. Von seinen sechs Kindern fehlt nur Charlotte. Sie ist vor Kurzem von einer zweiten Tochter entbunden worden. Deenel steht auf und geht ein paar Schritte im Raum umher. Und stemmt seine Hände auf die Lehne des Stuhls. »Die

Jahre der Inflation, verspielter Kriegsanleihen und Reparationsgläubiger sind vorbei. Die Stabilisierung der Wirtschaft hat dem Land gutgetan. Mit anderen Worten: Es geht bergauf. Ich habe neue Produktlinien eingeführt, die Turbinen modernisiert und kürzere Prozessabläufe durchgesetzt ... Mit Erfolg!« Selbstgefällig schiebt er die Hand in die Weste und blinzelt dem Prokuristen zu. »Und dann noch unsere altbewährten Kooperationen.«

Die wasserhellen Fuchsaugen des Prokuristen wandern umher. Sie haben sich vor sechs Jahren mit den Frühwein-Brüdern in Wuppertal arrangiert. Der Prokurist trinkt einen Schluck Wein. Hastig, ein wenig atemlos. Und Klottner? Der hat nicht lockergelassen. Und schließlich hat sich Deenel auch mit dem Schwager arrangiert. In Maßen ... Man wird abwarten müssen.

»Auf uns und erfolgreiche Jahre! Auf unsere Deenel'sche Posamentenfabrikation!«

»Und Russland, Papa?«, fragt Magdalena später bei Tisch den Vater. »Erinnerst du dich an unser Gespräch in Berlin?«

Deenel winkt ab. »Das hatte ich vor«, erwidert er leise. »Doch Hubert legte mir nahe, keine Geschäfte mehr mit den Russen zu machen.«

»Wieso hat Onkel Hubert das Sagen?«

Deenel sieht sich rasch um. »Ich habe damals 10.000 investiert. Er hat sich verbürgt. Glaubst du, die Schmuckstücke deiner Mutter hätten genügt? Die Kriegsanleihen hätten uns fast ruiniert.«

»Onkel Hubert also? Ich hörte, dass er mit den Nationalsozialisten sympathisiert. Man redet von größeren Spendensummen.«

»Der Onkel weiß, was er tut.« Max' feinem Ohr entgeht wenig. »Was Russland betrifft, da stimme ich zu. Schon einmal hast du mit Russland aufs falsche Pferd gesetzt, Vater. Ein kluger Geschäftsmann wiederholt seine Fehler nicht.«

Magdalenas Augen weiten sich. Ist es der Wein, der Max so sprechen lässt? Max stürzt ein weiteres Glas hinunter. Und mustert sie alle mit scharfem Blick: die Schwestern, die Schwager, den Bruder, die Schwägerin. Die Eltern und seine eigene Frau. Er runzelt die Stirn. Ganz zweifellos. Sie ist eine Schönheit, doch ihre Schwermut wird von Jahr zu Jahr unangenehmer. Er hat nicht gewusst, dass es in ihrer Familie seit Generationen ein solches Leiden gibt. Und dann ist da noch etwas. Etwas, das ihm ganz und gar nicht gefällt. Max erhebt sein Glas. Angriffslustig schiebt er das kantige Kinn nach vorn. »Ich trinke auf dich, Vater«, sagt er. Und will salutieren. Am Morgen ist ihm die zackige Geste gelungen. Jetzt sieht es nur komisch aus. Max hält sich an der Tischkante fest. Die anderen wenden sich ab. »Heil Hitler!«, ruft Max mit schwerer Zunge. »Nieder mit den Sozialdemokraten, Versailles geht auf ihre Kappe ...«

Anselm verlässt den Raum und Hanna Jo eilt ihrem Mann hinterher. Fritz presst plötzlich angstvoll die Hände auf seine Brust. Seine Stirn glänzt vor Schweiß. Er ringt nach Luft. Fritz' Frau stürzt aus dem Raum, um nach dem Doktor zu rufen. Und plötzlich sind alle um den Kranken bemüht. Der Prokurist hält ihm ein Glas Wasser hin, Frau Ida öffnet das Fenster, die anderen haben sich um die Chaiselongue versammelt, wohin ihn der Vater geführt hat. Nur Max steht noch in der Mitte des Raums.

Magdalena tritt zu ihm. »Das hatte wenig Pressentiment, mein Lieber«, sagt sie und nimmt ihm das Glas aus der Hand. »Du hast zu viel getrunken. Fi donc.«

Max sieht seine Schwester an. Kühl und verächtlich. »Anstatt den russischen Geschäften nachzutrauern, sollte Papa Onkel Hubert dankbar sein. Wohl wahr, dass auch er nach dem Krieg ein gutes Stück Geld verlor. Heute jedoch ... Der Onkel weiß, was er tut. Die Zukunft liegt in der Führerpartei. Ich werde demnächst um Aufnahme bitten.«

»Der Onkel weiß, was er tut, das glaube ich gern. Doch was er auch tut, du solltest dann nüchtern sein.« Die Tatsache, dass Max nach seiner Auskultator-Zeit nur durch die väterliche Fürsprache als Brandassessor beim hiesigen Dienst angestellt worden ist, ringt Magdalena nur wenig Achtung ab. Den »wunderlichen« politischen Avancen des Bruders misst sie keine große Bedeutung bei.

Anselm hingegen schon. »Wir werden abreisen, Hanna Jo«, sagt er, nachdem er den Doktor mit kräftigem Händedruck begrüßt hat. Süß ist sein besonderer Freund.

Hanna Jo sieht sich um. »Ist es ... wegen Max?«

»Hier wächst etwas Unheilvolles heran.«

»Ein Strohfeuer, das bald erlischt.« Hanna Jo sagt es hastig. Und hoffnungsvoll.

»Nein.« Anselm ist so manches zu Ohren gekommen. Doch das behält er für sich. Und Hanna Jo hat ebenfalls etwas, das sie für sich behält: Richards wachsende Begeisterung für Wilhelm. Die vorbehaltlose, fast unterwürfige Art, mit der ihr Sohn den drei Jahre älteren Cousin als seinen Anführer akzeptiert, ängstigt sie. Mehr und mehr ist Wilhelm für Richard zum Vorbild geworden. Max ist sein Vater.

Wilhelm verehrt ihn über alles. Hanna Jos Herz schlägt mit einem Mal schmerzhaft und schwer. Und plötzlich ist sie sich nicht mehr so sicher, ob Max' Position tatsächlich nur eine ist, die bald vorübergeht.

»Wir reisen morgen ab«, beharrt Anselm. Er sieht sehr entschlossen aus. Und lässt sich nur schwer überreden, den Sohn noch für eine Woche bei Hanna Jos Eltern zu lassen.

»Sei nicht albern«, sagt Hanna Jo zu ihrem Mann. »Richard wird keinen Schaden nehmen, wenn er gemeinsam mit Wilhelm, Wolfgang und Käthe noch eine Ferienwoche im Gebirge verbringt.« Sie sieht ihn nicht an bei diesen Worten.

»Gewiss nicht«, sagt Anselm und schlenkert seine herabhängende Rechte hin und her, bis Hanna Jo einen ärgerlichen Laut von sich gibt.

»Wir sollten Vertrauen haben«, sagt sie und meint damit nicht nur ihren Sohn.

Es vergeht kein Sommer, in dem nicht Fabrikant Deenels ältester Enkel tolldreiste Pläne schmiedet und seinem Vater damit manchen selbstgefälligen Bravoruf entlockt. Wilhelms Mutter legt ihre schmalen Hände ineinander. »Du darfst dein Schicksal nicht herausfordern«, flüstert sie flehentlich und sieht ihren Ältesten bittend an.

Der betrachtet die schöne Mutter, ihre angstverdunkelten Augen und lacht sorglos auf. »Vater findet es schneidig.« Er sagt es mit kindischem, aufgeblähtem Stolz. Und ähnelt in diesem Moment dem Vater auf bedenkliche Weise.

Im störrischen Aufbegehren, der Mutter zum Trotz, ist kurze Zeit später in Wilhelm ein wagehalsiger Plan gereift. Er wird es allen zeigen, was in ihm steckt. Auch seinem

Lehrer, der im Unterricht neulich von der Ikarus-Sage und dem uralten Menschheitstraum, wie ein Vogel fliegen zu können, berichtet hat. »Ikarus war ein Dummkopf«, vertraut er seinem Bruder, Richard und Käthe an. »Zwei Flügel, wie ungeschickt!« Das *ungeschickt* hat er von seiner Mutter. Er breitet die Arme weit aus und verzieht das Gesicht zur Grimasse. »Und damit ins Meer zu stürzen, so blöd.«

Käthe bohrt in der Nase. »Wie ungeschickt«, sagt auch sie und sieht den Cousin voll Bewunderung an.

»Man wird von mir sprechen«, erwidert der Neunjährige selbstbewusst.

»Ich werde mit dem Schirm meiner Mutter fliegen«, sagt Wilhelm, als sich sein Bruder Wolfgang, Richard und Käthe in seinem Zimmer eingefunden haben. Käthe hat den fotografischen Apparat ihres Vaters mitgebracht. Wilhelm öffnet den Schirm, einen Flanierschirm mit Elfenbeingriff. Rasch klettert er auf das Fensterbrett und breitet die Arme aus.

»Jetzt!« Er stößt einen wilden Freudenschrei aus und springt.

»Wie ungeschickt«, sagt Käthe verdrießlich und meint sich selbst. Sie hat in der Aufregung keine Fotografie gemacht.

Suchend beugen sich Richard und Wolfgang aus dem Fenster. »Wilhelm!«, fleht Richard und wäre fast selbst aus dem Fenster gestürzt.

»Um Gottes willen.« Käthe stöhnt in wohligem Schauder auf. »Jetzt ist er mausetot.«

Wolfgang hat sein Gesicht bedeckt. »Wilhelm ist tot«, schluchzt er verzweifelt und bebt und schlottert am ganzen Körper.

»Die Schulter gebrochen«, bemerkt Max am Abend und strafft sich. »Der Junge war so kühn, aus dem Fenster im ersten Stock zu springen. Zum Glück ist er an unserem Weingeländer hängen geblieben. Das hat den Aufprall gemildert, obgleich es dem Wein nicht gutgetan hat.«

»Wie ungeschickt«, sagt Wilhelms schöne Mutter. Ihre Lippen beben.

»Ein jungdeutsches Draufgängertum, das sich auszahlen wird«, entgegnet Max. »Es wird höchste Zeit. Der Großdeutsche Jugendbund ist genau das Richtige für meinen Sohn.«

»Er ist erst neun Jahre alt.«

»Was sonst, meine Liebe, was sonst? Ich bin überzeugt, dass er zum Jungmannen aufsteigen wird. Mit einem Runenzeichen an seiner Landesschnur ...«

Nach seiner Genesung sieht man Wilhelm in schwarzen Ledersamthosen und weißem Festtagshemd durch den Ort marschieren. Die Kriegsspiele machen ihm Spaß. Zu Hause reckt er den rechten Arm nach oben, um seine schöne Mutter zu begrüßen. Sein üppiges Haar ist jetzt kurz geschnitten. Er sehe durchaus soldatisch aus, sagt Käthe. Und sagt, sie würde auch gern so aussehen.

Wilhelm wehrt ab. »Männersache«, knurrt er und beäugt das rosafarbene Hängerkleid seines Bruders. Wolfgang errötet. Doch weder seines Vaters lodernde Wut noch Wilhelms verächtliches Lächeln halten ihn davon ab, Käthes Kleider zu tragen. Er mag sie: die hellen, duftigen Kleidchen, die weißen Strümpfe und Schnallenschuhe. Den teure Knaben-Anzug von Bleyle, den ihm die Mutter gekauft hat, schenkt er dem Sohn der Putzmacherin.

»Dein jüngerer Sohn macht sich zum Spott der Familie«, wütet Max.

»Eine Caprice, die sich geben wird«, erwidert die Gattin sanft. Doch ihre schmalen Hände beginnen unmerklich zu zittern.

Max' helle Augen verengen sich. Er weiß sehr gut, dass sie in dieser Sache nicht unschuldig ist. Höchste Zeit, das Heft in die Hand zu nehmen und aus dem verzärtelten Knaben einen richtigen Jungen zu machen. Einen, der seinem älteren Bruder Wilhelm an Schneid nicht nachsteht. Im nächsten Jahr wird er Wolfgang auf ein Internat schicken. Weit weg von daheim, den albernen Mädchenkleidern und seiner Mutter.

Als Hanna Jo und Anselm den Sohn abholen, sieht der missmutig drein. »Wilhelm ist aus dem Fenster geflogen«, sagt er und fährt sich mit dem Handrücken über die Nase.

Hanna Jo hält ihm ein Taschentuch hin. »Geflogen?«, vergewissert sie sich.

»Ein tollkühnes, schnittiges Unterfangen«, sagt Richard.

Anselm horcht auf. Das sind keine Kinderworte. »Wer hat das gesagt?«, fragt er.

Doch Richard weiß es nicht mehr. »Alle«, brummt er und schnäuzt sich. Und dann erinnert er sich an einen anderen Satz. »Fliegen ist mutig, Feigheit ist undeutsch.«

Anselm schlägt mit der linken Faust auf sein Knie. »Schweig«, donnert er Richard an. Und zu Hanna Jo gewandt sagt er schneidend: »Ich fürchte, in diesem Jahr hat die frische Gebirgsluft wenig Gutes bewirkt.«

MOSKAU IST WEIT

Der Flockenpudding kühlte nur langsam ab. Ohme stellte mir ein Glas Milch daneben. Ich leerte die Puddingschüssel in kleinen, vorsichtigen Portionen und wischte mir mit dem Handrücken über den Mund. »Deines Vaters Lieblingsgericht«, bemerkte Großmutter, während sie auf die Serviette tippte, die neben dem Teller lag. *Dein Vater*, sagte Ohme, wenn sie in meiner Gegenwart über ihren Sohn Richard sprach, und vermied jegliche Verkleinerungs- und Koseform. Nie sagte sie *dein Vati* oder *dein Papa*. Kosenamen kamen in ihrer Familie nicht vor. Dass Großvater Anselm vor vielen Jahren die Silben von Ohmes Vornamen Johanna in Hanna Jo verdreht hatte, war eine der wenigen Ausnahmen. *Martha*, sagte Großmutter, wenn sie von ihrer jüngsten Schwester sprach. Oder *Charlotte*, wenn es um die mittlere Schwester ging. Oder sie sagte *Hans-Martin Husemann*, wenn sie den Ehemann ihrer verstorbenen ältesten Schwester erwähnte, der in England lebte. Auch Großvaters Name blieb so, wie er war, wie er auf dem Klingelschild stand oder auf den Postsendungen, die an ihn gerichtet waren. *Anselm* Krüger.

»Pudding mit ordentlich Flocken aus Butter darauf. Das hat sich dein Vater immer zu seinem Geburtstag gewünscht.« Ohme hantierte mit den Tassen und Tellern, räumte sie in ihre Fächer zurück, schob dann den Teekessel auf der Herdplatte hin und her und suchte nach einem passenden Deckel für die Reste des Puddings. Sie tastete nach ihrem Scheitel.

»Heute erklärt er allen Ernstes, dass er am liebsten Piroggen mag. Und ... Borschtsch.« Sie leckte sich über die Lippen, zog die Luft ein, formte ein B und ein O und fauchte wie eine alte Lokomotive. »Borschtschsch!«

»Borschtsch«, wiederholte ich.

»Mit Kohl und Roten Rüben.« Großmutter machte eine Handbewegung zum Briefhalter über der Küchenanrichte, in dem Vaters Luftpostbriefe und Karten steckten. »Kohl und Rüben gab es bei uns damals jeden Tag. Im Hungerwinter. Ich habe zwei Wochenrationen geopfert, um ein Stück Butter für den Flockenpudding zu ergattern.«

»Du könntest ihn kochen, wenn er aus Moskau kommt.«

»Flockenpudding?«

»Borschtsch.« Ich gab einen tiefen Summton von mir, so wie die Hummeln in Großvaters Prachtmohnkelchen zur Sonnenwendzeit. Dann brummte und summte das ganze Beet. Der Name der russischen Kohl- und Rübensuppe gefiel mir. Er lud zum Summen ein.

»Ein Zungenbrecher«, meinte Ohme hingegen. »Das Russische raspelt und zischt bisweilen. Dein Vater sagt, dass die Sprache der Russen voller tiefer, traurig klingender Melodien und Töne sei, dass an ihnen die Schwermut klebe wie das Harzgold an unserem Apfelbaum.«

»Doswidanija«, rief ich laut und musste an die Flügel der Elfen denken. Das russische Abschiedswort, das unter Vaters Briefen stand, hatte allerdings wenig mit ihnen zu tun.

»Auf Wiedersehen.« Großmutters heisere Stimme. »Das hat dein Vater damals zu mir gesagt. Auf Deutsch und mit glänzenden Augen! Wir standen am Bahnsteig. Er trug Uniform. Die Kriegsmarine hatte viel aufgeboten: Ein dunkelblaues Jackett, die Hosen mit Bügelfalte, ein weißes Hemd, die blaue Schirmmütze mit den zwei Schleifen. Die haben im Wind geweht. Er hielt sich kerzengerade, wie einer, der vor der gehissten Fahne steht, und lachte. Ich habe geweint.«

»Warum, Ohme?«

»Dein Vater. Er sah so ... entschlossen aus, so siegessicher und selbstbewusst. Dieser gläubige, über alles Erhabene, herrschbegierige Blick. Da war etwas Fremdes, das nicht zu ihm passte. Es schnitt mir ins Herz.«

»Warum, Ohme?«

»Er sprach von Blut und Ehre und dass er sein Vaterland zu verteidigen habe. Und war davon ganz und gar überzeugt. Versteift auf den Endsieg. Es hat deinen Großvater damals fast um den Verstand gebracht.«

»Warum, Ohme?«

Großmutter antwortete nicht. Sie schien mit ihren Gedanken weit weg zu sein.

»Warum Ohme?«, wiederholte ich leise »Warum hat es Großvater um den Verstand gebracht?«

»Ach, Kind. Dein Großvater stammte aus einfachen Verhältnissen. Ein überaus kluges, bitterarmes Kind. Da lernt man früh, nach Antworten auf das Warum zu suchen. Und später entwickelt sich daraus ein feines Gespür für Dinge, die recht und unrecht sind. Als Lehrer liebte er seinen Beruf und seine Schüler. Und seinen Sohn. Den am meisten. Er liebte ihn, weil er so unerschrocken und aufgeweckt war. Dein Vater war ein schnell zu begeisterndes Kind. Und das war dein Großvater früher auch gewesen. Als wir erkannten, dass aus der jungenhaften Begeisterung unseres Sohnes etwas Dunkles, Gefährliches wuchs, war es zu spät.«

Großmutters Worte ... Ich habe damals nicht alles verstanden. Ich glaube, sie schienen auch nicht für mich, ihre Enkeltochter, bestimmt zu sein.

»Eine Tragödie«, fuhr Ohme leise fort. »Vielleicht, weil sich Vater und Sohn so ähnlich waren. Vielleicht, weil der Vater dem Sohn, wenn der von Treue und Vaterland sprach, mit harschen Worten entgegentrat. Des Vaters Spott, seine finstere Ironie, brachte Richard erst recht zur Weißglut, machte alles noch schlimmer. Tante Cäcilie sagte damals zu mir, dass es in solchen Zeiten zwischen Vätern und Söhnen nur eines gebe: Hass oder Liebe.« Ohmes vertraute Stimme klang scharf und fremd. »Vater und Sohn wählten ...« Sie sah mich nicht an. »Wie soll ich es sagen? Sie entschieden sich nicht für die Liebe«, beendete sie ihren Satz. »Auf diese Weise hatte mein Bruder, Gott hab ihn selig, ein leichtes Spiel. Er war es auch, der deinen Vater beschwor, schnellstmöglich in diesen Krieg zu ziehen.« Ohmes Augen blitzten so auf, wie Großvater Anselms Augen, wenn er verärgert war. »Max! Er war zu einem der ihren geworden. Deenel'sche Posamenten zum Wohle des Dritten Reichs.«

Ohmes unverständliche Worte. Ich saß stumm da, im Ofen sang das Feuer. Die Lampe über dem Esstisch warf ihren Schein auf Ohmes gefaltete Hände, blau geädert und welk. Ich sah es erst jetzt. Wenn Ohme mir über das Haar strich, so glaubte ich, ihre sanften Finger zu spüren, die alterslose Zärtlichkeit ihrer Berührung. Die Hände einer Zwanzigjährigen.

»Wie der Vater, so der Sohn. Wilhelm. Max' Ältester. Ein wilder, ungezügelter Junge. Während der Sommerferien waren sie unzertrennlich. Richard, dein Vater, und er.

Als 15-Jähriger hat Wilhelm am liebsten Krieg gespielt. Als 19-Jähriger ist aus dem liebsten Spiel Ernst geworden. Und dann. Über Stalingrad ...«

»Abgestürzt«, warf ich halblaut ein.

Großmutter stieß einen Ton der Überraschung aus. »Das hast du dir gemerkt?«

Ich stützte den Kopf in meine Hände. »Und Vati?«

»Ach, Kind. Ich habe gebetet, das Schicksal möge ihm gnädig sein. Und Großvater hat seine Linke geballt und Gott und das in die Irre geführte Land verflucht. Meine Gebete oder seine Flüche. Ich weiß nicht, was mehr half. Dein Vater gehörte zu jenen, die überlebten. Er kehrte erst später heim. Erst, als der Krieg längst beendet war. Das Lager, in Russlands riesigen, fernen Weiten. In der sibirischen Taiga, Tausende Kilometer entfernt. Tage und Nächte zwischen Verzweiflung und Hoffnung, die mich nicht schlafen ließen. Und dann stand er vor uns. Richard. Wir haben uns lange, unendlich lange, umarmt.« Ohmes tonlose Stimme. »Doch irgendwann ist er wieder zurückgegangen ...«

»Nach Moskau«, warf ich ein. »Um Borschtsch und Piroggen essen zu können.«

Ohme verzog ihr Gesicht. »Das auch«, erwiderte sie trocken.

Mehr sagte sie nicht. Mehr hatte sie nie gesagt. Vielleicht weil mein Vater im Heute lebte, weil Vaters Heute noch keine Erinnerung war. Vielleicht weil mein Vater, Ohmes einziger Sohn, viele Hundert Kilometer von uns entfernt lebte; doch machte es einen Unterschied, ob einer in Moskau wohnte oder nur noch im Vergangenen seine Wohnung hatte? Großvater Anselm hingegen hatte sich aufgemacht, um in Ohmes Erinnerungen zu reisen.

Ohme besuchte gern ihre Vergangenheit. Sie erzählte mir oft von ihren Eltern, von Tante Cäcilie, an deren Röcken sich Mausefallen verhakten, und Onkel Hubert; von seiner Frau, die genauso viele Perücken besaß wie Großvater Hände. Vom Krieg, der Großvaters Hand auf dem Gewissen hatte, und davon, dass er sein Leben lang seine richtige Hand vermisste. Ich nannte diesen Krieg »Großvaters Krieg«, dem irgendwann später »Vaters Krieg« folgte.

Großvater Anselms Augenbrauen hatten sich bedrohlich zusammengezogen, als er das hörte. »Das war nicht *mein* Krieg. Wie sollte es auch, wenn einer dabei seine Hand und beinahe auch den Glauben an die Menschen verliert. Und Richards Krieg ... Nein, das wäre denn doch eine zu schlimme Sache«, sagte er einmal zu Ohme und mir. Großvater Anselm. Auf alles wusste er eine Antwort, nur wenn das Gespräch auf meinen Vater kam, blieb er meist wortkarg und zeigte sich wenig gesprächig. Und als der Sohn der alten Opitzen einmal fragte, zuckte er nur die Achseln. »Richard? Von Berlin ist er wieder nach Moskau zurück. Dienstlich. Er spricht fließend Russisch.«

»Nach der Trennung von seiner Frau, da hat er es hier nicht mehr ausgehalten. Da wollte er nur noch weg«, fügte Ohme hinzu. »Und ich kann's verstehen. Die Scheidung, meine ich. Wenn eine Frau ihren Mann und ihr Kind verlässt ...« Sie hatte es leise und schnell gesagt. Ich hörte es trotzdem.

Ich ahnte, dass Vaters Entschluss, in Moskau zu bleiben, meine Großeltern mehr bekümmerte, als sie es zugeben wollten. Ich sah es an Ohmes traurigen Augen und Großvaters zitternder Hand. Ich sah es, wenn das Telefon klingelte. Wenn es ein Ferngespräch aus Moskau war und sie zusammenschraken, schützend bemüht, mich nichts von ihrer Sehnsucht nach dem fernen Sohn merken zu lassen. Ich wusste, dass sie ihn über alles liebten. Es gab ein dickes Album, in dem waren Fotografien und Karten von meinem Vater eingeklebt. Wenn er sich unbeobachtet glaubte, saß Großvater Anselm in seinem Sessel, um sich die Bilder anzusehen. Oft hatte er sein Vergrößerungsglas dabei. Und manchmal nahm er seine Brille ab und wischte sich über die Augen. »Ha, eine Fliege«, brummte er und hob mich auf seine Knie. »Das war dein Vater, als er so alt war wie du.« Er zeigte auf ein Bild, das einen Jungen mit einer Schultüte zeigte. Der Junge trug einen Matrosenanzug und sah sehr ernst aus.

»Hat er sich nicht auf die Schule gefreut?«, fragte ich Ohpa.

»Bauchschmerzen«, antwortete Großvater. »Das kann vorkommen, wenn sich der ABC-Schütze zu viel Schokolade aus seiner Schultüte einverleibt hat.«

Ein anderes Mal belauschte ich ein Gespräch meiner Großeltern. Es ging um Vater. Richard habe erneut auf das falsche Pferd gesetzt, klagte Großvater.

»Die Scheidung vor sechs Jahren hat ihm mehr zugesetzt, als wir dachten. Glaub mir, er ist dir ähnlicher, als du annimmst …« Das war Großmutters Stimme.

»Einen klaren Kopf braucht es dennoch. Ich habe immer gewusst, wo die falschen Propheten wohnen.«

Am nächsten Tag fragte ich Ohme. »Warum hat sich Vati auf ein falsches Pferd gesetzt?«

Erschrocken schaute mich Großmutter an. »Du Ugelick, wo hast du das her?« Sie schloss die Tür. »Manche Gespräche eignen sich ganz und gar nicht für deine Ohren.« Sie drückte mich an sich. Ich riss mich los und rannte in den Garten. Unter dem alten Apfelbaum dachte ich nach.

Die Welt der Erwachsenen war verwirrend und wunderlich. Es gab Geheimnisse, seltsame Redensarten und Flüstergespräche. Es gab so manches, was ich nicht verstand. Warum schloss Ohme das Fenster, wenn Ohpa das Radio anstellte? »Westsender«, meinte Ohme nur vielsagend, als ich sie fragte. Ich verstand nicht, wenn Großmutter von der »Mauer« sprach und davon, dass wir im falschen Teil wohnen würden.

»Man hat uns eingesperrt«, knurrte Großvater Anselm einmal und hielt eine Postkarte von einer Stadt hoch, die er Buenos Aires nannte. »Die Plaza de Mayo. Da würde ich gern mal entlangspazieren. Doch nicht mal die eigenen Brüder darf ich besuchen.«

»Warum sind wir eingesperrt?«, fragte ich eines Tages den Nachbarsjungen, als wir unter dem alten Apfelbaum saßen und in die ersten unreifen Falläpfel bissen, die wir zusammengelesen hatten.

»Keine Ahnung«, antwortete er. »Mein Vater sperrt abends die Hühner ein, damit sie der Fuchs nicht holt.«

Ich dachte nach. »Wir sind keine Hühner«, rief ich.

Der Nachbarjunge zuckte die Schultern. »Wenn es dunkel wird, sind die Hühner im Stall. Dann schiebst du den Riegel davor und lässt sie am nächsten Tag wieder raus.«

»Wir sind keine Hühner«, beharrte ich und stampfte auf.

Großvater musste etwas anderes gemeint haben. Doch als ich ihn danach fragte, brummte er nur vor sich hin. Vielleicht hatte Ohme recht, wenn sie davon sprach, dass unser Leben voller Geheimnisse sei.
»Schöne und traurige, mein Kind. Und solche, die wir erst später verstehen. Ein mancher braucht dazu sein ganzes Leben.«
Ich war beruhigt. *Ein ganzes Leben.*
Ich tollte in Haus und Garten meiner Großeltern umher. Ich erntete Rasierpinsel und Bohnen für unsere Freitagssuppe. Ich leckte die Teigschüssel aus, wenn Großmutter Linzer Torte buk, mit Mandeln und Butterschaum. Ich kletterte in die äußerste Spitze des alten Apfelbaums, um den Federball aus seinen Zweigen zu befreien und ihn dem Nachbarsjungen im Tausch gegen einen Hühnerring, den die Nachbarshühner um ihre Füße trugen, zurückzugeben. Ich verschlang eine derartige Menge Heidelbeeren, dass es Großmutter mit der Angst zu tun bekam. »Du Ugelick. Ich hoffe, du bleibst von der Nesselsucht verschont.«
Ich saß auf Großvaters Knien, um die vielen Bücher aus Vaters Kinderzeit zu betrachten. Ich stieg auf den Dachboden, um an der Weihnachtskiste zu pochen und Zaubersprüche zu raunen. Und um dem Klappern der Schindeln zuzuhören. Ich stöberte Vaters alte Murmelbahn auf, sein Indianerzelt und die Dampflok. Großvater brachte sie wieder in Gang. Ich berichtete Vater davon, ich malte eine riesige, schwarze Dampflok und schrieb *Sie dampft wieder* darunter. Ich sammelte Pflanzen, Johanniskraut, Wegwarte, Butterblumen, die Blätter der Schafgarbe, und legte sie zwischen die Seiten von Großmutters Gesang-

buch. Gemeinsam mit Großvater richtete ich mein erstes Herbarium ein. »So sind die alten Psalmen und Lieder zu guter Letzt noch zu etwas nütze«, brummte Großvater vergnügt.

Als ich die schwere, ledergebundene Bibel zum Pressen meiner gesammelten Pflanzen nehmen wollte, wurde Großmutter ärgerlich. »Es ist despektierlich, wenn das Hohelied Salomos oder die Seligpreisungen in der Bergpredigt mit dem klebrigen Saft von Hundeblumen verunziert werden.«

»Wir könnten den Stängel des Breitwegerichs zwischen den Sündenfall, Moses eins, Kapitel drei, legen«, meinte Großvater Anselm amüsiert.

»Was ist der Sündenfall?«, fragte ich, während Ohme auffallend eilig den Raum verließ. Sie misstraute Großvaters Erklärungen.

Großvater nahm seine Brille ab. »Was siehst du?«

Verständnislos sah ich ihn an. »Dich, Ohpa!«

»Sehr gut.« Er setzte seine Brille wieder auf. »Und jetzt?«

»Immer noch dich.«

»Würdest du einen anderen sehen, wenn du jetzt in einen Apfel beißen würdest?«

Ich überlegte. »Nein«, sagte ich.

Großvater schmunzelte. »Und doch haben sich Eva und Adam ganz plötzlich mit anderen Augen gesehen.«

»Eva und Adam?«

»Die ersten Menschen. Die allerersten!«

»Und der Sündenfall?«

»Hmm«, er runzelte seine Stirn. »Nachdem sie vom Apfel gegessen hatte, war Eva ein gutes Stück klüger geworden.

Das konnte Adam nicht auf sich sitzen lassen. Erinnerst du dich? Es ging ihm nicht schnell genug. Mit dem Essen! Fast wäre Adam am Apfel erstickt.«

»Und ist er so schlau wie die Frau geworden?«

»Ich hoffe es doch.«

»Und das nennt man Sündenfall?«

»Ich nenne das so. Kluge Menschen lassen sich nicht sehr oft an der Nase herumführen.« Großvater Anselms Mundwinkel zuckten. »Eine Sache zu hinterfragen, hat noch keinem geschadet«, fügte er ernst hinzu, während ich Ohmes ledergebundene Bibel zurück in die Reihe der vielen Bücher schob, die in Großvater Anselms Bücherschrank aufgereiht waren.

Gelegentlich erzählte mir Großvater auch von seiner Zeit als Lehrer am Lyzeum, und später am städtischen Gymnasium und noch viel später an einer Oberschule. Ich glaube, er liebte seinen Beruf sehr. Geduldig ging er auf all meine Kinderfragen ein und breitete seinen reichen Erfahrungsschatz vor mir aus wie Großmutter die weiße Damast-Tischdecke, wenn sie den Sonntagsbraten mit Rotkraut und Klößen servierte.

»Ich habe den allerklügsten Großvater im ganzen Land«, teilte ich dem Nachbarsjungen mit.

Der sah mich abschätzig an. »Kann er Handstand? Die Riesenfelge? Einen Papierflieger falten? Oder mit mehr als drei Bällen jonglieren?«

»Nein«, erwiderte ich verärgert. »Doch darauf kommt es nicht an.«

Es dauerte mehrere Tage, bevor ich wieder mit ihm sprach.

Das Telefon schrillte. Ich schreckte hoch. Ohme hielt den Hörer des Telefons in der Hand. Sie deckte die grüne Hörmuschel ab. »Moskau!« Sie machte mir ein Zeichen. Ich nickte.

»Ja«, sagte Ohme. Und später: »Nein, nein ...« Seufzend legte sie auf. »Deinen Vater ... Man kann ihn erst morgen erreichen.«

Unschlüssig stand sie da. Und runzelte ihre Stirn. »Als ich noch ein Kind war ...« Sie trat zum Stubenbüfett und zog eine Schublade auf. Es dauerte eine Weile, bevor sie eine alte Zigarrenschachtel in ihren Händen hielt. »Da ist sie ja.« Sie stellte die Schachtel auf den Tisch. »Posamenten«, sagte sie und hielt ein paar Rollen mit Schnüren hoch. Nach und nach kam auch der übrige Inhalt zum Vorschein. Ohmes Stimme klang feierlich. »Samtband, Litze, Spitzenmuster, Quasten für Lampenschirme.« Sie wickelte ein breites schwarzes Band um ihren Finger. »Trauerflor.«

Der Inhalt der Schachtel schien unerschöpflich zu sein. Ohmes Augen leuchteten. »Dein Urgroßvater«, sagte sie, »er besaß eine Posamentenfabrik.«

Ich holte tief Luft. Von Moskau bis zur Fabrik meines Urgroßvaters war es ein langer Weg. »Wo ist sie jetzt? Die Fabrik?«

»Abgebrannt.« Großmutters heftiges Wort erschreckte mich. »Es ist ein schlimmes Feuer gewesen.« Ihr Gesicht wirkte mit einem Mal wie versteinert. Ich wagte nicht, mich zu rühren. Großmutter faltete einen vergilbten Zettel auseinander. Der hatte ganz unten auf dem Boden der Schachtel gelegen. »Hol mir die Brille, mein Kind«, bat sie mich.

Mit brüchiger Stimme begann sie zu lesen: »Doch's is egoal, woas enner treibt. Dar eene sät, dar andre schreibt.«*
Ohme wickelte den Trauerflor um ihr Handgelenk. Und faltete den Zettel wieder zusammen.

»Damals, als dein Großvater bei meinem Vater um meine Hand anhielt, da hat er den Vers dieses alten Liedes aufgesagt. Hochdeutsch! Es muss ihm wohl wichtig gewesen sein.«

Sie räumte die alte Zigarrenschachtel an ihren Platz in der Schublade zurück und schob sie zu. Ein leises Klackgeräusch.

»Es ist falsch, was das Lied sagt …« Sie sah mich an. Im Grau ihrer Augen spiegelte sich dunkle Leere.

---

* »Doch ist es egal, was einer treibt. Der eine sät, der andere schreibt.«

IX.

Tante Cäcilies Tod
und Richards Krieg

Anselms Armstumpf zuckt. Längst ist es ihm klar geworden. Hanna Jos Bruder Max ist kein Mitläufer. Er ist von jeher ein Vorläufer, ein Anführer und Befehlsgeber gewesen. Und nun seit fünf Jahren, seit 1930, Mitglied einer Partei, die wie ein Krake seine Tentakel über das Land ausgestreckt hat. Ein Krake, dessen dreistes Trommeln für eine nationale Sache, für Volksgemeinschaft und Volkeswohl Anselm schaudern lässt. Seine Genossen haben den kleinen süddeutschen Trupp, der sich – wie lachhaft – als Partei der deutschen Arbeiter ausgab, unterschätzt. Auch seinen Redner, den ganz besonders. Sie haben des Redners Parolen, die er mit überschnappender Stimme in lärmenden Bierhallen verkündet hat, nicht ernst genommen. Und als sie es endlich taten, war es zu spät. Aus dem süddeutschen Trupp ist eine ernst zu nehmende Volkspartei, aus dem Redner ein Kanzler geworden, dessen Stimme noch immer überschnappte und dessen Zahnbürstenschnurrbart nicht einen Zentimeter größer geworden ist. Größer geworden ist seine

Anhängerschaft. Die Leute beeilten sich mit dem Dazugehören. Anselm muss zur Kenntnis nehmen, dass auch am Kragenaufschlag des Schwiegervaters ein rundes Abzeichen mit einem »Hakelkreuz« prangt. Anselm sagt »Hakelkreuz«, beharrlich und provokant, bis Hanna Jo ihn bittet, es nicht mehr zu tun. Zumindest nicht in diesem angriffsfreudigen Ton, der auf kurz oder lang zu einem Eklat bei ihrer Verwandtschaft führen würde. »Mir zuliebe«, hat ihn Hanna Jo beschworen. Eine schmeichelnde Bitte, von der sie weiß, dass Anselm ihr nachkommen wird. »Es kann sich doch nur um eine unbedachte konforme Haltung mit der öffentlich propagierten handeln. Mein Vater wird schnell zur Besinnung kommen. Du glaubst doch nicht wirklich, meine Familie sei über Nacht mit den plumpen Parolen der Nationalen d'accord?« Und wieder ist da der hoffnungsvolle, gläubige Ton in ihrer Stimme.

»Jawohl, das glaube ich«, hat Anselm seiner Frau mit unerwarteter Heftigkeit entgegnet. »Das ist weiß Gott keine schnell zu korrigierende Geisteshaltung. Außerdem hat, wie du weißt, dein Bruder Max jetzt das Sagen. Als Prokurist der Fabrik ...«

Hanna Jo ist erblasst.

Es zeigt sich im Folgenden, dass Hanna Jos älterer Bruder Fritz, Marthas Mann und Charlottes Vikar, der längst ordiniert ist und wieder Vaterfreuden entgegensieht, auch zu nationalen Parteigenossen geworden sind. Hanna Jo ist frustriert. Sie sagt nun ebenfalls »Hakelkreuz« und Anselm beißt sich auf die Lippen, als er es seine Frau das erste Mal sagen hört. In diesen Zeiten schmeckt der Triumph so schal wie abgestandenes Bier.

Er seufzt. Von der Familie haben sich letztlich nur Magdalena und ihr Ehemann, Hans-Martin Husemann, ihre sehr eigenen Gedanken über die Hakelkreuzer gemacht und nach diesen Gedanken das umnebelte, aberwitzige Land verlassen. Zwei Jahre sind es jetzt, dass sie auf der Isle of Man in Sulby am Sulby-Fluss leben. Das kam nicht von ungefähr. Schon während der Internierung hatte sich Husemann mit der schottischen Baumwollspinnerei befasst und festgestellt, dass Tweed aus Schottland ein lohnenswertes Handelsprodukt für sein Unternehmen sei.

Vom Import zum Export! My dear, we are british now, schreibt Magdalena der Lieblingsschwester.

»Husemann hat schon immer den richtigen Riecher gehabt«, sagt Hanna Jo zu Anselm. »Er ist ein Geschäftsmann und meine Schwester steht ihm in diesen Dingen in nichts nach. Mit Onkel Hubert hat er sich übrigens gänzlich überworfen. Keine gemeinsamen Transaktionen mehr! Vater sprach neulich davon. Es ist kurios! Heute der Zwist mit Husemann. Und früher haben Vater und Onkel Hubert jahrelang keinen guten Faden gesponnen.«

»Im wahrsten Sinn des Wortes ...« Anselm nickt. Klottners Unfall mit dem Horch und dessen tragische Folgen sind ihm zur Genüge bekannt. Wie Husemann ist auch Hubert Klottner, was Handelsbeziehungen und profitable Geschäfte betrifft, mit einem feinen Instinkt ausgestattet. Doch seine Pläne und Vorhaben gehen andere Wege. Nach Agnes' Tod bemühte sich Klottner um gute Verbindungen zum Reichswirtschaftsministerium in Berlin. Der 74-Jährige weiß sehr wohl, dass er damit dem staatlichen Einfluss Tor und Tür seines Unternehmens öffnet. Hubert Klottner öffnet sie gern. Das Reich zeigt Interesse an deutscher Kunstfaserproduktion. Klottner spricht auch den Schwager an: »Schön und gut. Ich gestehe, die Frühwein-Söhne in Wuppertal unterschätzt zu haben. Du hast es nicht. Nun ja. Die Glanzfäden-Knaben haben sich profiliert.« Er lacht. Huberts saloppe Art, abfällig über die Konkurrenz zu sprechen. »Die Schmach von Versailles …«, hebt er jetzt an und erzählt noch so manches. Von Rüstungsprogrammen und Wehrhoheit, der neu gegründeten Luftwaffe und dem Reichsluftschutzbund, der bereits seit zwei Jahren etabliert sei. Hubert verhaspelt sich, gestikuliert, spricht viel zu schnell und abgehackt.

Fabrikant Deenel hört aufmerksam zu. Er kennt ihn gut, seinen auf profitable Aktionen erpichten Schwager. In die Klottner'sche Kunstfaserproduktion, die Produktion von Fallschirmseide, investiert er nur wenig. Dafür besinnt er sich auf etwas anderes, altbewährtes. Die Herstellung von Tressen und Epauletten. Fabrikant Deenels Lager füllen sich. Die Krise scheint endgültig überwunden.

»Die Einführung der Wehrpflicht ist eine glückliche Fügung«, sagt der Fabrikant mit heiterer Miene zu seiner Frau. Frau Ida macht ein bedenkliches Gesicht. Sie ist, was Uniformen und Militärdevotionalien betrifft, zurückhaltender geworden. Schon einmal profitierte man von einer angriffslustigen Staatsmacht und entging nach dem Fiasko nur mühevoll dem Bankrott. Dies nicht zuletzt durch den Verkauf einiger kostbarer Teile, darunter das Collier ihrer Urgroßmutter, die Rubinbrosche mit Naturperlen und die Diamant-Lapis-Garnitur, aus dem Familienschmuck. Die ihr verbliebenen Stücke will sie behalten. Außerdem hat sie andere Sorgen. Immer häufiger wird sie von heftigen Gallenanfällen geplagt. Die Galle sei ernst zu nehmen, hat ihr Doktor Süß mitgeteilt und einen mehrwöchigen Kuraufenthalt empfohlen.

»Du solltest mich begleiten«, bittet sie ihren Mann. Fabrikant Deenel räuspert sich überrascht und gießt sich einen Belle Meunière ein. Seine Frau ist, was vergangene Kuraufenthalte betraf, nicht unbedingt auf seine Begleitung erpicht gewesen. »Eine längere Abwesenheit kann ich mir nur schwerlich leisten«, sagt er ausweichend.

»Es ist an der Zeit, dass du die Geschäfte an Max übergibst. Du hast dein 70. Lebensjahr überschritten.« Frau Ida betrachtet ihre Fingerspitzen. »Max Wilhelm August«, sagt sie und wiederholt den Rufnamen ihres zweiten Sohnes. »Max!« Und spricht mit zunehmendem Drängen. »Er ist lange genug mit der Prokura betraut. Glaub mir, das Ende kann schneller zur Stelle sein, als wir es denken.«

Versonnen leert Franz Friedrich Deenel sein Glas. Der letzte Satz hat sich wie eine Prophezeiung angehört, doch die Gedanken seiner Frau waren bei einem tragischen Unglück im letzten Sommer, jenem Tag, als Deenels langjähriger Prokurist an Blutvergiftung verstorben ist. Ein unglückseliger Zufall. Die neue Spinnspule hatte sich im Maschinengestell festgelaufen. Man rief nach dem Vorarbeiter, doch der Prokurist war schneller in der Werkshalle. Die Spule bekam er frei, doch dem Riss in seiner Hand schenkte er nur wenig Beachtung. Erst, als sich zu Schmerz und Fieber noch heftiger Schüttelfrost einstellte, ließ seine Wirtin nach Doktor Süß rufen. Zu spät. Der Prokurist starb noch am selben Tag. So kam es, dass

Max, seiner Assessorstelle längst überdrüssig, die Nachfolge übernahm. Nach reiflicher Überlegung offerierte Fabrikant Deenel die Prokura des Unternehmens seinem Sohn. Und ist verblüfft. Max hat Talent. Sehr viel sogar. Erfolgreiche Geschäfte scheint er zu wittern wie ein Tier seine Beute. Nicht immer geht es dabei redlich und rechtschaffen zu.

Das spricht sich herum. Onkel Hubert merkt auf. Max' äußerst forsches Geschäftsgebaren erinnert den Älteren an seine eigenen ersten Schritte als junger Unternehmer. Er könnte mein Sohn sein, denkt er bisweilen. Der eigene Sprössling hingegen hat sich als das, was er für Agnes von Anfang an war, eine Enttäuschung, herausgestellt. Ein Spieler und Schürzenjäger, der die monatlichen Schecks seines Vaters in die Casinos von Baden-Baden, Berlin und Bad Ems investiert. Onkel Huberts offensichtliches Interesse, seine väterliche Sympathie ihm gegenüber erwidert Max mit gefügiger Willigkeit. Etwas, das nur wenige an ihm kennen. Klottners Einfluss auf den Neffen beginnt zu wachsen. Onkel Hubert erzählt auch Max so manches. Anders als bei seinem Schwager stößt Klottner bei seinem Neffen auf offene Ohren. Max bestürmt den Vater.

»Das Reichswirtschaftsministerium unterstützt die Klottner'schen Werke in ihrem Bestreben, textile Rohstoff-Importe zu reduzieren. Das käme auch uns zugute, Vater! Staatliche Stellen werden sich bei der Einführung neuer Produkte erkenntlich zeigen. Onkel Hubert könnte uns außerdem seine Technologie zur Verfügung stellen. Eine Beteiligung an Strumpf- oder Schirmseide! Verzicht auf Konkurrenzklage! Der Onkel wäre sehr großzügig.«

Fabrikant Deenels Augen haben sich bei diesen letzten Worten unmerklich verengt. Ihm ist des Schwagers auffallendes Wohlwollen Max gegenüber nicht entgangen. Hubert Klottner war nicht der Mann, der uneignennützig handelte.

Franz Friedrich Deenel besieht sich Frau Idas Reseden auf dem Fensterbrett. Nicht alle haben den Sommer ohne Blessur überstanden. »Du hast recht«, sagt er zu seiner Frau. »Eine gewisse Müdigkeit, die meinem Alter geschuldet sein mag, lässt sich nicht leugnen. Ich sollte mich auf mein Dasein als Privatier vorbereiten.«

Am 1. September 1935 übergibt Franz Friedrich Deenel das Unternehmen an seinen Sohn Max. Max schlägt die Hacken zusammen, als ihm die Belegschaft mit einem Blumenstrauß gratuliert. Er ist vor Kurzem zum Ortsgruppenleiter ernannt worden. Ein Umstand, den seine schwermütige, schöne Frau mit einem verzagt geflüsterten »Wie ungeschickt« kommentiert.

Von den Geschwistern sind es nur Magdalena und Hanna Jo, die ihres Bruders Plänen und jenen des Onkels misstrauen. Doch Magdalena in Sulby ist weit weg. Charlotte und Martha zucken die Schultern. Max sei von jeher einer gewesen, der sich noch nie die Markenbutter vom Deenel'schen Weißgebäck hat abkratzen lassen. Martha kichert. Ein abgewandelter Spruch des Vaters.

Bruder Fritz schiebt den neuen Inhalationsapparat beiseite. Er werde demnächst mit den Töchtern und seiner Gattin auf eins ihrer Güter in Ostpreußen ziehen, teilt er der Schwester mit. »Ich hege keinen Zweifel daran, dass

Onkel Hubert auf kurz oder lang unsere Fabrikation in seine eigene einbinden wird«, erklärt er gedankenvoll. »Max hat mir gesagt, dass Hubert an der Wiederverwendung von Schwefelwasserstoff arbeitet. Einer der Standorte ist in unserer Nähe geplant. Die neue Werkhalle neben Vaters Villa scheint dafür geeignet zu sein.« Mit einer weichen Geste, die er von seiner schönen Schwägerin, Max' Frau, übernommen hat, fächelt sich Fritz frische Luft zu. »Mich geht es nichts an. Schon immer war Max viel mehr an den Belangen des Unternehmens interessiert als ich.« Er senkt seine Stimme. »Sulby ist weit weg, Königsberg ist es auch. Du solltest ebenfalls ein wenig umziehen, Hanna Jo.«

Hanna Jo schüttelt den Kopf. »Nein«, sagt sie tonlos und betrachtet das »Hakelkreuz« am Revers ihres ältesten Bruders.

Nach seinem Rückzug ins Private widmet sich Fabrikant Deenel einer alten Leidenschaft. Es bereitet ihm ein großes Vergnügen, den nächtlichen Sternenhimmel über dem kleinen Ort an der böhmischen Grenze zu beobachten. Manchmal leistet ihm Wolfgang, Max' jüngerer Sohn, Gesellschaft. Dann stehen Großvater und Enkel dicht aneinandergelehnt am Fenster.

»Sieh! Dort ist die Wega.« Fabrikant Deenel dreht den Kopf des Jungen ein Stück nach rechts.

Wolfgang blinzelt. Mit aller Kraft kneift er die Augen zusammen. »Ich sehe sie nicht.«

»Die Wega ist weit weg. Viele Lichtjahre.«

»Vater sagt, die Mutter ist auch bald weit weg.« Wolfgangs Stimme hat einen trostlosen, blechernen Klang.

Deenel spürt, wie die schmale Gestalt des Knaben zu beben beginnt. »Das werden wir keineswegs zulassen, du und ich.« Tröstend streicht er über das dunkle Lockengewirr seines Enkels. Und ist froh, dass die Dunkelheit sein Erschrecken verbirgt.

Zwei Wochen später ist Franz Friedrich Deenels Schwiegertochter verreist. »Ein längerer Kuraufenthalt in der Schweiz«, erklärt Max dem Vater, als der ihn nach seiner Ehefrau fragt.
»So plötzlich?« Deenel mustert die zuckende, schuldbewusste Miene des Sohnes, sein offensichtliches Bemühen, dem Vater nicht in die Augen sehen zu müssen. »Ich meine …«
Max macht eine hastige Handbewegung. »Wir mussten uns schnell entscheiden. Das Sanatorium ist sehr gefragt.«
»Oh ja, natürlich«, erwidert Fabrikant Deenel freundlich und wartet. Doch Max bleibt stumm. »Du könntest sie von uns grüßen. Richte ihr unsere Grüße aus, wenn ihr telefoniert«, sagt sein Vater. »Wir werden sie vermissen.«
»Sicher.« Max hat es eilig. Es ist das letzte Mal, dass er von seiner schönen Frau berichtet. Auch Wolfgang schweigt, wenn man ihn nach seiner Mutter fragt. Der Vater hat ihm einen jungen Leonberger gekauft; ein lebhaftes, liebebedürftiges Tier. Die beiden schließen schnell Freundschaft. Wolfgang hat einen treuen Beschützer gefunden. Einen, der ihn vor den Box-Attacken des Bruders verteidigt. Die ferne Mutter scheint er vergessen zu haben.
Was Wilhelm betrifft, so vermisst er seine schöne, traurige Mutter nur wenig. Sie ist ihm stets fremd geblieben. Wenn er mit prachtvollem Brüllen ins Zimmer gestürzt ist und mit

sich überschlagender Stimme verkündet hat, ein Indianer auf Kriegspfad zu sein, hat sie aufgeseufzt und die Hand an ihre Schläfe gelegt. »Wie ungeschickt. Nicht so laut.«

Das Arbeitszimmer des Vaters zu annektieren, war eine andere Sache. Der hat gelacht und behaglich die Beine ausgestreckt. »Recht so, mein Sohn. Erschlag alle Feinde.«

Heute spielt Wilhelm andere Spiele. Bei der Hitlerjugend werden Geländeübungen organisiert. Da kann man den Krieg erproben und »ordentlich dreinhaun«, wie er mit blitzenden Augen sagt. Wilhelms Cousine Käthe rümpft ihre Nase. Früher wollte sie so soldatisch aussehen wie der Cousin. Doch mittlerweile findet die 17-Jährige das Kriegsgetöse ganz und gar »ungeschickt«, wie sie sagt.

Wilhelm wird kreideweiß, als er das Lieblingswort seiner Mutter hört. Er reckt das kantige Kinn nach vorn wie sein Vater. »Sag nie mehr ›ungeschickt‹«, zischt er.

Käthe setzt ihren Strohhut auf. »Phhh.« Sie bläst ihre Backen auf und eilt davon. Und nimmt sich vor, das rosafarbene Kleid aus Crêpe de Chine ihrem Cousin Wolfgang zu schenken. Sie weiß sehr wohl, dass es Wilhelm erbittert, ja nahezu rasend macht, den jüngeren Bruder in einem Mädchenkleid anzutreffen.

Hanna Jo verbringt wie immer die Sommermonate in dem kleinen erzgebirgischen Ort an der böhmischen Grenze. Richard begleitet sie. Anselm nicht. »Die frische Gebirgsluft scheint mir seit Kurzem zu schaden«, sagt er. Sein Armstumpf zuckt.

Für Richard zählen die Ferientage bei seinen Großeltern im Gebirge zu den schönsten im Jahr. Er liebt es, mit den

Cousins und Cousinen herumzutollen. Er liebt die hitzeflirrenden Wiesen hinter den Wäldern, die langen Ebereschen-Alleen, die dicken Federbett-Wolken, die erdbraunen Kühe, das Murmeln des Mühlbachs gleich hinterm Haus. Er liebt auch die kehligen, unverständlichen Worte der Leute im Ort, wenn er grüßt. »E Deenel-Gung! Dos stimmt doch, galle?«*

Mit seinen 13 Jahren ist Richard Krüger ein aufgeweckter Junge, dem wenig entgeht. Wolfgangs Liebe für Mädchensachen belächelt er mild. Wilhelms soldatisches Wesen, sein neuerdings zackiges Hackenzusammenschlagen nötigen ihm Bewunderung ab. In den Augen des Vaters hat es sehr bedrohlich geblitzt, als Richard von Wilhelm und dessen Oberscharführertum berichtete. »Davon kein weiteres Wort in meinem Haus.«

Ein weiteres Wort indes spricht Anselm Krüger mit seiner Frau. »Wir sollten aufpassen. Wilhelm wächst sich zum Abbild seines Vaters aus, während Wolfgang …«

»Er sollte ein Mädchen werden. Sie hat sich so sehr ein Mädchen gewünscht.« Hanna Jo steht am Herd. Es gibt Schweinsschulter in Bier geschmort. Graupen und Steckrüben sind passé.

»Der arme Junge schwankt zwischen zu viel und zu wenig. Er wird es schwer haben, heutzutage. Die deutschen Ansichten über Männlichkeit sind zweifelsfrei definiert. Und jetzt ist ihm auch noch die Mutter fortgeschickt worden. Ein Hund, auch wenn er sich noch so anhänglich und vertraut gebärdet, ist kein Ersatz.«

»Ich habe nur wenig von ihr gehört, seit sie in der Schweiz ist.«

---

* »Ein Deenel-Junge! Das stimmt doch, nicht wahr?«

»Ich hoffe, dass es ihr gut geht«, knurrt Anselm. »Max' Frau hat einen weit größeren Makel als Wehmütigkeit.«

Hanna Jo horcht auf. »Was meinst du damit?«

Anselm antwortet nicht gleich. Er sieht eine Weile vor sich hin, bevor er den Kopf hebt. »Max hat eine schöne Frau gewollt, eine, um die ihn die anderen Männer beneiden. Das ist ihm gelungen. Tatsächlich! Nur dass sich die Abstammung ihrer Familie ganz plötzlich nicht mehr mit seiner Gesinnung verträgt.«

Die Tür der Bratröhre klappt mit lautem Knall zu. Hanna Jo dreht sich jäh um. »Du meinst doch nicht ...«

»Oh doch!« Anselm massiert seinen Armstumpf. »Dein Bruder marschiert mit Riesenschritten in eine Richtung, die in den Abgrund führt.« Mehr sagt er nicht. Auch nicht, als Hanna Jo mit zitternden Händen viel zu viel Salz an das Weinkraut gibt.

Anselm muss vorsichtig sein. Erst letztens hat er eine Unterredung mit dem Direktor der Schule gehabt. Man werde sein Handeln, seine politische Einstellung genauestens im Auge behalten, teilte der Direktor ihm mit. Im Übrigen sei es befremdlich, wenn er als Staatsbeamter den Unterricht immer noch mit einem *Glück auf* beginne. »In deutschen Schulen ist jetzt ein anderer Gruß erwünscht, Herr Krüger.« Es klang befehlend.

»Dazu bedarf es der rechten Hand. Und die ist im Krieg geblieben«, hat Anselm ruhig geantwortet.

Der Schuldirektor musterte ihn scharf. »Ich warne Sie, Krüger. Man sollte sich keineswegs querstellen. Man sollte sich möglichst schnell dem nationalsozialistischen Lehrerbund anschließen.« Er hüstelte. »Man sollte auch im Lateinunterricht der arischen Mittelmeerkultur einen würdigen Raum zugestehen. Man sollte ...«

Anselm hat sich verbeugt. »Habe die Ehre«, sagte er und musste an die Bücklinge von Hausmeister Schlimpel denken, wie der, einem Klappmesser nicht unähnlich, Kopf und Oberkörper bis tief zu den Knien beugte, um anschließend in die Höhe zu schnellen und ›Habe die Ehre‹ zu schnurren. Langsam ist er in seine Klasse zurückgegangen.

»Es könnte gut sein, dass von der Schulbehörde demnächst so einige Repressalien auf mich zukommen werden«, sagt er am Abend zu Hanna Jo. »Ich ahne, dass außerdem über eine Versetzung nachgedacht wird.« Er rückt seinen Kneifer zurecht.

Hanna Jo faltet die weiße Damastserviette zusammen. Und faltet sie wieder auseinander, knüllt und knetet, bis nur noch ein handtellergroßer Stoffzipfel übrig bleibt. »Ich weiß.«

Es geschieht am 7. März 1936. Drei Bataillone der Wehrmacht rücken im Rheinland ein. Und Tante Cäcilie bricht sich den Hals.

»Genickbruch«, erklärt Doktor Süß seinem Korpsbruder Deenel. »Das habe ich kommen sehen«, setzt er hinzu.

Franz Friedrich Deenel betrachtet den Freund. Er ist sich nicht sicher, ob der Doktor die Rheinlandbesetzung oder Cäcilies Genickbruch meint.

»Zuerst das Saarland, jetzt das Rheinland.« Fabrikant Deenels Stimme klingt matt.

Der Doktor reibt seine Hände. »Der Winter wird uns wohl noch eine ganze Weile erhalten bleiben.« Er schneidet sich eine Zigarre zurecht, während er über die Unvernunft einer gewissen älteren Dame sinniert. »In diesem Alter! Bei diesem Wetter!«

Deenel fährt sich durchs Haar, das grau und schütterer geworden ist, wie das des verstorbenen Prokuristen. »Cäcilie«, sagt er. »Distinguiert und temperamentvoll zugleich! Sie war das eigenwilligste Frauenzimmer, das mir je begegnet ist.«

Doktor Süß bläht seine Backen und stößt kleine Rauchkringel aus. »Emanzipiert, das alte Mädchen. Und dem Absinth nicht abhold.«

Auf ihre alten Tage und nachdem ihr Chauffeur den Horch an einem Nebelmorgen ins Moor gefahren hatte und mit ihm beinahe im Schlamm versunken wäre, hat sich Tante Cäcilie, der Sicherheit halber, wie sie es sagte, ein Wanderer-Fahrrad gekauft.

»Ein Fahrrad wiegt weitaus weniger, wenn ich es mit einem Automobil vergleiche. Und demnach wird es auch nicht so schnell im Schlamm versinken«, hat sie der verdutzten Hanna Jo noch kürzlich erklärt. Doch selbst ein Wanderer-Rad kann einen nicht vor allem Unheil bewahren.

Hanna Jo erinnert sich an Tante Cäcilies letzten Besuch. Das Unheil traf sie an einem ganz gewöhnlichen Abend. Die Bürgersteige des kleinen erzgebirgischen Ortes an der böhmischen Grenze sind hoch, das Licht der Gaslaternen bisweilen spärlich und Tante Cäcilies Röcke aufgebläht wie ein Segel. Das Wanderer-Rad ist über die Bordsteinkante gerollt und die Tante der Länge nach hingestürzt. Die Schulkinder aus dem Ort haben die alte Dame bei ihrem Laternenumzug entdeckt. Doktor Süß fand den Unglücksort schnell. Die Kinder hatten rings um die Leblose ihre Lampions aufgestellt. »Ein Anblick, so ... pastoral und feierlich, als habe Cäcilie es darauf angelegt, im Heiligenschein von Papierlaternen zu sterben«, sagt Frau Ida, die mit dem Doktor herbeigeeilt ist. Das Eierfräulein hat sie über Cäcilies tragischen Sturz informiert.

Fabrikant Deenel und seine Frau sind sich einig. Die Beerdigung soll eine würdige Feier werden. Cäcilie selbst hat beizeiten an jenen Tag, an dem sie ein letztes Mal die Hauptperson abgeben würde, gedacht. Als kinderlose, vermögende Frau hat sie vorgesorgt und einen dreiseitigen Brief an den hiesigen Pfarrer verfasst. Mit schwarzer Tinte auf blau liniertem Papier teilte Cäcilie ihm in zierlicher Schnörkelschrift alles ihr notwendig Erscheinende, alles, was nach ihrem Ableben noch gesagt werden sollte, mit.

Ein wenig verwundert, dass sich die Tante gerade an ihn gewendet hat, zieht sich der Geistliche in seine Amtsstube zurück, erbricht das gesiegelte Schreiben und liest. Das Haus des Fabrikbesitzers Franz Friedrich Deenel sei ihr eine Heimat gewesen, schreibt Cäcilie. Sie habe sich dort immer außerordentlich wohlgefühlt. Aus diesem Grund wünsche sie für ihren Leichnam auf dem örtlichen Gottesacker ein schattiges Plätzchen. Der Pfarrer (Cäcilie spricht ihn mit ›Euer Ehrwürden‹ an) möge ihr hin und wieder einen Besuch abstatten, vor allem um sie über das weitere Wohlergehen der Fabrikantenfamilie zu informieren. *Ich habe mich diesem reizenden Ehepaar stets verbunden gefühlt, genau wie der hübschen, wilden Kinderschar und späterhin auch deren allesamt vielversprechenden Ehepartnern. Und noch später ihrem unterhaltsamen, manchmal ein*

wenig verwöhnten Nachwuchs. Ich will das beileibe nicht tadeln, denn an Letzterem habe auch ich fleißig mitgewirkt. Ich habe die Karten befragt ...
Über das Antlitz des Pfarrers huscht ein nervöses Zucken. *Dieses Mal werden es mehr als sieben hässliche magere Kühe sein, die die fetten fressen.* Hier hat Cäcilie eine Klammer eingefügt und auf eine Bibelstelle verwiesen. Sie muss das Kartenorakel mit der Bibel verwechselt haben. Die dick geäderten Schläfen des Pfarrers pochen. Lautlos bewegt er die Lippen beim Lesen. *Selbstredend erbitte ich mir, dass die gesamte Familie an meiner Beerdigung teilnehmen wird ...*
»Du Ugelick«, entfährt es Hanna Jo, der man, wie allen anderen auch, eine Abschrift des Briefes zugesandt hat.
Anselm schiebt den Heftestapel beiseite. »Wir haben sie unterschätzt, deine Tante«, sagt er zu seiner Frau.
»Auf jeden Fall werden wir an der Beerdigung teilnehmen«, antwortet Hanna Jo.
»Ich bin mir nicht sicher, ob auch ich ihren Wünschen nachkommen möchte«, sagt Anselm.
»Cäcilies letzte Bitte sollte dir ebenfalls heilig sein«, sagt Hanna Jo. Es klingt vorwurfsvoll.
Anselm setzt seinen Kneifer ab. Die letzten Friedensjahre sind von wachsenden Kriegereien innerhalb der Familie geprägt gewesen. Anselm weiß: Hanna Jo bedrücken sie, jene unaufhörlichen Sticheleien und Generationen-Geplänkel zwischen Geschwistern und Eltern, Schwagern und Schwägerinnen. Verkappte und offene Wortgefechte, die ohne Unterlegene, ohne Sieger enden. Ein Teil von ihr fühlt sich noch immer dem konservativen Kastengeist der

Familie verbunden. Rang und Name. Gott und Vaterland. Und aus dem Vaterland quillt jetzt erneut ein gefährlicher, düsterer Strudel.

Anselm verzieht das Gesicht. Viel zu oft hat auch er ihre Wertevorstellungen und die Lebensart akzeptiert. Einer der ihren war er nie. Er langt nach dem Heftestapel. Und schraubt seinen Füllfederhalter, den mit der blutroten Tinte, auf.

Es ist am vierten Sonntag vor Ostern, im März 1936. In dem kleinen Ort an der böhmischen Grenze ist der Frühling noch fern. Dicke Schneebatzen fallen von den Bäumen, als Tante Cäcilie zu Grabe getragen wird. Die Kirche ist nur wenig beheizt. Die Damen hüllen sich in ihre Pelze, während die Herren die aufgerichteten Kragen vor dem Kinn zusammenziehen. Der Pfarrer lässt seine Blicke über die Kirchbänke schweifen. Die Fabrikantenfamilie ist vollzählig erschienen. Das hat er erwartet. In diesen Kreisen wird der Wunsch einer Verstorbenen respektiert. Sie sind also alle da: Franz Friedrich Deenel mit Ehefrau Ida, beide erst kürzlich von einem längeren Kuraufenthalt in Ostende zurück. Deenels ältester Sohn Fritz und seine stets etwas steif und langweilig wirkende Gattin, die beiden Töchter, der Mutter sehr ähnlich, sehr zierlich und blass. Die Luft in Ostpreußen scheint bis jetzt nur wenig ausgerichtet zu haben. Käthe und ihre Schwester sind ständig am Hüsteln und Schnäuzen. Neben den Mädchen sitzt Magdalena, Deenels älteste Tochter. Als Einzige von den Damen ist sie in dunklen Tweed gehüllt. Zu ihrer Linken der Gatte; die üppige Haartolle nach hinten gelegt.

Mit sichtlicher Ungeduld dreht er den englischen Bowler in seinen Händen. Der Pfarrer kennt seine Gemeinde, er weiß, dass die beiden jetzt auf der Isle of Man in Sulby am Sulby ihren Wohnsitz haben. Und außerdem weiß er, dass Tuchhändler Husemanns Transaktionen, seine Geschäfte im fernen Sulby, florieren. Husemann scheint des Pfarrers Blicke zu spüren. Er hebt seinen Kopf, räuspert sich heftig und deutet ein blasses, höfliches Grüßen an. Der Pfarrer muss husten. Anselm Krüger, Hanna Jo und ihr Sohn haben im Seitenschiff Platz genommen. Ein sichtbarer Abstand. Dem feinen Ohr des Pfarrers ist es nicht entgangen, dass Krügers kräftiger Bass bei der Fürbitte und der Anbetung fehlte. Ein Freigeist; einer, den man in früheren Zeiten aufgrund gewisser ketzerischer Bemerkungen des Gotteshauses verwiesen hätte. Er mag ihn dennoch, diesen aufmüpfigen Schulmeister im schwarzen Paletot, den der Herrgott mit überaus wachen Sinnen ausgestattet hat. Den Paletot verdankt er ganz sicherlich seiner Frau. Sein Blick wandert weiter. Richard Krüger. Der Junge ist das Ebenbild seiner Mutter. Wortwitz und Scharfsinn hat er vom Vater geerbt. Freundlich nickt er ihm zu. Neben Richard haben Wilhelm und Wolfgang, die beiden Söhne von Deenels zweitem Sohn Max, Platz genommen. Max trägt Uniform. Seine Ernennung zum Ortsgruppenleiter soll jeder sehen. Der Geistliche faltet die Hände. »Wir wollen beten.« Ihm ist so einiges über den neuen Fabrikherrn zu Ohren gekommen. Die Geschäftsbeziehungen zu den Klottner'schen Werken machen im Ort die Runde. Klottner ist erst vor Kurzem ein bedeutender Staatsauftrag zugeschanzt worden. Die Leute raunen sich zu, es gehe dabei nicht nur um zivile Zwecke. Worte wie »Kriegsproduktion« und »Aufrüstung« werden lauter. Klottner hat überdies in der Gegend einige Grundstücke angekauft. Der Pfarrer lässt verstohlen ein Bayrisch Blockmalz im Mund verschwinden. Er scheint noch viel vorzuhaben, der alte Klottner. Max ebenfalls. Die Angestellten der Posamentenfabrik berichten, dass jetzt ein anderer Ton in der Firma herrsche. Einer, der der Gesinnung eines Ortsgruppenleiters entspreche. Im Speisesaal finden regelmäßig gewisse Veranstaltungen statt und an den Feiertagen sind Fenster und Fahnenstangen der Posamentenfabrik mit Fahnen geschmückt. Fahnen, die heutzutage an allen Regierungsgebäuden und staatlichen Einrichtungen wehen.

»Amen«, die Stimme des Pfarrers hallt durch das Kirchenschiff. Die Orgel setzt ein und der Pfarrer setzt sich. Hubert Klottner zwinkert ihm zu. Der Geistliche bleibt ernst. Er ist keineswegs überrascht, ihn bei Cäcilies Beerdigung in seiner Kirche anzutreffen. Klottner sitzt neben Max. Dort, wo eigentlich Max' Frau sitzen sollte. Ihr Kuraufenthalt in der Schweiz ist verlängert worden. Aus den Augenwinkeln beobachtet der Pfarrer, wie Wilhelm seinem Bruder einen kräftigen Tritt mit dem Stiefel versetzt. Wolfgang verzieht das Gesicht. Gleich wird er weinen. Der Pfarrer schickt ein drohendes Räuspern in Wilhelms Richtung. Der streckt seine Beine aus und sieht den Geistlichen abschätzig an. Charlottes und Marthas Kinder hingegen, die acht- und neunjährigen Sprösslinge der jüngeren Fabrikanten-Töchter, zeigen sich sittsam erzogen. Scheu, mit gesenkten Köpfen, das Haar zu straffen Zöpfen geflochten, haben sie sich als schwesterliches Knäuel dicht aneinandergedrängt. Lange bleibt der Blick des Pfarrers an Charlotte hängen; die dunklen Augen, ihre vorgeschobenen vollen Lippen. Sie hat so manchen frommen Choral gesungen. Seit ihrem Wegzug ist mit dem Kirchenchor kein Staat mehr zu machen. Der Geistliche seufzt. Deenels jüngste Tochter Martha ist erneut schwanger. Der Geistliche späht auf Marthas gewölbten Leib. »Es sollte nun endlich ein Junge werden«, hat ihm letztens Frau Ida gesagt. Der Pfarrer hat wie segnend die Hand erhoben. »Unser Herr weiß, was er tut.« Er weiß, dass Marthas Ehemann mit jeder neuen Schwangerschaft seiner Frau unverdrossen auf einen Stammhalter und Erben seines Sägewerks hofft.

Der letzte Akkord des Chorals ist verklungen. Der Pfarrer schrickt auf. Er ordnet die Falten seines Talars, bevor er an den blumengeschmückten Eichensarg von Cäcilie tritt. Es wird nur für kurze Zeit sein. Tante Cäcilie hatte sich jegliche wortgewaltige Würdigung ihrer Person verbeten: ... *meine Stärken und Schwächen müssen am Sarg keine Erwähnung finden. Man kennt mich und weiß, dass ich für meine geistige Flexibilität Patiencen legte, jegliches Fellgetier verabscheut habe, vorzugsweise die Marke Juno rauchte, Absinth und Pecco-Tee trank und last, but not least eine ganz passable Canastaspielerin war. Mehr braucht es nicht. Lance bien la pierre. Besser, man lässt ein paar Psalmen singen. Emilia Friedericke Charlotte besitzt einen wundervollen Sopran ...*

Der Pfarrer ist diesem Wunsch gern nachgekommen. Seit dem Tod seines Jüngsten tut er sich mit Beerdigungspredigten schwer. Gotthelf. Wie er zusammengekrümmt in der Weihnachtskiste gelegen hat, das hölzerne Jesuskind fest im Arm. Das versetzte der gläubigen Frohnatur seines Vaters einen gewaltigen Riss. Er traut seinem Herrgott nicht mehr, wenn er es noch so will. Die Predigt fand damals durch seinen plötzlichen Kruppanfall ein jähes Ende. Gotthelfs Vaterunser musste der Kantor sprechen. Danach lief alles schief. Der kleine Gotthelf wurde im falschen Grab beigesetzt. Der Leichenschmaus – Milchreis mit Zucker und Zimt, Gotthelfs Lieblingsspeise – war angebrannt und die Köchin verbarrikadierte sich stundenlang in der Vorratskammer. Seit dieser Zeit misstraut der Pfarrer dem Beistand des Herrn bei Trauerfeiern in seiner Kirche.

»Wir sind heute hier«, beschließt der Geistliche seine kurze Predigt, »um die sterbliche Hülle von Frau Cäcilie Mathilde Maria von Glanzburg auf ihrem letzten Weg zu begleiten.«

Frau Ida fährt hoch. Ungläubig irrlichtern ihre Blicke zwischen dem Sarg, dem Pfarrer und ihrem Ehemann hin und her. »Cäcilie? Eine von Glanzburg?«

Franz Friedrich knöpft seinen Mantel auf. Ihm ist auf einmal sehr warm geworden.

Die Neffen und Nichten sind weniger überrascht. »Dacht ich's mir doch«, flüstert Magdalena dem Gatten zu. »Jetzt, wo ich's weiß, fällt mir durchaus eine Ähnlichkeit zwischen Mama und Cäcilie auf.«

»Deine auch«, erwidert Husemann hüstelnd, den Bowler schneller drehend.

»Wir wollen nun singen«, erbarmt sich der Pfarrer und wirft einen bittenden Blick zu Charlotte.

Die legt das Gesangbuch beiseite. Sie kennt das Lied gut. Eins mit zwölf Strophen. Tante Cäcilie hat sich alle zwölf gewünscht. Bei der fünften Strophe gesellt sich Anselms

kräftiger Bass dazu. Anselm Krüger wirft Schwager Max einen bedeutungsvollen Blick zu und singt:
»Und ob gleich alle Teufel
hier wollten widerstehn,
so wird doch ohne Zweifel
Gott nicht zurücke gehen;
was er sich vorgenommen
und was er haben will,
das muss doch endlich kommen
zu seinem Zweck und Ziel.«
Fabrikant Deenel stützt sich auf seinen Stock. Er steht mit den Seinen am Grab. »Adieu, Cäcilie«, sagt er und klopft auf den frostharten Boden.

Und seine älteste Tochter sagt halblaut: »Take care.« Sie hüllt sich fester in ihren Tweedmantel ein.

Nach seiner Frau tritt Anselm ans Grab. »Glück auf«, sagt er und nimmt den schwarzen Zylinder ab.

Der Pfarrer nickt jetzt Frau Ida zu. Die ist noch immer um Fassung bemüht. »Gütiger Herrgott, Cäcilie«, ruft sie und schiebt ihren Arm durch den ihres ältesten Sohnes Fritz. »Aristokratisches Herkunftsmilieu! Wer hätte gedacht, dass Cäcilie eine von Glanzburg war, so wie ich.« Sie mustert die zahlreichen Grabgebinde. Von überallher hat man Kränze und Blumen geschickt. Die vielen Kondolenzen auf den Grabschleifen lassen Frau Ida nach ihrer Brille suchen. Cäcilie muss zahlreichen Organisationen und Vereinen gewogen gewesen sein.

»Ich hätte es wissen müssen, dass Cäcilie uns alle auch nach ihrem Tod noch zu verblüffen versteht«, sagt sie am Abend zu ihrem Mann.

Franz Friedrich Deenel massiert seine Knie. Die Gicht ist in seine Knochen gekrochen, lässt die Gelenke auf schmerzhafte Art anschwellen. »Ich ahne, es wird nicht das letzte Mal gewesen sein.«

Fragend sieht Frau Ida den Gatten an. »Cäcilies Testament? Du rechnest mit einer Enttäuschung?«

»Ich bin mir sehr sicher«, antwortet Deenel und greift nach seinem Stock, um sich schwerfällig zu erheben.

Franz Friedrich Deenels Ahnung bestätigt sich. Wieder einmal. Tante Cäcilie hat die Seinen mit freundlichen, ausschweifenden Worten bedacht. Doch was ihr Vermögen betrifft, sind Cäcilies Worte knapp und unmissverständlich gewesen. Die Tante vermachte der Psychologischen Mittwochsgesellschaft, dem Bund der Bodenreformer, dem Sächsischen Imkerverein, den Neuen Jüdischen Monatsheften sowie dem Schweizer Hellseherverband ihr sämtliches Hab und Gut. Der Horch und das Wanderer-Fahrrad sollten dem treuen Chauffeur übereignet werden.

Frau Ida nimmt es gefasst zur Kenntnis. »Im Sommer wird man Cäcilie gießen müssen, das heißt, das kleinblättrige Immergrün, die Geranien, die Purpurglöckchen. Immerhin war sie eine Glanzburg.« Das Gesagte klingt eine winzige Spur süffisant.

»Schrieb sie nicht, dass sie sich ein schattiges Plätzchen wünsche?«, entgegnet ihr Mann.

Frau Ida runzelt die Stirn. »Ich habe nicht einen Baum in der Nähe ihrer Grabstelle ausmachen können.«

Deenel lacht. »Vielleicht hat ihr eigener Sonnenschirm damals, als sie sich auf dem Friedhof nach einem Grab umschaute, für Schatten gesorgt«, sagt er und holt zwei Gläser, um seiner Gattin und sich einen Belle Meunière einzuschenken. Er lehnt seinen Stock an den Rauchtisch.

Tante Cäcilie ist seit sechs Jahren tot. Der Pfarrer hat ihr Grab getreulich besucht und der Tante berichtet: Von Franz Friedrich Deenel und seiner Frau, die er nur noch selten im kleinen erzgebirgischen Ort an der böhmischen Grenze trifft. Die beiden seien sehr häufig auf Reisen, sagt er der Tante. Und erzählt weiter. Von Max Deenel, dem neuen Besitzer der Posamentenfabrik, der wie erwartet mit seinem Onkel eine nährende Allianz eingegangen sei. Ortsgruppenführer Max und der alte Klottner gäben dem Deutschen Reich, was des Reiches ist, und noch etwas mehr, und das Reich rüste auf. »Es wird Krieg geben, Fräulein von Glanzburg, ich kann ihn schon in meinen Knochen spüren ...«

Und dann, vor drei Jahren, im Herbst 1939 hat der Geistliche Tante Cäcilie erzählen müssen, dass sich das aufgerüstete, machtbesessene Land erneut in einem Krieg befände. »Gott schütze uns alle, der Einmarsch in Polen. Das Deenel'sche Anwesen war heute Morgen über und über mit Fahnen bestückt ...« Der Pfarrer bricht ab, blickt sich schnell um und zieht seinen Hut. Dann faltet er rasch seine Hände und flüstert ein Vaterunser, bevor er sich auf den Heimweg macht. Er hütet sich neuerdings, seine halblaut geführten Gespräche mit der Toten in Gegenwart anderer Friedhofsbesucher fortzusetzen.

Hanna Jo nimmt einen Löffel. Anselms Geburtstagskuchen ist Schliff. Der Teig ist viel zu flüssig, der Frankfurter Kranz will nicht fest werden. In Hanna Jo kriecht Ärger hoch. Das dritte Kriegsjahr. Es hat Mühe gemacht, die Zutaten aufzutreiben: Butter, Sahne, Weizenmehl, Zucker, Krokant. Und dann gab es eine Stromabschaltung. Und Hanna Jo hat den neuen elektrischen Herd von Junker & Ruh verwünscht.

Morgen ist Anselms Geburtstag, sein 50.

»Keine Deenel'sche Familienfeier«, hat er zu ihr gesagt. »Wir wissen beide, wie so etwas ausgeht.«

Hanna Jo weiß es. Beim letzten Mal ist zwischen Anselm und ihrem Bruder Max ein handfester Streit entbrannt. Die beiden sind über ein Nichts, eine Kleinigkeit, aneinandergeraten: Cäcilies Mausefallen. Nach dem Ärgernis mit ihrer Korrespondenz d'amour hatte die Tante damals Mausefallen im Dutzend bei Luchsig & Söhne bestellt. Die waren – neben dem Horch und dem Wanderer-Fahrrad – Cäcilies Chauffeur zugefallen. Der hatte ein Inserat in die Zeitung gesetzt. *Verkauf von privat. Mausefallen!*

»Er ist eine jüdische Krämerseele. Das Schachern liegt den Juden im Blut.« Max' Ärger über Cäcilies Chauffeur sitzt tief. Der hatte den Horch geerbt. Und das Wanderer-Rad. Die Seinen nichts.

»Du scheinst ihnen wirklich mit Haut und Haar verfallen zu sein.« Anselms unverhohlene Verachtung, sein zornig sprühender Blick.

»Du meinst, weil ich mit meiner nationalen Gesinnung nicht hinterm Berg halte?« Voll Hass hat Hanna Jos Bruder den Schwager fixiert.

»Wie geht es der Mutter im Sanatorium?« Hanna Jos Blicke haben dem Bruder gegolten, die Frage Wolfgang, dem Neffen. Das mädchenhafte, zarte Gesicht des 20-Jährigen ist sehr blass geworden und Max ist zusammengezuckt. Voll Argwohn beäugte er seine Schwester, doch die ignorierte Max' offensichtliches Misstrauen. »Wolfgang hat lange nichts von seiner Mutter erzählt. Ich hoffe, dass es ihr gut geht, dort, wo sie jetzt ist.« Hanna Jos familiärer, unbefangener Ton.

»Ihr geht es ganz ausgezeichnet. Und jetzt entschuldigt mich, ich habe zu tun.« In einem Zug hat der Bruder sein Glas geleert.

Anselm und Hanna Jo haben sich angeschaut. Sie schwiegen, als Wolfgang sich wie ein waidwundes Tier auf der Chaiselongue zusammenrollte. Und sagten auch dann kein einziges Wort, als dieser ganz unvermittelt zu schluchzen begann.

Hanna Jo überlegt. Sie wird zum Bäcker gehen. Vielleicht hat sie Glück und kann eine Buttercremetorte ergattern. Die Bäckersfrau hat eine Schwäche für Flitterborten. Der Vater erhöhte in seinem letzten Jahr die Produktion von Bandtressen, Litzen und Dekorationsstoffen. Unter Max' Leitung lief das so weiter und brachte respektablen Gewinn ein. Angesichts dessen scheint es verwunderlich, dass der Bruder die väterliche Fabrik mit einem Mal umprofiliert. Im Deenel'schen Unternehmen werden jetzt textile Rohstoffe hergestellt. Viskose- und Kupferseiden, einige Tonnen pro Woche. Von Jahr zu Jahr mehr. Die Kunstseidenproduktion ist Onkel Huberts Metier und Konkurrenten hat er noch nie gemocht. Doch Max scheint kein Konkurrent zu sein. Klottner und er haben ein Arrangement getroffen. Es sieht so aus, als wäre es für beide von Nutzen.

»Ist dir eigentlich klar, was in Vaters Fabrik jetzt hergestellt wird?«
Bei Magdalenas Frage während ihres letzten Besuchs in der Heimat ist Hanna Jo aufgefahren. »Also doch«, antwortete sie der Schwester.
»Ich fürchte, ja. Husemanns Partner sind gut informiert. Max' Fabrikate, so sagen sie, befeure so manches. Die Rüstungsindustrie kassiert immense Rendite. Und Onkel Hubert hat unseren Bruder kassiert. Wirtschaftlich enge Verhältnisse schaffen Abhängigkeit.« Magdalenas bitteres Lachen. »Weißt du, wie Mutter den Onkel früher nannte? Sie nannte ihn ›Kunstseidentyp‹. Ein Kunstseidentyp mit karrierebeflissener Eleganz.« Magdalenas Augen flammten bedrohlich auf. »Und Max ist ein Narr. Ein herrschbegieriger Ortsgruppenführer und Narr.« Sie wirkte müde, gealtert. Und in ihrer unheilvollen Hellsichtigkeit glichen die Züge der Schwester denen von Tante Cäcilie.
Anselm war nicht erstaunt, als er von Hanna Jos Unterhaltung mit Magdalena erfuhr.« Es hätte mich sehr gewundert, wenn Max und Hubert sich derartige Aufträge entgehen hätten lassen. Klottner ist nicht umsonst zum guten Freund gewisser Kreise geworden. Der Krieg belebt das Geschäft. Ich wundere mich allerdings, dass dein Vater ...« Der angefangene Satz hing noch in der Luft, als Anselm den Raum verließ.

Anselms 50. Geburtstag. Hanna Jo tastet nach ihrem Scheitel. Heute Abend werden nur wenige kommen. Zwei alte Genossen, ein ehemaliger Mitstudent aus dem Stollberger Seminar. Trotz des Zigarrenrauchs wird Hanna Jo darauf achten, dass alle Fenster fest geschlossen sind und Richard in seinem Mansardenzimmer für das Examen lernt. Sie weiß: Man wird sich über die Frontlage informieren. Nachdem im letzten Jahr der Feldzug nach Osten begonnen hat, schaltet Anselm das britische Radioprogramm fast täglich ein. Auch wenn das Reichsministerium für Propaganda immer mehr Störsender installiert hat. Auch wenn auf das Hören des Feindsenders die Todesstrafe steht.

Der Krieg ist näher gerückt. Er ist wie ein Bumerang nach Deutschland zurückgekehrt. Deutschland, das diesen Krieg angezettelt hat. Die Alliierten haben zum Gegenschlag ausgeholt. Die Kriegsparolen im Deutschen Reich werden dreister. Anselm beobachtet es mit Sorge. Auch seinen Sohn. Seit einiger Zeit hat Richards Lerneifer merklich nachgelassen. Seine Noten sind eingebrochen. Die Schule, das bevorstehende Abitur scheinen zur Nebensache geworden zu sein. Etwas anderes zieht ihn in den Bann: der Krieg. Schweigend betrachtet der Vater den Sohn, wenn der mit leuchtenden Augen, die Hand an der Hosennaht, den heroisch aufjaulenden Frontberichten im Radio lauscht. Anselm presst seine Lippen zusammen. In Richards Gebaren hat sich etwas Unbekanntes eingeschlichen. Etwas, das ihn mit Trauer erfüllt. Mit Angst. Und mit Zorn. Er hat gehofft, dass sie ihn nicht kriegen würden. Den Sohn nicht vereinnahmen können. Doch er hat sich geirrt. Die Erkenntnis durchzuckt ihn mit vernichtender Deutlichkeit. Der Sohn ist ihm ein Fremder geworden. Anselm ballt seine Linke. Er wird es ertragen müssen. Vorerst. »Vae victis«, murmelt er. Der Untergang des Römischen Reichs. Ein Menetekel. Er ahnt, dass auch das Deutsche untergehen wird.

Richard Krüger ist mit wachsendem Eifer im Jungvolk dabei. Und wenn er den Eltern berichtet, dann quillt seine

Rede von Beiworten über, die Anselm ein drohendes Knurren entlocken. »Sieghaft, furchtlos, zackig und kühn ... Das wird sich noch zeigen«, sagt er ergrimmt.

Hanna Jo hört dem Sohn nur mit halbem Ohr zu. Sie misst den martialischen Sprüchen, die Richard sich neuerdings zu eigen gemacht hat, nur wenig Bedeutung bei. »Stupide Parolen, die ihm die Wochenschau eingebläut hat. Er wird zur Besinnung kommen«, sagt Hanna Jo zu ihrem Mann und ist nicht gewillt, das unreife, überzogene Auftreten ernst zu nehmen.

Ernst nimmt sie andere Dinge: Meldungen über vermehrte Luftangriffe der Alliierten machen die Runde. Die Verdunklung der Städte ist durch eine Verordnung geregelt worden. Auf 500 Meter darf keine Lichtquelle wahrnehmbar sein. Hanna Jo hat eine der letzten Karbidhandlaternen ergattert. Und außerdem mit Bruder Max telefoniert. Blickdichter Stoff für Übergardinen sei immer schwerer zu haben, hat sie ihm mitgeteilt. »Ich weiß, dass du ihn jetzt produzierst. Meterweise! Du könntest mir einige davon zukommen lassen.«

Hanna Jo wird Anselm nicht sagen, woher der schwere, dunkle Stoff für die neuen Gardinen stammt. Anselms Vorschlag, die Fensterscheiben im Haus mit Papier zu bekleben, begegnet sie mit ungläubigem Kopfschütteln. »Das Fensterglas ist danach blind.«

Anselm putzt seine Brille. Er sucht nach ein paar aufmunternden Worten. »Du könntest ›Syndetikon‹-Kleber nehmen. Eine Zuckerkalklösung. Und nach dem Krieg putzen wir alle Fenster mit Essigsäure«, sagt er endlich.

Hanna Jo nimmt Anselm die Brille aus der Hand. »Ich habe Angst.«

Anselm erhebt sich. Der rechte Ärmel seiner Jacke ist eingeschlagen. Die teure Handprothese ruht, seit in der Schule eine gewisse Grußformel verlangt wird, unberührt im Futteral. Seine Blicke streifen das Weckglas. Erwins Knochensplitter. Des Freundes früher Tod. Man braucht einen Toten, um den Lebenden die eigene Angst zu gestehen. Er streicht mit sanfter, behutsamer Geste über Hanna Jos Wange. »Ja, natürlich«, sagt er. »Ich auch.«

Es kommt alles wieder. Der Einberufungsbefehl trifft ohne Vorwarnung ein. Es ist eine fahlgelbe Postkarte, an Richard Franz Erwin Krüger gerichtet, die Hanna Jo in den Händen hält. »Sie werden zum aktiven Wehrdienst einberufen und haben sich sofort ...« Es ist, als würde man ihr den Hals zuschnüren. Mit winzigen, automatenhaften Schritten nähert sie sich dem Fenster. Unverwandt sieht sie hinaus. Draußen bewegt sich das Leben weiter. Der Fahrradfahrer, die Frau mit dem Lippenstiftlächeln, zwei kichernde Mädchen im Backfischalter, der Junge mit seiner Schultasche unter dem Arm, ein Auto, die rot-weiß gescheckte Katze von gegenüber. Gestern sind die Jungen des Kohlmeisenpärchens flügge geworden. Die Katze hat sie verpasst.

Hanna Jo bindet sich eine Schürze um. »Dass sich der Feind nit an uns wagt«, murmelt sie, greift nach der Damast-Serviette, die neben dem Teller liegt, und presst sie mit aller Kraft auf den Mund. Dann beginnt sie zu schreien.

Sie schreit noch immer, als Anselm nach Hause kommt. Er wirft einen flüchtigen Blick auf das Schreiben, schenkt sich Kaffee ein, rückt die Brille zurecht und liest.

»Freiwillig«, stellt er fest. »Richard hat sich freiwillig für den Kriegsdienst gemeldet.« Seine Zähne mahlen aufeinander. »Damit ist er ab sofort vom Unterricht befreit. Die Zeugnisse und sein Reifevermerk werden ihm zum Schuljahresabschluss ausgegeben.«

Hanna Jo fasst ins Leere. »Richard ...« Ihre Lippen sind blutleer.

»Uns«, verbessert sich Anselm ruhig. »Die Zeugnisse werden uns ausgegeben. Richards Tage als Zivilist sind gezählt.«

Hanna Jos Stimme ist dünn und hoch, wie die eines Kindes. »Was, um Gottes willen«, fragt sie Anselm und schiebt ihre Hand in die seine, »haben wir falsch gemacht?«

»Nichts«, antwortet Anselm müde. »Nichts, was wir noch ändern könnten.«

Richard Krüger ist stolz. Es ist ein kindischer, trotziger Stolz, der ihn erfüllt. Die Schulkameraden beneiden ihn. Sein Abschied wird in der Kneipe gegenüber seines Gymnasiums gefeiert. Es ist nicht die erste Abschiedsfeier, die ein Kriegsfreiwilliger aus der Oberprima hier ausrichtet. Richard hält eine Abschiedsrede in lateinischer Sprache. Die Grammatik ist tadellos. Er ist in seiner Klasse der Primus gewesen. »Jucundus sensus est, ex severis manibus almaematris effugisse ...«[*]

Es ist weit nach Mitternacht, als Richard nach Hause kommt. Er schläft noch, als am nächsten Morgen das Telefon klingelt. Hanna Jos Gespräch mit Bruder Max dauert nur fünf Minuten. Sie bebt am ganzen Körper.

---

[*] Es ist ein angenehmes Gefühl, den strengen Händen der Alma Mater entronnen zu sein.

Anselm legt die Zeitung beiseite und sieht seine Frau fragend an.
»Wilhelm«, flüstert sie.
Anselms Armstumpf zuckt.
»Zweiundzwanzig.« Hanna Jo sagt es in brüchigem Ton.
»Er war erst 22 Jahre alt.« Auf einmal hält sie ein Sitzkissen in der Hand, eins aus der väterlichen Produktion, aus dunklem Samt mit Troddeln und gerollten Nähten. Unaufhörlich beginnt sie es zu kneten. Ihre Handknöchel sind weiß vor Anstrengung.

Als 19-Jähriger begann der Neffe bei der Luftwaffe eine Ausbildung zum Piloten. Hanna Jo muss daran denken: Damals – Wilhelms letzter Besuch bei den Großeltern hat sie trotz des sonnenheißen Tages frösteln lassen. Nicht nur die Schaftstiefel, die frisch gestärkte Uniform mit der silbernen Tresse auf dem Schulterkragen, riefen in ihr ein Gefühl von Bestürzung und hilfloser Sorge hervor. Es war die unheimliche Ähnlichkeit mit ihrem eigenen Bruder, die Hanna Jo ganz unvermittelt erschauern ließ. Wie Max, so reckte auch Wilhelm sein Kinn, und das Glimmen in seinen Augen ließ Hanna Jo Krüger an gewisse Begebenheiten in ihrer Kinderzeit denken. Es waren keine guten. Max' frühe Streiche wichen schon damals einem bedenklichen Ernst, der sie auf der Hut sein ließ. Und jetzt also Wilhelm. Mit prahlerischer Arroganz dozierte der Neffe über Aerodynamik, Navigation, Morseschulungen, Flugprozeduren und Meteorologie. »Es ist ein hehres Gefühl, in einer deutschen Focke-Wulff zu sitzen.« Sie muss daran denken, wie Anselm den Neffen keines Blickes gewürdigt hat. Wie der seine Rechte ausgestreckt hat. Der derzeit übliche Gruß.

»Wir werden Führer und Vaterland nicht enttäuschen!«
Hanna Jo legte die Hand auf ihres Sohnes Schulter. Und
Richard, dem seines Vaters Verdruss nicht entgangen ist,
wagte es nicht, des Onkels Gruß zu erwidern.

Frau Ida, die ebenfalls zugegen war, fixierte den uniformierten Enkelsohn. »Ich erinnere mich ...« Sie suchte nach Worten. »An deinen Flugversuch aus dem ersten Stock. Der teure Flanierschirm deiner Mutter ist völlig zerstört gewesen. Und deine Mutter auch. Nicht wegen des Schirms. Deinetwegen!« Sie räusperte sich heftig. »Eine gebrochene Schulter war die gerechte Strafe dafür.«

»Chapeau«, sagte Anselm später zu Hanna Jo. »Das hätte ich deiner Mutter nicht zugetraut.«

»Du hast sie von Anbeginn unterschätzt.« Hanna Jo sah den Gatten fast nachsichtig an. »Meine Mutter ist eine geborene Glanzburg.« Das *von* ließ sie weg.

»Zweiundzwanzig«, wiederholt jetzt Anselm und atmet schwer. Und wendet sich ab. Er fragt nichts weiter. Die Umstände von Wilhelms Tod scheinen für ihn von geringer Bedeutung zu sein.

Für Hanna Jos Bruder Max sind sie umso wichtiger. Er hat die Nachricht vom Tod seines Sohnes mit starrer Würde zur Kenntnis genommen. Und dann die Familie informiert.

»Abgeschossen! Während eines Aufklärungsfluges über feindlichem Gebiet.« Des Bruders hallende Stimme am Telefon.

Kurz darauf steht es in der Zeitung. Max Deenel ist keiner, der sich seines ältesten Sohnes schämen muss.

Den heldenhaften Fliegertod für Führer und Volk starb

unser Sohn, Leutnant Wilhelm Deenel. Wir haben ihn in der Heimaterde zur letzten Ruhe gebettet. Sein Tod ist uns Verpflichtung.

Der Name von Wilhelms Mutter ist in der Anzeige ebenfalls angeführt. Zur Beisetzung des Sohnes kommt sie nicht. Anselm ist auch nicht dabei.

»Es ist eine zweifache Tragödie«, sagt Anselm zu Hanna Jo. »Ich habe keine Ahnung, was schlimmer ist, Wilhelms sinnloser Tod oder seines Vaters sinnloser Stolz. Ich habe nicht die geringste Lust, einem Heldenvater die Hand zu reichen. Auch nicht die linke.«

Als Wilhelms sterbliche Überreste auf dem Friedhof des kleinen Ortes nahe der böhmischen Grenze – dort, wo auch Tante Cäcilie liegt – beigesetzt werden, ballt Richard die Fäuste. »Ich werde noch tapferer kämpfen«, sagt er zu Wolfgang.

Der fährt sich durchs Haar. Die Fingernägel sind sorgfältig maniküert. Matt hebt er die Schultern. »Tu, was du tun musst«, sagt er tonlos. »Wilhelm ist tot.«

Acht Tage danach passiert Richard Krüger das Kasernentor von Rosendaal. Das ist in den Niederlanden. Er ist jetzt Marinerekrut. »Es ist so schön, ein Soldat zu sein.« Er und die anderen Einberufenen haben ein Lied angestimmt. In vier Wochen wird die Vereidigung sein. Richard hofft, dass es ein sonnendurchfluteter, wolkenloser Tag wird. Einer, der sich dem weihevollen Ereignis als würdig erweist. Doch es herrscht Nieselregen und auflandiger Wind.

»In den Knien rührt euch!« Die neuen Rekruten tragen

das erste Mal Blauzeug, Schirmmütze, Handschuhe, den Exerzierkragen mit drei weißen Streifen.

»Soldaten, Kameraden ...« Der Wind verschluckt die Worte des Abteilungskommandeurs. Er verschluckt auch Richards Worte, seinen Eid, für Führer, Volk und Vaterland bis zum Tode zu kämpfen.

Liebe Eltern, unsere Kompanie besteht aus fünf Zügen mit 70 bis 80 Mann. Ich wurde der Gruppe zwozehn (das ist zwölf) des dritten Zuges zugeteilt. Gruppenführer ist der Bootsmannsmaat Frieger. In meiner Gruppe sind Leute aus allen Gauen des Deutschen Reiches. Da sind der Wurbs aus dem Sudetenland, die zwei Sepps aus dem Schwabenland, aus Schleswig kommen Brodersen und Andersen. Aus dem Rheinland kommt von Parten. Berliner sind Markus und Beckmann. Und Marxen stammt wie der Bootsmannsmaat aus Hannover und hat daher eine Sonderstellung bei ihm. Der Dienst ist ungewohnt hart. Das Exerzieren üben wir jeden Tag. Wir müssen beim Sport Kraft und Mut beweisen. Und außerdem haben wir Unterricht. Da werden uns die Gewehre 98K und das MG34 eingetrichtert ...

Hanna Jo faltet den Brief ihres Sohnes zusammen. Und dann, für einen Moment, ihre Hände. »Oh Gott«, flüstert sie in die Dämmerung. Und steckt den Brief in den Umschlag zurück. Hastig, ein wenig atemlos, schiebt sie ihn unter die Löschwiege auf Anselms Schreibtisch. Und zögert für einen Moment. Scheu hebt sie die Hand und tippt an das Weckglas. Dort, wo sie den Knochensplitter vermutet. »Es ist ein entsetzliches Verhängnis, Erwin.« Lauschend beugt sie sich vor. *Es kimmt alles wieder.* Es ist Hanna Jo, als hörte sie die Stimme der alten Kurtl. Sie schluchzt laut auf. »Richard ...«

Eine Gestalt löst sich aus der Tiefe des Zimmers. Mit seiner Linken umfasst Anselm die Taille seiner Ehefrau. Sie ist schmal geworden. Er drückt einen Kuss auf ihr Haar. »Richard. Franz. Erwin.« Nach jedem Namen bleibt eine kurze Pause zurück. »Unser Sohn. Er wird zurückkommen. Doch eins ist gewiss. Dieser Krieg ... Deutschlands Krieg ... der und aller Verbündeten ... Er wird ein grausamer Lehrmeister sein.«

Hanna Jo tut einen tiefen Atemzug. Mit beiden Händen hat sie Anselms Linke erfasst. Und drückt sie mit aller Kraft. So fest, dass Anselm einen Schmerzenslaut ausstößt. »Ja«, sagt sie heiser.

※

Das dumpfe, bedrohliche Grollen in der Ferne. Eine alles niederwalzende, alles zermalmende Lawine war in Gang gesetzt worden. Unaufhaltbar. Immer näher kommend. Schneller und schneller.

Am Tag des Einmarsches der Roten Armee in den kleinen erzgebirgischen Ort an der böhmischen Grenze stirbt Franz Friedrich Deenel an Herzversagen. Es ist der 20. Mai 1945. Am 5. August wäre er 81 Jahre alt geworden. Der Leichnam wird in Fallschirmseide und Decken gewickelt. Ein Sarg steht nicht zur Verfügung. Frau Ida folgt ihrem Mann nur wenige Tage später. Das ehemalige Zugehmädchen wickelt die gnädige Frau in zwei gestärkte Damast-Tischtücher ein.

Die Herren der Kreiskommission für Entnazifizierung prüfen und untersuchen tagelang. Sie lassen sich alle Geschäftsunterlagen zeigen. Die Rohstoff-Käufe und Lieferantenlisten. Deenels Sohn Max wird enteignet. *Im Sinn des Befehls Nr. 201.* So steht es im Schreiben an Herrn Fabrikanten Max Deenel, das ihm mit der Post zugestellt wird. Per Einschreiben. *Mangels der erforderlichen Zuverlässigkeit wird Ihnen hiermit mit sofortiger Wirkung die Gewerbeberechtigung für Ihren Posamentenfabrikationsbetrieb entzogen.*

Am nächsten Tag fährt Max in die benachbarte Kreisstadt. Auch er gibt ein Einschreiben auf. In die Schweiz. Lugano. Postlagernd. *Verzeih*, steht auf der Karte, die in dem dicken Umschlag steckt, der alle wichtigen väterlichen Patente und unersetzbare Mustervorlagen enthält.

Es ist eine milde Spätsommernacht, als in dem kleinen Ort an der böhmischen Grenze die Sirene ertönt. Man kann nichts mehr retten. Die Posamentenfabrik brennt bis auf die Grundmauern nieder. In den verkohlten Trümmern wird eine männliche Leiche gefunden. Es ist die Leiche von Max Wilhelm August Deenel.

Im selben Monat hat sich in Zürich Max' jüngerer Sohn Wolfgang an der dortigen Hochschule für Künste eingeschrieben. Er will Textildesign studieren. Von Zürich bis nach Lugano dauert es nur wenige Stunden. Wolfgangs immer noch schöne, melancholische Mutter hat hier eine Wohnung bezogen. Mit Blick auf den See. Vor Kurzem ist ihr ein dicker Umschlag aus der ehemaligen Heimat ausgehändigt worden.

Hubert Klottner wird nach Kriegsende verhaftet, verurteilt und in ein Internierungslager gebracht. Der provisorischen Werksvertretung des Klottner'schen Unternehmens teilt man mit, dass die Fabrik an den Don verlagert werde. Eine sowjetische Demontagekommission trifft ein. Am Ende sind mehr als 300 Eisenbahnwagen beladen und zum Versand bereit gemacht worden.

Von Hanna Jos älterem Bruder Fritz, dessen Frau und den beiden schmalgliedrigen Töchtern kann nichts in Erfahrung gebracht werden. Es wird vermutet, dass die Familie auf der Flucht aus Ostpreußen, wohin sie 1939, kurz vor Kriegsbeginn, in der Nähe von Königsberg umgezogen war, ums Leben kam. Später wird sich herausstellen, dass seine ältere Tochter Käthe die Flucht überlebt hat.

Charlotte, Hanna Jos jüngere Schwester, und ihre Familie haben die Schrecken des Kriegs im Schutz der dörflichen Pfarre des Gatten überlebt. Ihr prachtvoller Sopran ist noch immer die Zierde des Kirchenchors. Die Töchter haben die unvergleichliche Stimme der Mutter geerbt. Ihr Sohn auch.

Es ist eine verhängnisvolle Verkettung von Zufällen, die Magdalena Husemann am 3. August 1947 die Fähre der Steam Packet Company »King Orry« von Liverpool nach Douglas nehmen lässt. Die Überfahrt bei stürmischer See bringt die »King Orry« zum Kentern. Unter den Toten ist auch Magdalena.

Hans-Martin Husemann wartet das Trauerjahr ab, bevor er seiner Schwägerin Martha einen Antrag macht. Doch die lehnt ab. Von Mannsbildern habe sie mehr als genug, schreibt sie Husemann. Marthas Ehemann ließ das Sägewerk, seine Frau und die drei Kinder kurz vor Kriegsende im Stich. Später wird Martha die Nachricht erhalten, dass ihr Ehemann und seine 19-jährige Liebschaft, eine frühere BDM-Führerin, beim letzten Luftangriff auf Leipzig ums Leben kamen.

Es herrscht längst Frieden, als Richard Krüger im März 1949 aus der Gefangenschaft heimkehrt. Von seinen Erlebnissen im Krieg und in den Lagern Westsibiriens erzählt er den Eltern niemals. Er wird später nach Moskau zurückkehren, um dort zu studieren. Nach seiner Scheidung lebt und arbeitet er auch heute wieder dort.

MACH'S GUT, GROSSVATER

Noch immer stand Großmutter am Stubenbüfett. Sie schob den Ärmel hoch, um ihre Armbanduhr aufzuziehen und die Zeit zu vergleichen. Ihre »Russische« nannte sie die zierliche Slava-Uhr, die ein Geschenk meines Vaters aus Moskau war. Die Russische ging sehr genau. Fast so genau wie Großvater Anselms goldene Taschenuhr, die sehr viel älter und das allererste Geschenk seines Schwiegervaters, meines Urgroßvaters, gewesen war, wie er mir gesagt hatte.

»Es ist spät geworden. Der Tag sputet sich, nachdem er uns Tod und Schnee beschert hat«, murmelte Ohme.

»Warum hat sich Großvater Anselm mit dem Gevatter Tod eingelassen?«

»Das werden wir alle einmal«, antwortete Ohme langsam.

»Ich auch?«

Ohne zu antworten, strich sie über mein Haar. Ihre Hände fühlten sich warm und weich an. Mein Herz klopfte im Takt mit Großmutters Slava-Uhr. Längst waren draußen die Lichter der Straßenlaternen aufgeflammt. Sie schoben das Dunkel des Abends ins schneebeschwerte Gezweig der Büsche und Hecken zurück.

»Ich glaube, Großvater ist dem Gevatter wieder entwischt. Nun streift der Gevatter im Haus umher, um ihn zu suchen«, flüsterte ich und musste an meinen Besuch auf dem Dachboden denken.

Großmutter tastete nach ihrem Scheitel. Sekundenlang sah sie an mir vorbei. »Dein Großvater, Gott hab ihn selig«, sagte sie endlich. »Er hat in seinem Leben so manchem unliebsamen Zeitgenossen ein Schnippchen geschlagen. Doch mit Gevatterchen Tod ist's eine andere Sache. Kein Mensch kann ihm auf Dauer entkommen.« Sie sprach mit zunehmender Milde zu mir.

Ich ballte die Fäuste. »Nein!«

»Im Flur steht sein Sarg ...« Ohmes Geduldsfaden schien kurz vor dem Zerreißen zu sein.

»Dort ist er nicht drin, Ohme. Glaub mir!« Ich begann zu weinen. Tränenblind rannte ich aus dem Zimmer. Im Flur war es stockdunkel. Ich stieß den Schirmständer um und schrie auf. Mein Knie schmerzte, doch mehr noch schmerzte mich die Tatsache, dass keiner mir glaubte. Ohme nicht und der Notarzt nicht, der mir am Morgen sein »Alles Gute« zugeraunt hatte. Auch den zwei Leichenträgern, die den Sarg hin- und hertransportiert, ihn wie ein x-beliebiges Mobiliar aus- und eingeladen hatten, schienen nie Zweifel gekommen zu sein.

»Er ist tot!« Großmutter lehnte im Türrahmen. Sie sagte es leise und sehr bestimmt. »Wir müssen es akzeptieren.«

Mich überflutete trotziges Aufbegehren. »Nein!«

Beschwichtigend zog mich Großmutter an sich und hielt mich fest. Lange standen wir da. Ohme und ich. Die Umrisse des Sargs, auf dessen Deckel noch immer das Futteral mit der Sonntagshand lag, schälten sich aus der Dunkelheit. Ich barg meinen Kopf in Großmutters Arm. Und plötzlich wusste ich, dass es stimmte. Großmutter hatte die Wahrheit gesagt. Großvater Anselm war tot. Er würde niemals mehr wiederkommen. Nie mehr. Diese Gewissheit grub sich tiefer und tiefer ein. *Jetzt fahr'n wir übern See ...*

»Du solltest schlafen gehen«, flüsterte Ohme.

Ich nickte erschöpft. Die Nachttischlampe in meinem Zimmer warf einen trüben Schein auf mein Bett. Tante Cäcilies alter Teewärmer, den mir Ohmes Schwester geschenkt hatte, thronte neben Vaters Matroschkapüppchen. Aufgereiht wie die Orgelpfeifen. Ein Mitbringsel aus Moskau. Langsam zog ich mich aus. Der Teewärmer verströmte einen leisen Geruch von Lavendel. Sorgfältig steckte ich die Matroschkas ineinander, schob sie der Größe nach in ihre bunt lackierten Bäuche. Die Bettfedern quietschten, als ich mich auf die Matratze fallen ließ; das Kinderbett meines Vaters. Ich zog die Bettdecke bis zum Kinn und löschte das Licht. Der Mond zauberte zitternde Streifen auf den Fußboden meines Zimmers.

Ich faltete meine Hände. Nur wenn die allerstärksten Zaubersprüche, die ich von Großvater Anselm kannte, nicht mehr halfen, wandte ich mich an Ohmes Gott. »Lieber Gott«, betete ich also. »Lass Großvater mit dem Gevatter Tod gut auskommen.« Dann versank ich in einen tiefen, traumlosen Schlaf.

Es war am nächsten Morgen. Ein anhaltendes Schrillen drang an mein Ohr. Das Telefon! Ich sprang aus dem Bett und lief nach unten. Ohme hielt den Hörer an ihr Ohr gepresst. Als sie mich sah, legte sie ihren Finger auf die Lippen.

»Ja, Richard. Nein, ja …« Sie warf einen Blick auf den Sarg. »Du weißt, dass er in den letzten Monaten über sein Herz geklagt hat.« Im Hörer summte es. Ohme stand steif da. Jetzt sah sie mich an. »Es geht ihr gut«, sagte sie.

»Gerade erst aufgewacht ...« Sie hielt mir den Hörer hin. »Dein Vater!«
»Hallo«, sagte das Telefon. »Wie geht es dir?«
»Großvater ist gestorben.«
»Ich weiß«, sagte das Telefon.
»Er ist mit dem Gevatter weg.« Ich atmete schneller. Das Telefon schwieg. »Der Tjatjatja-Mann und der andere Mann, der ellenlange, haben gesagt, dass Ohpas Hand im schwarzen Etui eine ...«, ich spitzte den Mund, »Ra-ri-tät ist. Dass sie uns Geld einbringt. Dass wir sie verkaufen sollen ...« Ich holte Luft. »Ich will das nicht. Ohme auch nicht«, rief ich.

Großmutter nahm mir den Hörer aus der Hand. »Wann wirst du hier sein können?« Sie runzelte ihre Stirn. Und schwieg eine Weile, bevor sie weitersprach. »Bei uns hier sind die meisten Straßen ebenfalls unpassierbar. Im Radio sprechen sie von heftigen Schneefällen im ganzen Land.« Ohme sah verärgert aus. Sie zupfte an dem erzgebirgischen Spitzendeckchen unter dem Telefon. »Aber bei euch? Der Schnee wird doch für die Russen kein Hindernis sein. Die haben doch jedes Jahr damit zu tun. Frost und Kälte! Man sollte annehmen, dass der ...«, sie suchte nach dem nächsten Wort, »*sowjetische* Flugbetrieb darauf eingestellt ist.« Im Hörer knackte und rauschte es. Vaters ferne Stimme. Ohmes Lippen zuckten. »Du auch«, flüsterte sie. Dann legte sie auf.

Am Nachmittag wurde der Leichenwagen abgeschleppt. Die Leichenträger hatten sich erfolglos gemüht, den Motor wieder in Gang zu bringen. Großmutter und der Sohn der alten Opitzen hatten dabei geholfen. »Hauruck«, riefen

sie und versuchten, vor Anstrengung rot im Gesicht, den Wagen anzuschieben. Irgendwann gaben sie auf. »Eingefroren«, sagte der Sohn der Opitzen und schnaufte. Die frostige Luft hatte ihn kurzatmig gemacht.
»Tjatjatja«, knärzte der Tjatjatja-Mann. Und sein ellenlanger Kollege grummelte: »Wer stirbt auch schon bei dieser Kälte, wenn nicht mal das Leichenauto anspringt?«
»Großvater Anselm!«, rief ich laut.
Der Sohn der Opitzen wandte sich um. Er sah verdutzt aus. »Hmm«, nickte er. »Hmm ...« Anscheinend wollte er etwas erwidern, doch Ohme trat zwischen uns.
»Schnäuz deine Nase«, sagte sie überflüssigerweise und hielt mir ein Taschentuch hin.
Sie eilte ins Haus. Ich hörte, wie sie nach einem Abschleppwagen telefonierte. So kam es, dass der Leichenwagen samt Großvaters Sarg mit dem Winterdienst abtransportiert wurde. Eine Tatsache, die mich mit kindlichem Stolz erfüllte. Nicht jeder tote Großvater wird auf diese Weise ins Krematorium geschafft.

Das war also die Trauerhalle, das Kre-ma-torium. Ich hatte dieses schwierige Wort wieder und wieder vor mir hergesagt. Großmutter hatte es mehrmals erwähnt, als sie mit dem Abschleppdienst telefonierte. Ein Wort, das auch den Leichenträgern geläufig schien. Ich hatte den Tjatjatja-Mann danach gefragt. »Trauerhalle«, hatte er mir geantwortet. Ich verstand nicht, weshalb man der Trauerhalle so einen fremdartigen Namen gab, warum man sie so nannte. Ich hatte seinen Kollegen gefragt, doch der hatte abgewunken. »Hat schon seine Richtigkeit«, hatte er gegrummelt.

Im Krematorium war es kühl und ungemütlich. Und laut. Ich steckte die Finger in meine Ohrlöcher. Großvaters Trauermusik tat weh. Ich mochte die blechernen Klänge des Trompeters nicht. Sie drangen von der Empore in meine Ohren und schmerzten. Ich mochte auch Ohmes schwarzes, raschelndes Kleid nicht. Und ihren Hut, der wie eine Kuchenschüssel auf ihrem Kopf thronte. Ich trug mein Geburtstagskleid. Großmutter hatte mir eine schwarze Schleife an den Kragen geheftet und eine ins Haar geflochten. Die war so steif, dass ich fürchtete, sie zu verbiegen, wenn ich den Kopf bewegte. »Deenel'sche Posamenten«, hatte Ohme gesagt.

Es war ein Freitag im Januar und meine erste Trauerfeier. Ich kannte Geburtstagsfeiern, Weihnachtsfeiern, Jubiläumsfeiern und Taufen. Wir feierten Jugendweihe und Konfirmation. Im März wurden die Frauen gefeiert, im Oktober die Republik und im Dezember war Pioniergeburtstag. Auf der Hochzeitsfeier von Ohmes Großnichte hatte ich Blumen gestreut. »Hoch lebe das junge Glück!«, hatten die Gäste gerufen. Das Brautpaar hatte sich ziemlich lange geküsst und dann alle Rosen und Margeriten zertrampelt, die ich auf die Treppenstufen der Kirche gestreut hatte. Ich hatte geweint. Und heute weinten die Gäste ebenfalls.

Ich saß zwischen Ohme und einem leeren Stuhl. Auf dem Zettel, der auf dem leeren Stuhl lag, stand Vaters Name: Richard Krüger. Doch Vaters Flugzeug hatte nicht starten können. Der Anruf hatte uns vor zwei Stunden erreicht. Anstelle der Haustürklingel hatte das Telefon geläutet. Ich hatte die Nachricht in Ohmes Augen gesehen, bevor sie dem fernen Sohn geantwortet hatte. »Probleme mit einem vereisten Triebwerk? Das sollte für die Russen doch keine Schwierigkeit sein. Die kennen sich aus mit Frost und Kälte.« Den letzten Satz hatte sie wieder und wieder, wie einen albernen Kinderreim, vor sich hin gemurmelt. Und nach dem zehnten Mal, nachdem sie den Telefonhörer schließlich mit einer müden, resignierten Geste aufgelegt hatte, war sie zur Tür gegangen. Sie hatte die Klinke umfasst und ihre Lippen zusammengepresst, damit sie nicht zitterten.

»Er schafft es nicht«, hatte sie zu mir gesagt. Die tonlose, stockende Stimme einer alten Frau. Doch dann war ein Ruck durch ihre Gestalt gegangen. »Komm, Kind!«

So waren wir ohne meinen Vater ins Taxi gestiegen, das uns zum Krematorium brachte. Großmutter hatte nach meiner Hand gegriffen, als wir gemeinsam den Gang zwischen den Stuhlreihen durchschritten. Die Anwesenden hatten sich von ihren Sitzen erhoben. Ohme hatte den Gästen zugenickt. Wir mussten ganz nach vorn gehen. Dort, wo die Blumenkränze und Sträuße abgelegt worden waren und Großvaters Urne, ein befremdliches ovales Gefäß, stand. Ich hätte mich lieber in die hinterste Reihe gesetzt. Großmutter sicher auch. Ich hatte den Kopf gesenkt und versuchte, meine Schritte zu zählen. »Zehn, elf, zwölf ...« Beim dreizehnten Schritt war ich gestolpert.

Geistesgegenwärtig fasste Ohme nach meinem Arm. Ihre Lippen bewegten sich. »Contenance«, flüsterte sie.

Ein fremder, älterer Herr, der auf einmal vor Ohme auftauchte, verbeugte sich lange und tief. Er hatte schlohweißes Haar und einen ebenso weißen, dichten Bart. Er sah aus wie der Rübezahl in meinem Kinderbuch. Ohme umarmte ihn. »Hans-Martin!«, rief sie aus. »Hans-Martin Husemann.« Sie schluchzte gerührt. »Du bist gekommen?«

»Yes, my dear.« Der Fremde strich sich über den Bart und räusperte sich ziemlich lange. Er schien stark erkältet zu sein. »Very sad news about Anselm's death.« Dann bemerkte er mich. Fragend wandte er sich an Ohme.

»Das ist meine Enkeltochter«, sagte sie.

Der Herr sah mich forschend an. »Guten Tag, meine Kleine.« Sein Händedruck schmerzte. Dann setzte er sich. Seine Beine steckten in schwarzen Röhrenhosen. Er zwinkerte mir zu und legte seinen Zylinder aufs Knie. Der Zylinder begann zu wackeln, er tanzte von einem Knie auf das andere. Gebannt sah ich zu. Diesen Trick kannte ich. Großvater Anselms Zylindertrick.

Ohme umarmte auch alle anderen, die neben uns in der ersten Reihe Platz genommen hatten. »Danke, dass ihr gekommen seid.« Sie vergewisserte sich, dass ihr Hut noch an Ort und Stelle saß.

Ein schmalschultriger Mann erhob sich. Er trug einen Pferdeschwanz. Wie ein Mädchen. »Tante Hanna Jo«, sagte er sanft.

»Wolfgang!« Ohme musterte seinen Aufzug, den weißseidenen Fransenschal, den knielangen Mantel mit Pelzbesatz. Sie schien etwas sagen zu wollen, besann sich jedoch und drückte nur stumm seine Hände. An seinen Fingern blitzten Ringe auf.

Großmutter schritt zum nächsten Stuhl und nickte einer überaus dünnen, blassen Dame zu, die unentwegt hustete. »Käthe ...«

Die Dame hielt sich ein Taschentuch vor den Mund. »Gott schenke dir seine Kraft, Tante.« Ihre Augenlieder waren rot und geschwollen, ein heftiger Hustenanfall schüttelte ihre Brust. Auch sie schien Gottes ganzer Kraft zu bedürfen.

»Ja«, sagte Großmutter. »Anselm wird mir sehr fehlen.« Zwei Arme legten sich auf meine Schultern. Erschrocken fuhr ich auf. Ohmes Schwester stand hinter mir. Sie trug denselben Haarkranz wie Ohme und sah ihr auch sonst sehr ähnlich. Tante Charlotte. *Emilia Friedericke Charlotte.* Sie stieß einen leisen Schrei aus, bevor sie mich in ihre Arme nahm. »Die Kleine«, rief sie bewegt, schnüffelte in ihren Muff und schaute sich um. »Wo bleibt denn Richard? Die Russen haben ihm doch keine Schwierigkeiten bereitet, an seines Vaters Beisetzung teilzunehmen?«

Großmutter schnäuzte sich. »Richard kommt etwas später«, sagte sie kurz. Willig ließ sie sich von ihrer Schwester für eine Weile umschlingen, befreite sich dann und eilte schwer atmend zu ihrem Platz. Es wurde sehr still.

»Wir nehmen heute Abschied von Herr Anselm Krüger«, rief der Mann, der nach der Trompetenmusik ans Pult getreten war. Und ließ, wie er sagte, die wichtigsten Lebensstationen des teuren Verstorbenen noch einmal Revue passieren. Mit hallender Stimme erzählte er von Großvater Anselms Lebensrevue. Ich war überrascht. Verwechselte er Großvater Anselm mit einem anderen Toten? So etwas konnte passieren. Ich kannte die kummervolle Geschichte von Erwin, Großvaters Kriegsfreund und Namensvetter, den man vor vielen Jahren mit Großvater Anselm verwechselt hatte.

Ich sah zu Ohme. Sie hatte die Augen geschlossen und schien nichts zu bemerken. Ich drehte mich um. Keinem der Anwesenden schien etwas aufzufallen. Die Damen wischten sich über die Augen. Die Herren hatten Hüte und Handschuhe abgelegt. Schwarze Lederhandschuhe. Großvaters Sonntagshand hatte auch einen solchen besessen. Auf diese Weise war es nicht aufgefallen, dass sie aus Holz war. Doch der Mann am Pult erwähnte Großvaters Sonntagshand nicht. Auch von den anderen Händen verlor er kein Wort. Und dass Großvater Anselm gern fingerdicke Zigarren rauchte, die braunrote Packung für 2,40 Mark, dass er geheime Zaubersprüche und schauerliche Gespenstergeschichten kannte, im Garten Rasierpinsel pflanzte, mit seiner linken Hand besser schreiben und Strichmännchen zeichnen konnte als ich mit der rechten und in einem Weckglas den Krieg gefangen hielt, musste dem Mann niemand mitgeteilt haben. Dafür wusste er Dinge von Großvater, die mir niemand erzählt hatte. Großvaters Kindheit in Armut und Not. Das nötige Schulgeld, das ihm durch einen reichen Gönner spendiert worden war. Sein Lehrerexamen als Jahrgangsbester. Die seelischen Wunden, die ihm der Krieg zugefügt hatte. Die Wunden danach als unbelehrbarer Lehrer und streitbarer Pazifist. Die Freude über die Rückkehr des Sohnes, dem Kriegsheimkehrer im Frieden. Die Ankunft der Enkeltochter. Ich hielt den Atem an. Meine Geburt war für Großvater Anselm »einer der schönsten Tage« in seinem Leben gewesen.

»Wir werden dem teuren Verstorbenen ein ehrendes Andenken bewahren.« Der Redner ruckelte an seinem kohlschwarzen Schlips, trat vor und verbeugte sich vor den

Grabgebinden und Großvaters Urne. Der Tjatjatja-Mann und sein Kollege strafften sich. Und dann kamen die Herren von Großvater Anselms Gesangsverein. Jetzt erklang eine Melodie, die ich kannte. Das Lied vom Feierabend. Großvater Anselm hatte es oft gesungen. »Sing's nermol mit«*, hatte er zu mir gesagt und geschmunzelt, weil ich mich mehrmals verhaspelt hatte. Die Mundart machte das Mitsingen schwer. Er hatte mich freundlich angeschaut und mit klarem Bass angestimmt:

»'s is Feierobnd, 's is Feierobnd.

Es Togwark is vullbracht,

's gieht alles seiner Haamit zu,

ganz sachte schleicht de Nacht.«**

Der Schnee lag kniehoch, als wir die Halle des Krematoriums verließen. Suchend sah ich mich um, Ohme hatte sich bei dem älteren Herrn mit dem Wackelhut untergehakt. Die beiden kamen nur langsam vorwärts. Vielleicht lag es daran, dass sich der Mann auf einen Stock stützen musste. Ohme hielt ihren Blumenstrauß in der Hand. Der wippte hin und her, als wäre ein heftiger Windstoß in ihn gefahren.

Tante Charlotte zog mich beiseite. Sie hatte das Lied vom Feierabend mit glockenhellem Sopran mitgesungen. »Wir sollten am Grab deines Großvaters, Gott hab ihn selig, gemeinsam ein Vaterunser sprechen«, flüsterte sie mir zu.

Verständnislos sah ich sie an.

---

* »Singe es einmal mit.«
** »Es ist Feierabend ... das Tagwerk ist vollbracht. Es geht alles seiner Heimat zu, ganz sachte schleicht die Nacht.«

Die Augen der Tante weiteten sich. »Hanna Jo«, schrie sie so laut, dass Ohme erschrocken stehen blieb. »Das Kind ist ein Heide.«

Großmutter zog die Hand aus dem Arm ihres Begleiters und drehte sich um. Prüfend sah sie mich an und zupfte den Trauerflor an meinem Mantel wieder in Form, ehe sie sich an ihre Schwester wandte. »Das war Anselm auch«, sagte sie ruhig und eilte auf dem schneegeräumten Weg wieder nach vorn, an die Spitze des Trauerzugs. Den Platz rund um die Grabstelle hatte man ebenfalls freigeschaufelt. Einzeln traten wir vor, um von Großvater Anselm Abschied zu nehmen. Ich schob den Korb mit den Rosenblättern, den abgeschnittenen Nelkenköpfen und Alpenveilchen beiseite und nahm eine Handvoll Schnee. Meine Finger waren klamm vor Kälte. Ich blickte auf Großvaters Urne, die schindelgrau in einem tiefen Erdloch steckte. »Mach's gut, Großvater!«

In meiner Kinderhand taute der Schnee.

Dank

Mein herzlicher Dank gilt meiner Familie, meinen Verwandten sowie all jenen, die mich darin bestärkten und unterstützten, mir Mut gemacht haben, diesen Roman zu schreiben. Die meine eigenen Recherchen mit Anekdoten und historischen Informationen bereicherten. Ich bedanke mich bei meiner Freundin aus Liechtenstein, meinem Mann und vielen anderen, die die Mühe auf sich genommen haben, immer und immer wieder zu lesen und mir viele unverzichtbare Rückmeldungen gegeben haben. Ein ganz besonderer Dank gilt meiner Lektorin, Frau Susanne Tachlinski, für die überaus einfühlsame und kompetente Zusammenarbeit.

Wiete Lenk

Inhaltsverzeichnis

GROSSVATER ANSELMS TOD	7
I. Eine gute Partie	22
DER SARG KEHRT ZURÜCK	46
II. Hanna Jo	56
CARPE DIEM	74
III. Anselm	87
GROSSVATERS HÄNDE	106
IV. Daheim, im Gebirge	118
GROSSVATERS SARG BLEIBT, WO ER IST	145
V. Onkel Hubert	155
ES SCHNEIT NOCH IMMER	170
VI. Eine Prothese und ein Millionenjunge	179
GOTTHELFS GESCHICHTE	201
VII. 20er-Jahre	207
AUF DEM DACHBODEN	228
VIII. Erste Schatten	237
MOSKAU IST WEIT	253
IX. Tante Cäcilies Tod und Richards Krieg	266
MACH'S GUT, GROSSVATER	305
Dank	317

*Weitere Titel finden Sie auf der
folgenden Seite und im Internet:*

WWW.GMEINER-VERLAG.DE

Martina Parker
Ausgstochen
Gartenkrimi
384 Seiten, 13,5 x 21 cm,
Premium-Klappenbroschur
ISBN 978-3-8392-0454-2

»Geh hör ma auf. Das gibt's ja nicht. Und des steht alles in dem Biachl von der Frau Bürgermeister?«, Die Frau Fuith war wirklich schockiert.
»Nun«, sagte Hilda und leckte sich die Finger ab. »Dieses Buch ist sehr, sehr ordinär.«
»Wirklich? Ordinär sagst du?«, murmelte die Frau Fuith in gespielter Empörung.
»Und«, Hilda machte eine bedeutungsvolle Pause, bevor sie etwas Puddingcreme auf ihre Gabel balancierte und zum Mund führte: »Ich glaube, es ist alles wahr, was da drin steht …«

WWW.GMEINER-VERLAG.DE
Wir machen's spannend